Miro Iafisco

Il canto del delfino

prefazione di

Rino Tripodi

Mnamon

Premio Letterario Torre Petrosa (Vibonati - Salerno)

Il canto del delfino è ammesso alla fase finale con due giudizi 'eccellente' e due 'ottimo' e la seguente motivazione:

"*Racconto al limite tra la narrazione accurata e la trasposizione psicoanalitica delle tematiche fondative dell'esistenza. Un lungo viaggio attraverso memorie in cui protagonista è il mare che, in un abile gioco simbolico, rappresenta l'inconscio abissale e profondo in cui perdersi. La spietata presa di coscienza che qualcosa di fondamentale è finito e che qualcosa di ineffabile resterà tale si pone come dolce compagna degli ultimi momenti di vita del co-protagonista che rimane il custode degli insegnamenti e dell'esempio del comandante Torres*".

Prefazione

Il viaggio mistico del comandante Torres

La cosiddetta "narrativa di mare" può considerarsi un sottogenere della narrativa di viaggio, a sua volta ramificazione della più ampia narrativa d'avventura. Sugli oceani hanno collocato le loro storie giganti del romanzo e del racconto come Joseph Conrad, Rudyard Kipling, Jack London, Herman Melville, Robert Louis Stevenson.

Nel caso de *Il canto del delfino* di Miro Iafisco – già autore di *Ho bisogno di ascoltare il mare* (Mnamon) – vi è un'ulteriore contaminazione con altri generi letterari, quali l'esoterico, il fantastico, l'horror, il romanzo di formazione...

L'amore per il mare (e per la navigazione)

Tuttavia, è palese che il vero protagonista di questa ulteriore fatica dello scrittore sia ancora il mare.

Del resto, la stessa biografia di Iafisco è testimonianza vivente del suo contatto costante con il "sesto continente", del suo amore per il pianeta azzurro. Esso trapela da brani come il seguente:

«L'acqua in quel punto aveva il colore dello smeraldo e i raggi del sole riflettevano sulle piccole onde come tanti minuscoli brillanti. La trasparenza del mare permetteva di vedere il fondo roccioso fino a venti metri. Branchi di pesci indisturbati volteggiavano intorno alla catena dell'ancora, alcuni di loro riuscivano perfino a saltare fuori dell'acqua. Era uno spettacolo della natura indimenticabile».

Il personaggio principale de *Il canto del delfino*, lo scienziato-navigatore Guglielmo Torres, acquisisce questa passione per la bellezza del mare molto presto, fin dall'infanzia, e la dilata per tutta la propria vita:

«In quel meraviglioso posto di mare, poco distante da Genova, aveva vissuto i momenti più belli con la sua famiglia. Lui, Jenny e Jacopo passavano intere giornate a rincorrersi sulla spiaggia o a cimentarsi nella corsa in bicicletta lungo il litorale. Poco distante dal mare, nell'unico cantiere esistente era stato tirato in secco il veliero Sonia Maria. Era la barca che Guglielmo aveva utilizzato per le sue ricerche scientifiche in tutti quegli anni. Il Sonia Maria era un veliero che apparteneva alla famiglia Torres fin dal lontano 1950.

In quegli anni la famiglia Torres viveva tra Siviglia e Barcellona per i numerosi impegni di papà Pablo con la Marina spagnola. Quando dal comando per le ricerche scientifiche era venuto l'ordine di eliminare il veliero dalla flotta mettendolo sul mercato, l'ingegner Torres non si fece scappare l'occasione e, senza esitare, lo acquistò. Ci vollero due anni di intenso lavoro per renderlo perfetto come nel giorno del suo primo varo.

L'esperienza del padre di Guglielmo era stata determinante per trasformarlo in un antico e affascinante veliero all'esterno, ma in una potente e tecnologica struttura nel suo interno.

Quando Pablo morì chiese al figlio di conservarlo più di ogni altra cosa della famiglia. Guglielmo aveva vissuto la barca sempre indirettamente perché suo padre l'amava così tanto da impedire a chiunque di viverla in modo profondo. Il giovane ci aveva passato molto tempo della sua adolescenza e dalla dolorosa morte del genitore aveva imparato ad amarla quanto la amava lui. Dopo il matrimonio con Jenny l'aveva trasferita a Genova, traversando il Mediterraneo. Quel lungo percorso fu per Guglielmo un vero e proprio battesimo della sua prima navigazione. Dalla sua memoria non si sarebbe mai cancellato il fascino della costa ligure in avvicinamento e l'arrivo al porto di Genova sotto lo sguardo curioso dei turisti e degli addetti ai lavori portuali. Restavano incantati tutti davanti al Sonia Maria mentre ammainava le potenti vele, solcando le acque del porto con la sua maestosa presenza. Quel quadro gli era rimasto impresso e ogni volta che ritrovava il suo veliero lo vedeva come una divinità che lo stava aspettando».

In questo brano, collocato all'interno della parte iniziale del libro, troviamo alcuni dei motivi dell'opera: il rapporto padre-figlio, l'incanto del mare, il fascino delle imbarcazioni, il contesto della città di Genova.

La contrapposizione mare/terraferma (e Pavese)

Il canto del delfino presenta una costante alternanza di due luoghi entro i quali si dipanano le vicende narrate: la terra e il mare. Non si tratta solo di spazi, di cronotopi narrativi, di sfondi, bensì di due realtà in insanabile contrapposizione.

La terraferma, ovvero la città, è caratterizzata da spazi chiusi, dalla presenza – a volte fastidiosa, se non tormentosa

– degli esseri umani, da edifici artificiali. È il luogo delle relazioni sociali, dei rapporti di potere (si veda, ad esempio, la figura del rettore Alfredo Damiani), della burocrazia, dell'inautenticità (si leggano con attenzione le descrizioni della finzione radiotelevisiva, l'implicita critica alla "società dello spettacolo").

Il mare, anche se vissuto necessariamente attraverso il mezzo delle imbarcazioni, è il *topos* della libertà e della purezza: gli spazi sono aperti, l'aria è pulita, traspare l'ordine della natura, la bellezza. Se la terra è il luogo delle costrizioni, degli intrighi, il mare è sì mistero, ma è uno spazio aperto, ricco di ogni possibilità, così come è libero e sconfinato il suo orizzonte, non interrotto da mostri di cemento, né intralciato da automobili e da mille ingabbianti regole.

Si crea così una sorta di contrapposizione mare/terra che in qualche modo ricorda quella, campagna/città, che si riscontra nella narrativa di Cesare Pavese. Nello scrittore piemontese, la campagna, il paese, la provincia, sono luoghi mitici, seppure aspri e amari, significanti la natura, la purezza, l'innocenza primigenia. La città, la grande metropoli – Torino –, invece, rappresenta la civiltà, la corruzione, l'ipocrisia: «L'arte trarrà alimento ovviamente da questa condizione dell'uomo e metterà in luce l'elemento per così dire negativo, cioè la banalità e la non autenticità del vivere cittadino, ma soprattutto mirerà – e sarà questo il suo elemento "positivo" – al recupero dei miti dell'infanzia, all'espressione del loro potenziale simbolico»[1].

Peraltro, forse non è un caso che Pavese, uomo e narratore lontanissimo – geograficamente e psicologicamente –

1   Salvatore Guglielmino, *Guida al Novecento. Profilo letterario e antologia*, 4ª ed., Principato, Milano, 1987, p. I/305.

dal mare, scriva una poesia come *I mari del Sud*. Attraverso i ricordi del cugino – infelice perché tornato nelle Langhe dopo aver lavorato in imbarcazioni in viaggio negli oceani – attraverso forse le reminiscenze letterarie, anche lo scrittore piemontese rimane affascinato dal mare, dall'avventura nelle sconfinate praterie azzurre:

> «Solo un sogno
> gli è rimasto nel sangue: ha incrociato una volta,
> da fuochista su un legno olandese da pesca, il cetaceo,
> e ha veduto volare i ramponi pesanti nel sole,
> ha veduto fuggire balene tra schiume di sangue
> e inseguirle e innalzarsi le code e lottare alla lancia.
> Me ne accenna talvolta.
>
> Ma quando gli dico
> ch'egli è tra i fortunati che han visto l'aurora
> sulle isole più belle della terra,
> al ricordo sorride e risponde che il sole
> si levava che il giorno era vecchio per loro»[2].

I simbolismi

Il mare è dunque il luogo dei simboli. Simboli molteplici, ampi e profondi. Il mare in generale, del resto, è il simbolo dei simboli, in quanto rappresenta, se non altro per le sue caratteristiche di profondità e di vitalità, l'inconscio umano.

Il romanzo di Iafisco è riccamente costellato da simboli,

---

2   CESARE PAVESE, *Poesie. Lavorare stanca. Verrà la morte e avrà i tuoi occhi*, Introduzione di Roberto Cantini, Mondadori, Milano, 1976, p. 20.

premonizioni, profezie (come quella di Donna Esmeralda), magiche, baudelairiane corrispondenze: affascinanti quanto inquietanti richiami del sovrannaturale, dell'aldilà, di una dimensione "altra", spirituale, ove si può trovare la risposta ai propri interrogativi e alle proprie pene esistenziali, ma anche spavento, angoscia e orrore.

Il percorso del personaggio principale, Torres, alla ricerca di un responso profondo alla propria pena esistenziale, è costellato di frammenti di luce, di dissolvenze, di pieghe misteriose all'incrocio materia-spirito, come in una carta geografica ben disegnata, ma che pure risulta incomprensibile, misteriosa, sfuggente, polisemica.

All'improvviso irrompono trepidanti trasalimenti, imperscrutabili messaggi, frazioni epifaniche:

«Quando ormai è quasi l'alba, si alza per aprire la finestra: lo sguardo si perde nell'immensità dell'universo, cercando tra le stelle un messaggio subliminale in grado di recargli conforto e amore.

Fra queste, un gruppo di creature luminose sembrano essere lì in mezzo all'universo per trasmettere intensi riflessi biancastri. È una strana costellazione dall'apparente forma di un delfino. La sua mente viaggia insieme alle stelle, una voce che viene dalla sua anima lo incita a seguire quel segno. Le parole echeggiano nella testa con insistenza, risuonando come un'improrogabile condizione:

"Concludi al più presto la tua ricerca e parti. Viaggia attraverso le onde, attraverso la nebbia, attraverso la pioggia e incontrerai quello che cerchi"».

Il delfino e Arione-Torres

Ecco comparire, dunque, il simbolo del delfino, che non a caso dà il titolo al romanzo.

Tale mammifero, in effetti, è un simbolo inconscio molto potente. Leggiamo nel *Dizionario dei simboli* di Jean Chevalier e Alain Gheerbrant che è «legato alle acque e alle trasfigurazioni»[3]. Ben più importante, se pensiamo al libro di Iafisco, il fatto che sia considerato animale psicopompo, vale a dire che accompagna le anime nell'oltretomba.

Un mito. Arione di Metimna sfugge ai marinai che vogliono ucciderlo grazie all'intervento di delfini che lo trasportano e lo salvano[4]: «Arione passa da questo mondo agitato e violento all'immortalità grazie alla mediazione dei delfini. [...] Sotto l'aspetto più psicologico ed etico, il racconto indica il passaggio dall'eccitazione e dai terrori immaginari alla serenità della luce spirituale e della contemplazione, attraverso la mediazione della bontà (il tuffo salvatore, la sicurezza, l'atteggiamento benevolo dei delfini, ecc.). Si vedono qui le tre tappe dell'evoluzione spirituale: predominio dell'emotività e dell'immaginazione; intervento della bontà o dell'amore e della devozione; illuminazione nella gloria della pace interiore»[5].

Ebbene, tale percorso – come vedrà il lettore – è quello che compirà proprio il comandante Torres, che, pertanto, sul piano simbolico, si propone come un novello Arione.

---

3   Jean Chevalier - Alain Gheerbrant, *Dizionario dei simboli. Miti, sogni, costumi, gesti, forme, figure, colori, numeri*, vol. I, Rizzoli, Milano, 1987, p. 371.

4   Per le variazioni del mito, cfr. Erodoto, *Storie*, I, 23-24, e Igino, *Favole*.

5   Jean Chevalier - Alain Gheerbrant, *op. cit.*, p. 372.

Grazie all'aiuto dei delfini scioglierà la propria pena esistenziale e la propria precarietà di essere terrestre. Lo stesso accadrà a Carlos.

La tempesta e il sovrannaturale

Tuttavia, ogni passaggio esistenziale comporta dolore e sacrificio. Il mare e la natura non sono sempre idilliaci. Ciò che appariva accattivante e sereno assume repentinamente e inaspettatamente un aspetto convulso e tumultuoso, furioso e assediante.

Iafisco è molto bravo nel descrivere il mare in tempesta:

«Il veliero era avvolto da una fitta nebbia che impediva la vista. Il mare ribolliva come lava di un vulcano in eruzione; le sue onde, ora corte e frastagliate, apparivano come lame di grandi rasoi che incidevano le murate della barca. Iniziò un'inconsueta pioggia, fitta, incessante e con i colori dell'arcobaleno. La nebbia iniziò a diradarsi, ma il mare rinforzato dal vento s'ingrossò tempestoso. Dall'orizzonte avanzava veloce un altro fronte nuvoloso, molto più imponente dell'altro; nell'avvicinarsi assumeva la forma di inquietanti figure. L'enorme massa nuvolosa avvolgeva il veliero, il cielo si oscurava come se fosse notte. Un fulmine scaricò tutta la propria energia sullo specchio di poppa, tranciando le cime del gommone, che caddero in acqua. [...] Intorno a sé la pioggia si andava trasformando in grandine e imbiancava il ponte».

Nel romanzo di Iafisco la violenza degli elementi finisce per assumere contorni tra il fantastico, l'esoterico (il costante riferimento alla misteriosa *Navigatio sancti Brendani*) e l'horror: appaiono ombre terrificanti e tentacolari, ancestrali leggi metafisiche, fluttuare di enigmi, arcani fantasmi e allucinazioni. E lo scrittore mostra altrettanta perizia nel trattare il sovrannaturale:

> «Guglielmo è immobile sulla prua: aspetta la massa nebulosa che avanza verso il veliero assumendo, in maniera nitida, forme e ombre di cavalieri al galoppo. Sogno e realtà, allucinazione e premonizioni, si alternano e si mescolano fino a trasformarsi in un'unica visione. […]
> Tra le onde che imperversavano sulla barca, s'intravedeva il delfino apparso più volte nel corso della traversata. La meravigliosa creatura si muoveva con disinvoltura nel mezzo della mareggiata, avvicinandosi sempre di più al veliero, ormai del tutto in balia delle onde. Nell'aria salmastra risuonava un canto che ripeteva una melodia già ascoltata in sogno».

I valori virili e il percorso di formazione (Carlito's Way)

Oltre alle tematiche principali de *Il canto del delfino* (il mare, la ricerca esistenziale, il misticismo), che abbiamo fin qui analizzato, altri motivi costellano le pagine del romanzo.

Alcuni costituiscono una rivalutazione di antichi valori virili, oggi non più di moda: il rapporto padre-figlio (prima Pablo-Guglielmo, poi Guglielmo-Jacopo); l'amicizia (Guglielmo-Roberto Salveri); il rapporto uomo-animale (il cane Nero); il rispetto della parola data; l'ambiente marinaresco in generale; la crescita di un ragazzo sotto le ali di un altro uomo, nel segno dell'ammirazione e della devozione

(Carlito-Guglielmo, che ulteriormente si duplica nel rapporto Elian-Carlos).

Con quest'ultima tematica il libro di Iafisco si viene a configurare anche come un romanzo di formazione: quello del cubano Carlito. Sbandato, smarrito, sfruttato, egli è alla ricerca di un padre da imitare e da ammirare. Lo trova in Guglielmo. Il rapporto con quest'ultimo non solo si rivela importante, ma decisivo per la sua crescita e la sua esistenza, anzi segnerà irrimediabilmente tutta la sua vita.

Una curiosità. Carlito, come tanti cubani, finisce per espatriare e trovare successo a Miami: in questo non si trova un richiamo, forse inconscio, a un altro Carlito, un altro latino-americano alla ricerca di fortuna negli Stati Uniti d'America, quello splendidamente interpretato da Al Pacino nel *Carlito's Way* (1993) di Brian De Palma? Sebbene il cubano emigrato a Miami più famoso del cinema Usa – sempre interpretato da Pacino e diretto da De Palma – sia il Tony Montana di *Scarface* (1983)… Entrambi ben diversi dal nostro Carlito.

In un universo prevalentemente maschile, le donne compaiono in varie tipologie e incarnazioni: la ormai smarrita Jenny, l'invadente arrampicatrice senza scrupoli Helen, la devota Dolores e, soprattutto, la splendida, vitale e vivificante, positiva, Miriam.

Infine, la presenza nel libro di Iafisco di tempeste, naufraghi, migranti clandestini, sfruttamento, sembra richiamare la dolorosa, attualissima, problematica delle "carrette del mare", del dramma di una globalizzazione compiuta sotto il segno dello squilibrio e dell'ingiustizia.

Le tecniche narrative

Iafisco si dimostra un abile narratore, in grado di padroneggiare varie tecniche narratologiche.

La costruzione del suo romanzo ruota attorno alla dialettica presente/passato (anche se il presente è già futuro: la Miami del 2061), alla compresenza di situazioni (la fase finale dell'esistenza di un agiato anziano) ed eventi (il rogo del veliero Sonia Maria) attuali e di ricordi di un viaggio sul mare che permettono di far luce sul presente, di svelare il mistero.

Si ha pertanto una narrazione di I grado (il narratore che racconta di Carlos nella Miami del 2061) e una di II grado (Carlos che rievoca l'avventuroso viaggio di Guglielmo Torres del 1999, da Genova verso le Bermude), quest'ultima certamente prevalente, anche se assume la funzione di far luce su quella di I grado. Tra le due narrazioni vi è un misurato e ben calibrato andirivieni, con conclusione, ovviamente, col ritorno al I grado.

Nella narrazione di I grado assume la funzione di tempo centrale l'indicativo presente. Nella narrazione di II grado si adoperano i normali tempi "romanzeschi" (passato remoto, trapassato prossimo, imperfetto, ecc.).

Inoltre, allorquando si hanno sequenze visionarie o mistiche, torna l'indicativo presente e si ha l'uso del carattere corsivo.

In questa maniera il meccanismo narrativo diviene un perfetto congegno nel quale il lettore si ritrova alla perfezione.

Ancora: tutto il romanzo ha un punto di vista e un ritmo "filmico". È come se già fosse la sceneggiatura di una fiction. Prevale, infatti, l'aspetto visivo, e le azioni dei personaggi, i movimenti, le sequenze, i dialoghi, sono descritti e narrati dettagliatamente, appunto come nella sceneggiatura di un film.

La conclusione del romanzo è una delle parti più affascinanti del libro: struggente e poetica. Non la anticipiamo, lasciando al lettore il piacere di leggere il libro di Iafisco, godendoselo tutto fino al bellissimo *explicit*.

Bologna, ottobre 2012   *Rino Tripodi*

1

Un'alba nella Miami del 2061

Una leggera foschia si dirada sulla città di Miami. L'alba che nasce mostra pigra una moderna città che si risveglia dal torpore della notte. Le lampade solari che illuminano le strade si vanno spegnendo, mentre il sole si alza tra le palme che ombreggiano i giardini.

Dal porto echeggia la sirena di una nave da crociera. Viene trainata con fatica da due potenti rimorchiatori al molo di attracco. È un gigante che si insinua lento tra i grattacieli come un'astronave venuta dal cielo.

Il nuovo giorno cresce anche sul cantiere navale New Boat Cuba, situato poco lontano dal porto. Il New Boat Cuba è conosciuto in tutto lo Stato per l'alta qualità dei suoi servizi; qui giungono imbarcazioni da tutto il mondo, perché è l'unico cantiere della Florida in grado di assistere anche barche molto vecchie. L'anziano proprietario Carlos Bosque ha lasciato ormai da diversi anni la direzione del cantiere al nipote Elian. Per lui continuare a fare quel mestiere lo faceva sentire ancora più vecchio, così, dopo aver lavorato tanto a lungo e con tenacia, un giorno ha preso la decisione di voltare le spalle alla sua attività. Ora il suo unico desiderio è isolarsi e godersi la villa che possiede sul mare, per assaporare con calma lo scorrere del tempo. Per Carlos è come tornare a vivere un'altra vita, una vita più intima, nella quale l'analisi del vero valore di ogni cosa è essenziale. Riuscire a pensare con profondità, riuscire finalmente ad assaporare anche il più piccolo degli eventi è per lui l'obiettivo più ambito. Veder crescere una pianta, godere dei colori di una farfalla, notare branchi di piccoli pesci saltare luminosi nell'acqua del mare. Ecco, queste sono le ricchezze di cui Carlos ha bisogno ora, queste sono le ricchezze delle quali è alla ricerca.

All'interno del cantiere, proprio nei pressi delle imbarcazioni più vecchie, il guardiano è ancora immerso in un sonno profondo. Dalla sua baracca, costruita con pezzi di reimpiego, il ronzio del suo russare pervade l'ambiente. Nel piccolo locale arde ancora un vecchio braciere, alimentato dalla brezza mattutina che filtra all'interno della baracca.

Andrei, nonostante il progresso tecnologico che lo circonda, è uno di quelli che rifiuta le innovazioni, preferendo rimanere ancorato a un modo di vivere considerato primitivo. Elian lo ha assunto come guardiano di notte da pochi mesi, dopo che lo aveva visto aggirarsi nei pressi del cantiere in cerca di un lavoro. Quell'uomo un po' trasandato e avanti con gli anni, nonostante tutto, gli aveva fatto subito una buona impressione e forse anche un po' di compassione per il suo modo di porsi timido e incerto. Così, senza troppe esitazioni, gli aveva offerto di entrare nello staff del cantiere.

Elian, da quando è stato nominato primo responsabile della struttura, si è dato un gran da fare per non sentirsi inferiore allo zio Carlos, il quale aveva iniziato quest'attività quando era molto giovane, riuscendo nel corso degli anni, con la passione e l'intuito che lo hanno sempre contraddistinto, a fare del suo cantiere il più richiesto dello Stato. Un cantiere che oggi anche Elian porta avanti con successo, senza mai disattendere i consigli dell'anziano zio.

Per Andrei era stato quasi un miracolo quando Elian gli aveva fatto quell'offerta di lavoro. Seppur meravigliato, aveva accettato subito con slancio. Nel giro di poco tempo la sua vita era cambiata. Ora si sentiva uguale agli altri, aveva iniziato di nuovo a radersi evitando di trascurarsi e il suo comportamento sembrava volersi evolvere. Andrei in quel periodo scrutava il cielo ogni giorno; dentro di sé era molto forte il desiderio di ringraziare Dio perché le cose per lui stavano cambiando in meglio. Purtroppo il destino a volte è beffardo e si accanisce spesso proprio su coloro che con fatica cercano di rialzare la testa, come stava accadendo ad Andrei.

Quell'alba, all'apparenza tranquilla, nasconde qualcosa di inquietante che minaccia di ricacciare quel povero diavolo nel baratro e nella condizione infelice nella quale aveva vissuto prima di essere assunto. A causa della sua vita solitaria, non aveva perso il vizio di bere. Raccontava a tutti di mandar giù qualche bicchiere di troppo solo per assecondare il sonno. A suo dire l'insonnia lo perseguitava, in certi giorni era per lui come un muro insormontabile, un incubo che lo annientava rendendolo stralunato per il resto del giorno. I compagni del cantiere, quando lo incontravano al mattino, vedendolo incerto nei movimenti e nei discorsi, lo prendevano in giro, sghignazzando alle sue spalle. Nessuno lo prendeva veramente sul serio, nessuno credeva ai suoi discorsi, ma in fondo tutti avevano capito che era un buon uomo e così lo avevano accettato, rispettando il volere di Elian.

Fuori città Carlos è seduto davanti al mare su una poltrona di bambù. Si siede lì ogni mattina e resta ore e ore in silenzio a respirare il salmastro odore dell'oceano. La spiaggia è deserta, alle sue spalle si staglia l'imponente casa avvolta nel verde tropicale. Mentre affonda i piedi nella sabbia, rimane fermo a contemplare ogni movimento dell'acqua. È in attesa di qualcosa che viene dal blu, un qualcosa che ha il sapore del mistero e che solo lui conosce. Ultimamente ha creduto che certi suoi pensieri fossero legati all'avanzare dell'età. Il dubbio lo ha assalito più volte, ma il ricordo nitido di alcuni momenti del passato gli ha sempre confermato le sue ancora fervide capacità mentali. Quando era giovane sognava ogni notte una casa come quella e, ora che la possedeva, voleva assaporare a fondo il piacere di viverla. Nell'immaginazione giovanile c'è sempre stata in lui la costante presenza del mare, alla quale mai avrebbe rinunciato, una presenza vitale che gli ha portato ad avere un rapporto con l'acqua tanto intenso e profondo da evocare, in chi lo conosce, suggestioni misteriose e magiche. Chi lo ha conosciuto è rimasto colpito da questa forte passione, ma nessuno ha mai compreso fino in fondo il suo vero pensiero. Carlos ha sempre visto il mare con occhi diversi e questa sua particolarità gli ha permesso di emozionarsi fin da quando era bambino, distinguendolo dai suoi coetanei.

Mare mare e ancora mare! Quando ne parla, i suoi occhi brillano di gioia, il volto si distende, improvviso il silenzio cala tra le labbra. Il suo è un silenzio inquietante che lo conduce spesso verso un'altra dimensione, portandolo lontano dal mondo che lo circonda, forse da qualcuno che ha amato molto. La vista si perde nei pensieri per tornare, in pochi attimi, nella realtà. Sono attimi che gli permettono di volare alto, alimentando un cuore che batte per un affetto che attende venire dall'acqua. Il mare per lui è come Dio. Un dio nel quale ha creduto senza esitazioni. Chi ha conosciuto Carlos sa di avere incontrato un uomo singolare, fedele ai valori antichi che nell'attuale società solo in pochi ricordano. La sua pelle scura, i suoi occhi profondi, il parlare disincantato, fanno di lui una persona inconsueta.

In tutti quegli anni quasi non si era accorto del tempo trascorso. La consapevolezza di avere più di ottanta primavere l'aveva avuta soltanto quando si era trovato a ripensare al passato confrontandolo con il presente. Si era sentito sottoposto a un esame difficile ma che voleva affrontare a tutti i costi. Un esame dal quale sperava di ottenere una risposta esaustiva alle domande sul suo vissuto. Già da molto era sprofondato in uno stato d'animo che gli psicologi avrebbero definito con superficialità 'depressione', ma che in realtà non era altro che uno studio interiore molto complesso.

Carlos ha percorso tutta la vita senza mai raccontare la propria adolescenza. Una parte di sé era rimasta nascosta, volutamente occultata per condurre un'esistenza in apparenza normale. Giorno per giorno, il desiderio di sentirsi più dentro alla propria anima gli ha illuminato la via da percorrere. Si stava accorgendo che era circondato da un mondo che ormai non gli apparteneva più. Si sentiva distante da quel progresso, distante dagli uomini di quel tempo. Quella poltrona di bambù sulla spiaggia tropicale è per lui un trampolino dal quale prepararsi per il grande tuffo nel buio del futuro.

Passa intere giornate ad ammirare l'orizzonte. Esce di casa all'alba per camminare nell'acqua bassa con gli occhi chiusi e respirare la brezza mattutina. Soddisfatto e quasi inebriato dall'odore delle alghe, si bagna la testa dove l'acqua è più alta. Le lunghe camminate sulla spiaggia lo aiutano a mantenersi in forma e, quando sopraggiunge la stanchezza, Dolores lo aiuta per far ritorno a casa. Questa bella donna, un po' avanti con gli anni, da tempo si occupa di lui, forse presa da un amore non del tutto corrisposto.

Quando Carlos si siede su quella striscia di sabbia ha la sensazione di trovarsi davanti a uno specchio: indaga su se stesso, fruga dentro la propria anima fin nei meandri più profondi e nascosti alla ricerca di una verità interiore. Nonostante l'età, Carlos vuole crescere ancora. È vissuto con la consapevolezza di aver appreso il senso profondo della spiritualità e, ora che il suo corpo sta invecchiando, ha l'impellente bisogno di elevarsi verso una vita dove affetto e amore abbiano il dominio assoluto. Ogni volta che osserva l'oceano, un turbine di immagini e ricordi lo travolge. Le emozioni lo fanno sobbalzare dalla poltrona, mentre i piedi rigidi s'infilano nella sabbia umida.

Il volto si contrae in una smorfia nel disperato desiderio di rivivere il passato. Ascolta il monotono suono dell'acqua per trarne sollievo, un sollievo che viene da dentro e alimenta la speranza che un giorno i suoi sogni potranno avverarsi.

Accade di rado che un gruppo di delfini si avvicini alla spiaggia ma, quando avviene, questi splendidi mammiferi saltano energicamente fuori dall'acqua emettendo un sibilo modulato che sembra un canto d'altri tempi. Quel suono illumina gli occhi di Carlos. Il suo corpo è pervaso da un fremito che genera un sorriso verso quelle creature così vicine a lui, ricordandogli remote avventure che non possono più tornare. Quei pochi istanti vissuti nell'estasi dei pensieri premiano la sua lunga e tenace attesa e, pur svanendo in una manciata di minuti, danno vita a un profondo valore, che con forza dirompente è per l'anziano colmo di significati.

È il 4 luglio, giornata dedicata all'anniversario dell'indipendenza dello Stato federale americano; il sole già alto illumina il cantiere deserto, dove Andrei ancora dorme per smaltire la sbornia della sera precedente. Una luce accecante filtra dalla finestra della sua baracca. L'uomo si sveglia e con un movimento incontrollato urta il braciere che, cadendo sul pavimento di legno, fa rotolare fuori dalla porta alcuni pezzi di carbone incandescente. In breve la baracca prende fuoco e in poco tempo viene distrutta.

Andrei fa appena in tempo a saltare fuori prima che tutto gli crolli addosso. È fermo nel piazzale, in ginocchio, con la testa tra le mani, paralizzato di fronte all'incidente, incapace di prendere una decisione per risolvere la tragedia che ha causato. Mentre le fiamme continuano a propagarsi fino alle vecchie imbarcazioni, il telefono squilla incessante risuonando dagli altoparlanti del cantiere. Il guardiano si avvicina a uno degli apparecchi, con mano incerta e tremante tocca un tasto per chiedere aiuto a chiunque si trovi dall'altro lato della comunicazione. Al telefono c'è Elian, preoccupato perché ha visto dalla sua casa alzarsi il fumo in cielo. Dato l'allarme, in pochi minuti il cantiere è subito circondato dagli idranti dei vigili del fuoco. La parte più nuova della struttura viene messa in sicurezza, mentre, implacabile, il fuoco avanza fino al Sonia Maria.

Carlos lo aveva voluto conservare intatto fuori dall'acqua. Si era sempre opposto alla sua demolizione. Quel vecchio veliero rappresentava per lui un vero e proprio mito, un cimelio da conservare per mantenere in vita i ricordi ai quali non aveva mai voluto rinunciare.

Elian, appena si trova davanti al disastro, esitando per lo sconcerto, apre una delle manichette antincendio e insieme con i vigili del fuoco cerca di salvare l'amato veliero dello zio. L'urlo del comandante dei vigili avverte che gli alberi stanno per crollare:

"Tutti via da qui. Ci verranno addosso. Fuori, fuori! Allontanatevi, ormai non c'è più niente da fare".

Il legno della barca crepita come se urlasse di dolore. Le vele avvolte sul boma alimentano l'incendio sulla tuga distruggendo la sala comandi. All'interno il colore dei materiali che la compongono si annerisce fino a divenire cenere. I monitor e ogni altra sofisticata strumentazione di cui è dotato vengono distrutti dalle fiamme sempre più alte. Il calore sprigionato cala sul piazzale del cantiere emanando un'acre odore di plastica fusa. Il fumo e il fuoco ormai diffuso ovunque rendono l'aria irrespirabile, mentre i due maestosi alberi maestri si piegano su loro stessi e crollano, devastando le fiancate della vecchia barca. Si abbattono a terra come un pugile colpito al mento, senza nessuna speranza di potersi rialzare. Alla fine, l'acqua e la schiuma biancastra hanno la meglio. A terra non è rimasto altro che un ammasso di legno bruciato ancora fumante. Il più esperto dei vigili alza le braccia per fermare l'intervento, si toglie il casco di protezione e, avvicinandosi a quello che rimane del Sonia Maria, dice:

"Ci abbiamo provato, amico mio. Ci abbiamo provato, purtroppo senza riuscirci".

Andrei si rende conto solo ora di quanto grave sia stata la sua disattenzione; è impietrito dietro a Elian che, affranto, abbassa anch'egli la manichetta, non curandosi dell'acqua che cade sulle proprie scarpe. La sua testa china sancisce la fine del maestoso Sonia Maria, ridotto ormai a un cumulo di cenere fumante.

Il giovane sbatte con violenza il tubo telato a terra e se ne va verso gli uffici imprecando contro il destino. Si siede dietro alla propria scrivania soffiando forte tutta l'aria che ha in corpo per mitigare la rabbia. Alza gli occhi e fissa l'imponente foto di Carlos sulla parete che lo ritrae da giovane alla guida del veliero che ora non c'è più.

È consapevole di dare un immenso dolore a suo zio. È l'unica cosa al mondo che non avrebbe mai voluto fare, ma ora è costretto a dirgli ciò che è accaduto.

Elian lo ha seguito fin da bambino e ha imparato da lui tutto quello che sa. Quando suo padre morì era ancora molto giovane; era stato Carlos a occuparsi di lui, facendogli conoscere tutti i segreti della cantieristica navale. Ora è il capo del cantiere che un giorno sarà suo.

Intanto arrivano altri collaboratori preoccupati per quello che è successo. Elian esce dall'ufficio affranto e sconvolto per i danni che la struttura ha subito. Sale in macchina con il cuore in gola, passando ancora davanti ai resti fumanti delle barche. Gli sportelli si chiudono automaticamente, poggia il palmo delle mani sul quadro centrale, preme un pulsante e subito l'auto è in moto, in totale silenzio sfreccia verso la casa di Carlos, lontano dal centro della città.

La superstrada che collega la zona portuale di Miami con Kee West permette alle moderne vetture di procedere anche a velocità molto elevate. Il mare sfila fuori dai finestrini, con i più sgargianti colori dei Caraibi.

In poco tempo Elian è all'ingresso della villa immersa nel verde delle palme e delle piante tropicali. Il cancello si apre al riconoscimento automatico. Il giovane scende, camminando verso il colonnato che protegge l'ingresso. Sotto il portico si accende un raggio di luce rossastra, da un piccolo monitor al lato della porta appare il volto di Dolores:

"Buongiorno, Elian. Oggi ha fatto prima del solito. Suo zio è sulla spiaggia. Lei sa, come ogni giorno. Venga, l'accompagno".

La porta della villa si apre, scomparendo nella parete e richiudendosi subito alle spalle del giovane. Elian è incerto per qualche secondo, entra. Il suo stato d'animo è in subbuglio, non sa da dove iniziare per spiegare allo zio l'incidente. Conosce bene l'ambiente, eppure quella mattina lo vede come se fosse la prima volta. Cammina intorno all'antico salotto con il tavolo di cristallo coperto da vecchi libri; sul pavimento bianco campeggiano due grandi divani in cotone chiaro con enormi e soffici cuscini. Un tappeto kilim accoglie tutto ciò insieme a tre grandi e sottilissimi schermi posti sulle pareti che trasmettono ininterrottamente informazioni sullo stato degli oceani.

Tra i tanti oggetti appoggiati su un mobile orientale, spicca la foto in bianco e nero di un uomo dalla apparente età di cinquant'anni davanti al Sonia Maria mentre si eseguono lavori di carena in un cantiere italiano.

L'ambiente della villa è un misto di mobili antichi e apparati tecnologici sofisticati. È la rappresentazione fedele del carattere di Carlos, sempre proteso verso il futuro, ma mai dimentico del passato.

Dolores apre la porta-finestra della veranda che dà sulla spiaggia e si gira parlando sottovoce:

"Eccolo lì, in questi ultimi giorni vuole restare davanti al mare anche quando il tempo è cattivo, proprio come oggi. Vada pure; se serve aiuto io sono qui".

Elian si toglie le scarpe e, affondando i piedi nella sabbia, cammina verso Carlos. Dall'orizzonte si avvicinano minacciose nuvole nere. Il sole compare a tratti mettendo in agitazione il vecchio comandante. Il giovane saluta con affetto lo zio che invece si gira verso di lui con sospetto. I loro sguardi si incrociano in un profondo silenzio. Carlos abbassa la testa, sussurrando solo poche parole·

"Sei qui per darmi una brutta notizia. Lo capisco dal tuo comportamento. Vorrei fuggire da quello che stai per dirmi, ma non posso... non posso!".

Il nipote è in difficoltà, non gli escono le parole dalla bocca, l'emozione lo inchioda, ma con ostinazione trova il coraggio di raccontare tutto quello che è successo al cantiere. Tra i due torna il silenzio, un silenzio imbarazzante che non lascia scampo al dolore di Carlos. Sul suo volto scivolano lacrime di profonda sofferenza. Si alza dalla poltrona camminando verso il mare; resta fermo con gli occhi chiusi ad annusare l'aria. Il nipote gli è accanto, lo vede soffrire, ma non riesce a comprendere appieno il perché di un dolore così profondo per un vecchio veliero ormai in disuso.

Elian in cuor suo aveva pensato tante volte di chiedere a suo zio di poter demolire quella vecchia barca, ma aveva capito che era un argomento da evitare. Carlos non voleva parlarne. Non voleva rendere conto a nessuno della storia del Sonia Maria. Era una scelta assoluta e indissolubile.

Dal cielo plumbeo cadono le prime gocce d'acqua, che in poco tempo si trasformano in una furiosa pioggia tropicale. Il giovane prende lo zio sottobraccio che, senza opporsi, si lascia portare via. Davanti alla veranda Dolores gli viene incontro con un ombrello, esortandoli a rientrare in fretta all'interno della villa.

Mentre Elian si asciuga con un telo, si rivolge allo zio che è rimasto in piedi davanti alla finestra a fissare la pioggia sempre più intensa che forma insieme al vento strane forme sul mare:

"Capisco il tuo dolore, ma in fondo era ormai solo una vecchia barca. Tu ne hai possedute talmente tante, che neanche io ricordo il numero. Perché tanto attaccamento a quel veliero?".

Il vecchio navigante rimane impassibile, con gli occhi vitrei e lucidi a fissare fuori dalla finestra. Anche il nipote si avvicina e, affiancandosi allo zio, ancora una volta gli chiede quale fosse il misterioso legame fra lui e quel veliero.

Carlos si siede con calma, un sospiro profondo lo fa stare meglio. Abbassa la testa verso le mani, volge lo sguardo ancora una volta al mare e, parlando con un filo di voce, dice:

"Il Sonia Maria è stato tutta la mia vita. A quel veliero e a quella esperienza devo tutto quello che oggi sono".

Mentre fuori si scatena una vera e propria tempesta tropicale, Carlos inizia a raccontare la sua storia.

2

Genova, 1999

Era sera inoltrata, e all'interno degli edifici dell'Università di Genova erano rimaste solo poche persone. Al primo piano ormai vuoto, c'era solo una stanza con le luci accese: al suo interno, impegnato nelle sue ricerche, ecco Guglielmo Torres, professore ordinario di Oceanografia ed esperto ricercatore specializzato in Geologia dei fondali oceanici. Pur essendo un uomo dai lineamenti perfetti, a prima vista il suo aspetto appariva trascurato. Il volto pallido era incorniciato da una barba rada e brizzolata che si mescolava coi lunghi capelli riccioluti.

Italiano di madre ma spagnolo di padre, viveva e lavorava a Genova da molti anni. Aveva vissuto fino alla sua adolescenza a Siviglia, dove il padre Pablo Torres aveva uno studio di progettazione navale che lavorava in esclusiva per la Marina mercantile spagnola.

Nell'Università di Genova Guglielmo insegnava da dieci anni e avrebbe voluto vedere tra quei banchi anche il suo unico figlio che era sempre stato con lui fin dall'infanzia, ma un destino infausto aveva voluto che ciò non fosse accaduto.

La scomparsa di suo figlio Jacopo aveva scatenato in lui un profondo rimorso per non essere riuscito a salvarlo da un drammatico incidente in mare. La sua vita era rimasta sconvolta dal dolore di quella perdita. Da quel maledetto giorno non era stato più la stessa persona. Viveva sospeso nel vuoto, immobile e impotente davanti a qualsiasi evento. Il mondo che lo circondava era come una giostra che ruotava emettendo rumori soffocati dal nulla. Ascoltava la propria anima abbandonarlo e vedeva lacerarsi a poco a poco la sua voglia di esistere. L'unica possibile speranza la percepiva nel mare, dove tutto è finito e dove tutto può ricominciare.

Lo studio all'università era il suo rifugio preferito; lì rimaneva spesso fino a tardi, insieme alle sue carte. Frugava tra vecchi libri e antichi disegni nautici con il preciso intento di scoprire qualcosa che potesse distrarlo dal dolore assillante che ogni giorno e ogni notte gravava su di lui. Era un'ossessione incessante che gli logorava la mente, annientando ogni capacità di reazione. Guglielmo si era gettato in uno studio quasi impossibile, nella speranza di alleviare le proprie angosce.

Da quando era avvenuta la disgrazia aveva volutamente trascurato se stesso dedicando gran parte del suo tempo allo studio del continente scomparso milioni di anni fa. Un continente che si sarebbe dovuto trovare in mezzo all'Atlantico e che avrebbe unito le nuove e le vecchie terre del pianeta. Fin dall'inizio dei suoi studi in Geologia, Guglielmo era stato attratto dal mistero che si celava dietro quella che, per il momento, non poteva che essere considerata una leggenda. Dalla sua tesi sulla deriva dei continenti aveva sviluppato un libro ancora oggi studiato e utilizzato nelle università di tutto il mondo. Immergersi in quelle strane teorie, che mescolavano fantasia e realtà al punto da non distinguerle più l'una dall'altra, lo faceva stare meglio.

Si era messo alla ricerca di testi scritti da navigatori del passato che raccontavano viaggi fatti da uomini del tempo, i quali, incuranti di credenze e profezie, si erano avventurati nell'oceano verso possibili nuovi mondi e immaginari paradisi. Quando ancora si credeva che la Terra fosse piatta, nessuno si era mai addentrato in quei luoghi, oltre l'orizzonte. Solo pochi, spinti dal desiderio dell'infinito, avevano tentato di esplorare l'ignoto, puntando la prua delle loro barche verso rotte avvolte nel mistero. Erano convinti di trovare un segnale della presenza divina. Erano convinti che varcando la soglia consentita avrebbero trovato il paradiso e la felicità eterna.

Preso dal desiderio di conoscere, Guglielmo, cercando negli archivi della sua università, aveva da poco tempo trovato un antico manoscritto, piuttosto malridotto, che descriveva con meticolosità alcune misteriose traversate atlantiche. Quel testo recava la firma di un monaco che si definiva "navigatore del paradiso".

Il nome di Brandano lo aveva affascinato e incuriosito nello stesso tempo. Era rimasto colpito dal fatto di condividere con il monaco le motivazioni che lo avevano spinto a intraprendere quelle traversate. Si era reso conto di avere lo stesso bisogno, la stessa voglia di uscire in mare aperto per andare incontro alla verità, oltre l'ignoto. Alcune frasi di quell'antico diario di bordo lo avevano indotto a riflettere sull'anima, un'entità che sopravvive al corpo e a tutto ciò che è immateriale.

Brandano era così intraprendente e persuasivo che, con discorsi intrisi di fede religiosa, era riuscito a convincere gli altri monaci a seguirlo nei viaggi. Dai suoi appunti si intuiva che aveva coinvolto i propri uomini, facendo conoscere loro i segreti della spiritualità attraverso viaggi al limite del possibile. Il monaco parlava di un'isola galleggiante trovata nel VI sec. d.C. e situata davanti alle coste del continente americano. Per Guglielmo era sconcertante pensare che ciò fosse avvenuto tanti secoli prima della scoperta ufficiale di quelle terre.

Quella ricerca lo faceva viaggiare nel tempo, ristorandolo dai tumulti interiori. L'illusione che un viaggio del genere potesse aiutarlo a ritrovare l'equilibrio perso gli prospettava uno spiraglio di speranza. Guglielmo era un uomo in cerca d'aiuto e si aggrappava dove poteva. Era consapevole del suo vuoto interiore e cercava di combatterlo, ma accadeva che il tormento lo sconvolgesse facendolo precipitare in uno stato di profonda apatia che paralizzava ogni reazione.

Quella traversata dalla Corsica fino alle coste liguri non riusciva a dimenticarla. I momenti più drammatici si ripresentavano all'improvviso, spegnendo ogni sua iniziativa. Anche quando era sui libri, spesso accadeva che i suoi occhi si fermassero a fissare il vuoto e davanti a lui comparisse il mare in tempesta avvolto da una notte buia.

Padre e figlio si trovano su una barca a vela di 12 metri, Guglielmo è al timone, suo figlio Jacopo tiene stretta la cima del boma che sta per spezzarsi. Con loro c'è anche Roberto Salveri, appassionato velista e amico di famiglia da molti anni. Le immagini si susseguono tumultuose, elaborate dalla sua memoria. Il mare irrompe sempre più inondando ogni parte dell'imbarcazione. Roberto scende in cabina e cerca disperatamente di liberarla dall'acqua, mentre tutto sembra voler precipitare in un baratro blu.

La forza del vento spinge la prua della barca nell'acqua, mentre Guglielmo è in preda alla disperazione per aver deciso ugualmente di salpare senza ascoltare i consigli dei pescatori locali. Quegli uomini esperti lo avevano avvertito di non uscire dal porto quella notte.

Il boma viene investito da un'onda che strappa la cima dalle mani di Jacopo. Il ragazzo, cercando di riafferrarla, viene colpito dal possente

asse di legno che oscillando sulla tuga lo fa cadere in acqua con lo sguar-
do rivolto al padre e una mano tesa verso di lui:

"Aiutami, papà. Non ce la faccio. Aiutami, papà!".

Guglielmo lascia il timone terrorizzato, si sbilancia dalla fiancata
della barca per afferrare la mano del figlio. Anche Roberto arriva sul
ponte, spazzato con violenza delle onde, per aiutare il ragazzo caduto
in mare.

Le mani di padre e figlio si uniscono e restano strette in una morsa
disperata. Guglielmo lancia un urlo forsennato per caricarsi della forza
necessaria a far risalire il ragazzo sull'imbarcazione:

"Dio, se ci sei, aiutami! Ti prego. Dammi la forza, dammi la forza".

Un'onda perfida si gonfia davanti ai loro occhi atterriti e si abbatte
con tutta la sua irruenza sull'imbarcazione. La vela di prua si squar-
cia, facendo piegare sotto la forza del vento la barca ormai in balia del
mare.

Jacopo scivola via dalle mani di Guglielmo. Il furore dell'acqua sem-
bra prendersi una pausa, il ragazzo fissa il padre che, avvolto in un
urlo di dolore, si sporge sempre più pericolosamente dalla barca.

Roberto lancia in acqua un salvagente legato a una cima, ma è inutile
perché l'arrivo di un'altra onda più possente delle altre fa scomparire
tra i flutti il povero ragazzo.

Il rumore di una finestra che sbatteva con violenza per il
forte vento e il cigolio della porta dell'ufficio che si apriva riportarono il docente alla realtà, nel suo studio universitario.

Era stordito dalla sofferenza dell'incubo che lo aveva assalito. Il suo sguardo rimase a vagare tra le tenebre di quella
tremenda notte, con l'assillante idea di seguire una luce che
accendesse ancora le sue speranze.

Svegliatosi dal senso di torpore, si ritrovò tra le mani l'antico manoscritto del monaco navigatore. Ricordò di aver
preso quel testo in biblioteca qualche giorno prima; di aver-

lo trovato nello stesso scaffale in cui si trovavano altri libri attribuiti a scrittori contemporanei di Cristoforo Colombo. Intuì che, tramite gli scritti sul famoso navigatore scopritore delle Americhe, avrebbe potuto tentare di scovare i segreti nascosti sul continente scomparso.

Aveva seguito i consigli di Roberto, che da poco più di un anno era stato nominato direttore del Museo oceanografico di Genova. Il suo amico lo aveva incitato più volte ad applicarsi con maggiore impegno a quello studio che tanto lo attraeva. In qualità di direttore del museo aveva in mente di organizzare insieme all'università un progetto da sottoporre al ministro dei Beni culturali per dare visibilità alle sue teorie.

Roberto aveva ben chiaro nella mente che la ricerca di Guglielmo avrebbe potuto aiutare il suo amico a superare il trauma, e che avrebbe contribuito anche al prestigio della sua carriera professionale.

Adesso che era alla direzione del museo, Roberto intendeva offrire un'immagine di maggiore efficienza e capacità organizzativa rispetto alla passata gestione. La consapevolezza che fosse l'ora di mettere in risalto il suo operato era evidente. Poteva essere un'occasione decisiva per ottenere, con molte probabilità di successo, anche un importante incarico politico. Aveva già provato a conseguire un obiettivo così importante, ma non ci era mai riuscito. Questa volta però Roberto pensava di avere tra le mani le carte giuste per soddisfare la sua ambizione. Con i risultati di uno studio così importante, la partecipazione al congresso sullo stato degli oceani a Lisbona, previsto per la fine dell'anno, era arrivata come una ciliegina sulla torta. Un evento di rilevanza internazionale avrebbe contribuito a realizzare i suoi desideri ancora più concretamente.

Pur sapendo quali problemi assillassero il suo amico, non

aveva esitato a chiedergli con insistenza di collaborare con lui. Conoscendo a fondo Guglielmo, sapeva che solo lui avrebbe potuto condurre, con qualche possibilità di successo, uno studio così approfondito sulle terre scomparse. Le numerose ricerche svolte dal professore nel passato erano per Roberto la migliore delle garanzie. Cercava di convincersi che in fondo avrebbe fatto solo del bene al suo amico in difficoltà, ma quando si ritrovava con se stesso sapeva di mentire, perché in fondo stava pensando solo ai propri interessi.

Nonostante le sofferenze interiori, Guglielmo, in quella ritrovata attività di studioso, vedeva un'opportunità da non perdere. Aveva la netta sensazione che qualcosa stesse per cambiare repentinamente. Il suo istinto gli dava il coraggio di affrontare un argomento al quale molti si erano avvicinati per poi rinunciarvi davanti alle evidenti difficoltà. Quando si era trovato a parlare con Roberto di quello che aveva scoperto nel manoscritto di Brandano, l'ambizioso direttore, nell'ascoltare la scoperta del suo amico, si era entusiasmato, pensando già a una traversata atlantica che avrebbe dato conferma alle leggendarie parole del diario del monaco. Roberto si era alzato in piedi davanti al docente, esclamando:

"Organizziamoci subito, questa può diventare una scoperta sensazionale. Guglielmo, sei grande! Ti vedo finalmente risalire verso la superficie".

La ricerca del continente sfuggito alla storia era un argomento di considerevole interesse scientifico. Consapevole di ciò, con la certezza che avrebbe riscosso consensi in tutto il mondo, era intenzionato a organizzare subito le attività necessarie per proporre l'importante evento.

In fondo Roberto, pur sfruttando una situazione per il proprio vantaggio, si sentiva nel giusto. Si era infatti convinto che il suo amico, grazie all'importante obiettivo da perseguire, avrebbe trovato gli stimoli giusti per tornare a condurre una vita accettabile. Si trattava ora di ideare un progetto di alto profilo scientifico e di realizzarlo presto. Lui sapeva già come fare.

Davanti alla porta aperta dello studio apparve il custode che, meravigliato di trovare Guglielmo ancora lì, disse:

"Professore, ma è mezzanotte. È ora di andare a dormire. Io faccio il giro del piano, scendo in guardiola. Si ricordi di spegnere la luce".

Il professore alzò lo sguardo dal libro e, accennando un sorriso convenevole, annuì con il capo. Si alzò dalla sua scrivania, mentre continuava a sbirciare tra le pagine. Prese una matita dal tavolo e scrisse brevi appunti su dei fogli che inserì all'inizio di alcuni capitoli. Mentre camminava nella stanza lesse un passo nel quale si trattava di una misteriosa isola di Soledad, chiamata 'l'isola della nebbia'. Colombo la descriveva con una certa ironia, affermando che si trattava di una leggenda tramandata da vecchi marinai. Nel libro veniva descritta come un lembo di roccia galleggiante, perché in continuo movimento. Il navigatore ne parlava con timore e rispetto, mostrandola sempre avvolta da un inquietante manto di nubi.

Guglielmo, considerando i pochi dati certi che sarebbe riuscito a trovare, era consapevole delle difficoltà che lo aspettavano. Ma lanciarsi all'avventura verso il continente perduto lo esaltava e lo stimolava a cercare un nuovo futuro. Anche se qualche esitazione iniziale gli aveva creato inquietudine, aveva deciso comunque di gettarsi a capofitto nello studio di ogni testo antico o moderno che desse la possibilità di scovare verità ancora sconosciute. Aveva cercato ovunque vi fosse la possibilità di trovare tracce, dagli archivi alle chiese, dalle biblioteche ai musei, ma le notizie più interessanti le aveva trovate proprio nella sua università.

Stava maturando in lui l'idea di allontanarsi da tutto ciò che lo circondava. Forse era l'occasione che cercava per ritrovare se stesso. Quando aveva deciso di accettare l'incarico, in fondo sapeva che lo avrebbe fatto solo per soddisfare la dolorosa necessità di fuggire dal presente.

Il dolore di padre sconfitto gli offriva una sola possibilità per uscire da quel baratro nel quale era sprofondato: restare fuori da tutto per cercare l'identità persa. Era disposto a pagare qualsiasi prezzo, anche il più estremo, pur di ritrovarsi.

3

Il significato delle antiche traversate atlantiche

Nessuno dei testi trovati forniva dati concreti. Ogni argomento trattato si basava su testimonianze al confine con la leggenda che lasciavano poche speranze per una vera e propria scoperta. Guglielmo però era convinto che dietro quei racconti di grandi traversate si celassero conoscenze che avrebbero permesso di svelare segreti fino ad allora nascosti e che avrebbero permesso uno studio più approfondito sulla scomparsa del continente atlantico.

Si affacciò alla finestra e si accorse che la città stava già dormendo. Restò incuriosito da alcuni ragazzi usciti da un locale adiacente all'università; a giudicare dalla loro camminata incerta e dalle risonanti risate, avevano esagerato con l'alcol.

Guglielmo li osservò con tenerezza, ricordando i suoi trascorsi universitari. Chiuse la finestra, lasciando la luce accesa nella stanza, e scese nel seminterrato. L'istinto lo spingeva a farlo ora, anche se era molto tardi. Accese le luci della sezione dove venivano conservati i libri più antichi, si fermò davanti all'ultimo scaffale dove la polvere la faceva da padrona. Con gli occhi scorse i titoli sul dorso dei volumi. Prese un testo, lo aprì cercando disegni, mappe o carte nautiche riguardanti il nuovo mondo. Mentre il professore era intento a leggere, alcuni libri scivolarono sul piano d'appoggio e caddero dallo scaffale; con flemmatica indifferenza si rese conto che non poteva certo lasciarli lì a terra. Fu costretto a piegarsi e raccoglierli. Gli capitò tra le mani un volume, di presumibile epoca tardo medioevale, firmato da un navigatore di quel tempo, Alonso Gomez Ojeda. Da una prima sommaria lettura apprese che il testo riferiva di alcune traversate realizzate seguendo le rotte del monaco Brandano.

Al suo interno trovò mappe e disegni delle località scoperte dal navigatore. Ciò che più lo colpì fu la corrispondenza che collegava il libro al vecchio manoscritto trovato in precedenza e la cura estrema dei particolari raffigurati. A quel punto il professore si alzò in piedi, rimise a posto i volumi caduti prendendo con sé quello che aveva tra le mani. Risalì adagio le scale, per leggere con avidità il contenuto del libro, rimanendone subito attratto. Era esterrefatto perché conteneva i racconti delle traversate nell'Atlantico verso terre sconosciute oltre i confini definiti a quei tempi. Quel testo in qualche modo confermava alcune teorie che aveva letto nel manoscritto del monaco irlandese.

La circostanza che più lo rendeva perplesso erano le date in cui erano state realizzate le traversate. Sia il piccolo manoscritto del monaco Brandano, sia quello di Ojeda, si riferivano alla scoperta di terre corrispondenti all'attuale arcipelago delle Antille. Lo sconcerto aumentò quando notò che parlavano del VI secolo d.C., quindi molto prima della scoperta del continente americano ad opera di Cristoforo Colombo.

Guglielmo intuì di aver trovato l'elemento che gli avrebbe consentito di fare nuove scoperte sulle teorie del continente scomparso. I suoi studi sarebbero potuti diventare l'arma in più per il progetto di Roberto, sia per l'interesse storico che avrebbe potuto destare che per quello scientifico.

Uscì dall'università quando ormai in strada non c'era più nessuno. Mentre era alla guida della sua auto squillò il cellulare. Esitò prima di rispondere, tanto era preso dal pensiero dei testi appena letti, ma dal numero si accorse che era Helen. Allora prese il telefono e ascoltò la voce risentita della donna:

"Ma si può sapere che fine hai fatto? Sono due giorni che ti cerco".

Guglielmo fece un profondo sospiro e posò il telefono sul sedile vuoto accanto, quasi per chiudere la comunicazione.

La voce di Helen si fece più aggressiva:

"Ehi, mi parli? Guglielmo, ci sei?".

Il professore avvicinò le labbra al microfono e replicò con calma glaciale:

"Ciao, Helen. Scusa, ma sono con la testa da un'altra parte. Vado a casa, sono stanco. Se vuoi, ci sentiamo domani".

Helen era stizzita a causa del suo comportamento distaccato. Non accettava di essere trattata in questo modo. Il suo carattere di giornalista d'assalto però non le faceva mollare la presa, per cui perseverava nel desiderio di avvicinarsi a quel professore con la testa persa nei sogni:

"Ok, ci vediamo domani. Ormai sono rassegnata a vederti con il contagocce. Ciao, notte".

Helen era decisa ad andare fino in fondo a quella storia, ma capiva che non poteva oltrepassare il limite che Guglielmo le poneva.

Guglielmo spense il cellulare e accelerò sulla strada dritta e deserta davanti a lui. Era stanco, voleva essere a casa prima possibile. Entrando, trovò sotto la porta un biglietto: era ancora Helen che gli scriveva parole piene di passione. Non sapeva più come gestire il rapporto con quella donna; lei lo desiderava, ma a modo suo, e lui era consapevole di non volere un legame troppo stretto con una persona come lei.

A casa si accorse di aver lasciato le luci accese; anche il televisore era acceso. L'apparecchio trasmetteva i notiziari della notte a basso volume; quel vociare in qualche modo lo confortava e lo faceva sentire meno solo. La segreteria telefonica emetteva un bip a intervalli che indicava la presenza di un messaggio.

La casa di Guglielmo era tutta racchiusa nella piccola sala centrale dove trovava posto anche un angolo cucina con un frigorifero in acciaio. In quel piccolo ambiente si recava solo per dormire. Ogni oggetto sembrava non avere radici: un letto, un tavolo, un salotto, un bagno, e tutto ciò che serviva per quel poco tempo che vi soggiornava.

Non aveva fatto più ritorno alla sua vera casa da circa un anno. Da quando suo figlio Jacopo era scomparso, aveva evitato ogni contatto con tutto ciò che glielo poteva ricordare. Anche sua moglie Jenny non viveva più lì. In seguito all'atroce sofferenza patita si era gravemente ammalata perdendo del tutto il contatto con la realtà. Per questo motivo Guglielmo si era trovato costretto a farla ricoverare presso una clinica specializzata nel recupero dei malati psichiatrici.

Jenny, originaria del Nord Carolina, si era innamorata di Guglielmo durante una vacanza trascorsa in Liguria. Tra i due era stato amore a prima vista e, passato qualche anno di viaggi tra Italia e Stati Uniti, avevano deciso di vivere insieme a Genova, dove lei aveva trovato lavoro tramite il consolato americano. Avevano stabilito di sposarsi solo dopo la nascita del figlio e la loro vita era stata serena e felice fino al giorno del tragico incidente, quando tutto all'improvviso era crollato su di loro.

Guglielmo prese una birra ghiacciata dal frigo, la fece girare tra le mani e pensò che prima di andare a dormire era proprio ciò che ci voleva al termine di una lunga giornata come quella. Bevve un sorso e si avvicinò alla segreteria per ascoltare il messaggio. Era Roberto Salveri che con voce piena di entusiasmo e compiacimento gli comunicava di volerlo vedere al più presto per parlare del progetto "Traversata atlantica".

L'entusiasmo aumentava quando gli comunicava i contatti avuti con un'importante emittente televisiva.

Il professore si sedette sul letto, bevve l'ultimo goccio di birra, incurante della lattina che rotolava sul pavimento. Gli risuonavano nella testa le ultime parole del messaggio appena ascoltato:

"Questo progetto lo puoi realizzare solo tu. Devi tornare a crederci. Tu sei il migliore, tu sei il migliore, tu sei il migliore".

Si girò più volte nel letto, fino ad addormentarsi. Al mattino si svegliò con i raggi del sole che gli scaldavano il viso. Dalla finestra della stanza rimasta aperta, già si sentiva il rumore della città che si era rimessa in movimento. Dai palazzi di fronte qualcuno si affacciava per scrutare il nuovo giorno. Guglielmo, frastornato, si guardò e si accorse di aver dormito vestito. Si spogliò in fretta mentre l'orologio segnava le sette. Nudo e incurante della possibilità di essere visto dai vicini di casa, preparò un caffè.

Il profumo e il borbottio del caffè che saliva sembravano volergli dire "buongiorno". Erano piccole abitudini quotidiane alle quali si aggrappava per sentirsi parte del mondo, lo aiutavano a iniziare bene la giornata. Una doccia fredda, e si svegliò del tutto. Due colpi veloci di forbice, e anche la barba fu fatta. Indossò i primi abiti che gli capitarono tra le mani, aprì la porta di casa ed uscì.

Districandosi bene nel traffico già intenso, si diresse verso il porto dove, nei pressi dell'Acquario, si trovava il Museo oceanografico. Parcheggiò l'auto e salì l'ampia scalinata che portava al primo piano dove vi erano gli uffici del museo.

Un lungo corridoio adornato da stampe di barche antiche conduceva in uno spazioso salone dipinto ad affresco, dove Roberto aveva il suo ufficio. Guglielmo lo vide attraverso la porta aperta, intento a selezionare delle foto da un album di grande formato. Esitò a entrare. Roberto si accorse di lui e, compiaciuto del suo arrivo, gli andò incontro. Una stretta di mano e qualche pacca sulle spalle, quindi entrarono insieme nello studio. Si accomodarono su un antico divano, raccontandosi ciò che avevano fatto negli ultimi giorni.

Guglielmo riassunse all'amico il lavoro che aveva svolto e gli confermò di averlo quasi completato, dandogli la certezza di poterlo presentare all'imminente Congresso di Lisbona.

Roberto si alzò per prendere un fascicolo dalla scrivania e lo appoggiò sul tavolo basso davanti a loro; sulla copertina appariva in evidenza il titolo: *Progetto Real Time. Sulle tracce di Colombo*. Si sedette e, con aria soddisfatta, abbassò il tono della voce, dicendo:

"E dicono che gli angeli non esistono. Approfondire l'argomento, questo devi fare. Hai sentito il mio messaggio? Spero che tu abbia capito quanto può essere importante per te questa iniziativa".

Guglielmo contrasse la bocca e annuì con la testa, prese il fascicolo e lo sfogliò. Dalle poche righe lette intuì che si trattava di una traversata oceanica. Qualche secondo di silenzio, e si alzò per andare alla finestra:

"Ti ringrazio, sei un vero amico. Ma, se stai pensando a me, sbagli, io non ce la farò mai. Tu c'eri e sai cosa mi porto dentro. Da quel giorno non ho più messo piede su una barca".

Roberto si accostò anche lui alla finestra e gli mise il fascicolo tra le mani:

"Lo so, ma tu mi hai sempre detto che cercavi un'occasione per riscattare la tua vita. Beh, leggi bene, questa è quella giusta. Questa è l'occasione che può farti rinascere".

Il professore aprì di nuovo il fascicolo e sbirciò meglio tra i documenti contenuti:

"Che significa: 'leggi bene'?".

Roberto sorrise con ironia e continuò a parlargli stringendogli le spalle:

"Per questo progetto puoi fare qualsiasi cosa. L'importante è riuscire ad avere la diretta televisiva con cui mostreremo a tutto il mondo la tua traversata atlantica; se la approvano, arriveranno un sacco di soldi".

Guglielmo rimase impassibile, quelle parole non sembravano riuscire a scalfire il suo stato d'inerzia. Si soffermò sulle barche all'ormeggio e i suoi occhi s'illuminarono:

"Le mie ricerche le ho sempre fatte con il Sonia Maria. Ora è fermo da due anni. In questo momento forse vorrei, ma non saprei da dove iniziare".

I due amici si avviarono verso l'uscita, continuando a parlare del progetto che sembrava aver scosso l'animo di Guglielmo. Roberto, prima di salutarlo, diventò serio cercando di fargli capire l'importanza dell'idea:

"Questa può essere la tua ultima possibilità, lo sai anche tu. Utilizzerai ancora una volta il Sonia Maria. Prepara il programma, ce la possiamo fare. Ho già parlato con il rettore e mi ha detto che la cosa gli interessa. Mi darà i contatti e si vedrà. Dai, amico! Gettiamoci di nuovo nella mischia, come ai vecchi tempi".

Guglielmo sapeva che se quella proposta sarebbe stata accettata avrebbe avuto la possibilità di rimettersi in gioco e ricominciare a vivere. Doveva combattere il senso di vuoto che gli cresceva dentro, per ritrovare se stesso. Mentre era alla guida dell'auto che sembrava scivolare nel traffico come una slitta sulla neve, rifletté ancora sulle parole di Roberto. L'idea di completare la sua ricerca con una traversata atlantica lo affascinava e gli donava una rinnovata voglia di vivere. Mentre camminava come un automa, lungo i corridoi dell'università, aveva un pensiero fisso che ormai lo assillava: scrivere un progetto accattivante che potesse inglobare anche il lavoro svolto fino ad allora. Nello studio, ancora intenta nelle pulizie, c'era Maria, una donna di circa quaranta anni che lavorava per la cooperativa che aveva in appalto le pulizie dell'edificio. La sua era una storia triste e Guglielmo la conosceva bene perché ogni mattina, quando la incontrava, lei si fermava a raccontargliela.

Maria non conosceva il dolore che il professore si portava dentro e con ingenuità continuava a raccontargli del crollo della sua casa a causa del quale aveva perso il marito e una figlia. Ora era costretta a vivere insieme all'anziana madre e all'altra figlia. Quando Guglielmo si trovò davanti alla porta, aveva la testa tra le nuvole e quasi non si accorse di lei. Passò sul pavimento ancora bagnato e si diresse deciso verso la scrivania. La donna restò a guardarlo, sorpresa per la sua indifferenza:

"Ma, professore, buongiorno! Faccia attenzione, è ancora bagnato".

Maria restò ferma, appoggiata allo scopettone e aspettando una reazione. Guglielmo, sembrò essersi svegliato in quell'istante:

"Ah, Maria, mi scusi. Ero sovrappensiero. Mi dispiace, ora dovrà ripassare per colpa mia".

La donna fece un cenno per indicare che non c'era alcun problema e riprese a pulire, mentre Guglielmo si sedeva per analizzare la documentazione contenuta nel fascicolo che gli aveva dato Roberto Salveri.

4

La preparazione del viaggio

Una macchina sportiva decappottabile stava viaggiando a tutta velocità verso il centro della città.

Mentre guidava con disinvoltura nel traffico, i lunghi capelli rossi di Helen volteggiavano nell'aria come bandiere al vento. Era al telefono con la redazione del giornale per cui lavorava e il suo interlocutore insisteva nel volerle parlare, ma lei tagliava corto, giustificandosi con un improvviso e importante colloquio che l'aspettava. Era evidente anche a chi le stava parlando che stava cercando delle scuse per tenersi libera dai soliti impegni che in genere la occupavano anche negli orari della pausa pranzo.

Appena parcheggiato nell'area di sosta dell'università, si avviò verso l'ingresso principale. Guglielmo aveva da poco terminato una lezione di Biologia nell'aula magna dell'istituto durante la quale, nel ricordare agli studenti che ricorreva l'anno degli oceani, involontariamente si era trovato a parlare anche delle ricerche che stava conducendo sul continente scomparso. Alla fine della lezione un folto numero di studenti, affascinati dal discorso, si trattenne in aula per rivolgere al professore un interminabile elenco di domande alle quali Guglielmo avrebbe voluto rispondere meticolosamente una a una, ma all'improvviso non riuscì più a proferire parola. Quei volti curiosi e quelle voci gli riportarono alla mente il figlio Jacopo. Soffriva perché avrebbe voluto vedere anche lui lì a saziare la propria curiosità; Jacopo sarebbe stato il primo a tempestarlo per il desiderio di conoscere, scoprire e ricevere delle risposte.

L'arrivo dell'assistente, che distribuiva i programmi della settimana, mise fine alla confusione che si era creata; Guglielmo accennò un sorriso ai propri allievi ed uscì dall'aula. Nello spazioso atrio che precedeva l'ingresso c'erano professori e studenti intenti a parlare tra loro. Helen lo percorse con passo deciso fino alle scale che portavano ai piani superiori, e qui incontrò Guglielmo. Lei dapprima lo squadrò da capo a piedi, poi lo abbracciò sorridente davanti agli occhi curiosi dei presenti.

Il professore, impacciato nei movimenti e disturbato dalla presenza di tutta quella gente, la salutò con discrezione, conducendola in un luogo più appartato per parlare senza rimanere troppo in vista. Ogni volta che lei passava dall'università era sempre la stessa storia: lui cercava di evitare di farsi vedere e lei invece faceva di tutto per porsi sotto lo sguardo incuriosito di quelli che gli stavano intorno. Guglielmo non voleva accettare quel rapporto perché sapeva che Helen non era la persona che poteva stargli vicina; doveva combattere, però, con la forte attrazione fisica che provava per lei. A volte, in alcuni momenti di debolezza, avrebbe voluto lasciarsi andare in quelle limpide acque, ma pensava subito al tormento delle rapide, prima delle cascate. Rimaneva così nell'incertezza di un rapporto che mai si sarebbe evoluto.

"Ciao, Guglielmo, sono passata a prenderti per pranzare con te".

Il docente allargò le braccia e accennò un sorriso. "Beh, a te come si fa a dire no? Stavo andando dal cinese qui di fronte… Se per te va bene…".

Lei rispose contenta, baciandolo sulla guancia:

"Certo che va bene!".

Uscirono insieme dirigendosi verso l'altro lato della strada, dove, all'angolo di un antico palazzo, si trovava il piccolo ristorante. Helen si fermò e, confermando ancora il suo pensiero, ripeté:

"Certo che va bene. Andrebbe bene comunque. Sono venuta proprio per questo!".

La ragazza non riusciva a togliergli gli occhi di dosso. Quella mattina era particolarmente euforica: quando si trovava con Guglielmo aveva la sensazione di tenere il mondo tra le mani. Mentre camminavano, prese dalla borsa a tracolla una copia del giornale per cui lavorava e lo aprì alla seconda pagina, stimolando la curiosità un po' passiva di lui:

"Questo lo devi leggere. Sto scrivendo una serie di articoli sul lavoro e sui costi delle università. Sai, il direttore mi ha detto che ha avuto indicazioni dall'alto. Se tutto va bene, potrò guadagnarci una promozione".

Guglielmo si soffermò sul titolo che recitava *Roberto Salveri nuovo direttore del Museo oceanografico*. Un lungo e dettagliato articolo scritto da Helen metteva in evidenza il lavoro da lui svolto in collaborazione con il mondo universitario. Il docente si oscurò in volto, abbassò il giornale e aprì la porta del ristorante. Helen si accorse che qualcosa lo aveva disturbato; cambiò discorso e iniziò a parlare del divorzio della sua amica Gianna. Come ogni volta che toccava questo argomento, se la prese con il marito di lei, accusandolo di un esasperato maschilismo.

L'ambiente confortevole e la gentilezza tipicamente orientale del locale mitigarono il disappunto del professore. Si sedettero a un tavolo sistemato in un angolino abbastanza intimo da permettere loro, nonostante la presenza di molti clienti, di parlare in libertà.

Pur intuendo che l'articolo lo aveva disturbato, Helen non poteva fare a meno di tornare sul discorso interrotto. Per Guglielmo era una vera e propria provocazione leggere solo del suo amico, senza un minimo accenno agli studi che lui gli aveva fornito. Helen sembrava compiacersi del comportamento del suo accompagnatore, e sfoderava tutto il proprio fascino per carpire notizie che solo lui può sapere:

"Beh, non so che cosa ti infastidisca. Io faccio la giornalista, devo scrivere, scrivere e scrivere per mangiare. Sto aspettando che tu mi dia notizie degli studi che ti hanno rapito dal mondo".

Guglielmo avrebbe voluto rispondere secondo quanto gli dettava l'istinto, ma si controllò: non aveva alcuna intenzione di raccontare l'idea che stava maturando nella sua testa.

La gentile cameriera cinese li trovò a cercarsi negli occhi senza dire una parola. La ragazza elencò in uno strano italiano i numerosi piatti del giorno. Alle sue spalle passò un cameriere con un piatto di spaghetti fumante, Helen lo notò con piacere e indicò subito verso quella direzione:

"Ecco, spaghetti di soia. Questo è il piatto che fa per me".

La cameriera scrisse l'ordinazione e attese la scelta del professore; lui, incerto, decise di prendere lo stesso piatto della sua amica. Sul tavolo venne poggiata da un'altra ragazza una brocca trasparente con del vino rosso. Guglielmo riempì i bicchieri battendo il suo contro l'altro e invitò Helen a un brindisi alla sua carriera di giornalista. Lei si compiacque di quel pensiero: quando veniva adulata si esaltava dando spazio alle sue debolezze. Un avido sorriso illuminò il suo volto, mentre alzò il bicchiere cercando lo sguardo dell'uomo:

"Non so ancora quante volte devo dirtelo. Sono innamorata di te e so anche che ti piaccio, ma tu fai di tutto per mandarmi via. Dimentica e lasciati amare".

Guglielmo bevve un sorso di vino, chiude gli occhi, e rispose appoggiando il mento sui pugni:

"Tu mi piaci davvero molto. Sei attraente, una donna piena di vita con una professione che ti darà grandi gratificazioni, ma io vivo ancora dentro i miei dolori e non posso farci niente... assolutamente niente".

Il silenzio, ecco i piatti fumanti tra le mani della giovane cameriera. Il responsabile di sala, un cinese alto e robusto, si avvicinò al tavolo per sistemare dei fiori e chiedere se il servizio fosse di loro gradimento. I suoi modi erano gentili e garbati, la sua voce rassicurante metteva a proprio agio i suoi interlocutori. Helen, colpita da tanta cortesia, mentre appoggiava il bicchiere sul tavolo, affermò di sentirsi come a casa propria. Scrutò dalla testa ai piedi quel gigante orientale. Il modo in cui lo osservava rivelava il suo opportunismo e il suo desiderio di accentrare su di sé l'interesse degli altri. Per lei era un fatto del tutto spontaneo, naturale, pur avendo dichiarato appena poco prima di amare con tutta se stessa l'uomo con cui stava mangiando.

Per Guglielmo quel modo di fare non era certo una novità; conosceva quella donna da più di un anno e aveva intuito alla perfezione come la pensava. Forse per questo motivo non si dava completamente a lei. Si era illuso di potersi innamorare, sperando così di riuscire a dimenticare il passato, ma era bastato solo qualche mese di relazione stretta, per capire che quel rapporto un po' arido e superficiale non lo avrebbe aiutato a uscire dalla sua solitudine. Lei invece insisteva per mantenere il rapporto così come era iniziato, non si accontentava dell'amicizia che le proponeva Guglielmo e neanche comprendeva quanto il suo opportunismo allontanasse da lei l'uomo che tanto desiderava.

Durante il pranzo Helen tornò a parlare degli articoli sulle università che il suo giornale le aveva commissionato. Il discorso tornò di nuovo su Roberto in qualità di responsabile del Museo oceanografico. Il professore smise di mangiare per ascoltarla:

"Allora, vorresti dirmi che Roberto ti ha parlato dello studio che sto facendo?".

Helen ascoltava e mangiava velocemente, ma a quella domanda rispose rallentando ogni movimento, aprendo gli occhi il più possibile e mettendo un pizzico di malizia in ciò che stava per pronunciare:

"Beh, non è una novità. Lo sai, Roberto è anche mio amico e mi ha raccontato del progetto televisivo legato all'evento. Adesso il vero aiuto me lo aspetto da te. Raccontami quello che hai fatto. Ne potrò trarre un enorme vantaggio e magari un buon contratto con una tv. Ti prego, tu sai quanto è importante per me".

Guglielmo era infastidito per quello che la donna gli aveva appena detto. Il suo amico Roberto gli aveva assicurato che non ne avrebbe parlato con nessuno, e invece era bastato qualche sorriso di un'amica avvenente per rivelare un progetto che per lui aveva un valore particolare e che avrebbero dovuto rendere pubblico solo pochi giorni prima della eventuale partenza.

"Helen, tu mi conosci. Non amo parlare delle cose che ancora non sono sicuro di fare. Per me il progetto ha un significato diverso rispetto a quello che può avere per gli altri e per questo non voglio parlarne con nessuno".

Lei sbuffò frugando nervosa nella sua borsa per prendere un pacchetto di sigarette. Si alzò e uscì.

Guglielmo richiamò con un gesto la cameriera per chiederle il conto. Si alzò anche lui, cercando nelle tasche della giacca i soldi per pagare. Il capo sala con un sorriso posò sul tavolo la ricevuta, Guglielmo la controllò e la mise in tasca. Lasciate alcune monete in un vassoio di cristallo, uscì dal locale, chiudendosi la porta alle spalle. Il professore raggiunse la sua amica in un vialetto fiorito appena fuori e la trovò a fumare con frenesia, passeggiando avanti e indietro. Mentre infilava nella borsa la copia del giornale che lei aveva lasciato sul tavolo, disse:

"Ecco… hai dimenticato il tuo articolo. E comunque non è carino il tuo modo di agire. Ricordati che non sempre si può fare a modo tuo. Con me è diverso, decido io quando raccontare quello che faccio".

Lei spense in un vaso ciò che era rimasto della sigaretta. Cercò i suoi occhi per trovare l'intensità che la emozionava, lo abbracciò stringendosi forte a lui. I volti erano vicinissimi, le labbra si sfioravano, l'odore della pelle si univa in un'unica essenza come il lungo bacio che li trasportò in un'altra dimensione. Helen sussurrò poche parole:

"Aspetterò, amore mio. Aspetterò con pazienza".

Helen si sistemò la borsa a tracolla e, salutando con il giornale in mano, se ne andò verso la sua auto parcheggiata sull'altro lato della strada. Guglielmo accennò un sorriso che si spense subito con il trillo insistente del cellulare.

Il volto si oscurò quando vide il numero sul display: era la clinica dove era ricoverata sua moglie Jenny. Prese dalla tasca gli orari delle lezioni che doveva tenere all'università, li consultò e si diresse con passo veloce verso l'auto. Sfrecciò nel traffico, incurante dei segnali stradali; voleva essere dalla moglie nel più breve tempo possibile. Quelle poche parole che lo invitavano ad andare in clinica iniziavano a preoccuparlo perché erano frasi che si dicono nelle circostanze più drammatiche. Percorse il lungo viale alberato che portava al parcheggio sterrato del centro di riabilitazione mentale.

Guglielmo arrivò davanti al portone vetrato con il cuore in gola: non sapeva ancora se quello che gli avevano detto fosse vero o solo un modo delicato per comunicargli una tragedia accaduta poche ore prima. Appena entrò nell'edificio gli venne incontro un medico di colore. Guglielmo dapprima fu sospettoso, poi lo sguardo profondo e l'atteggiamento gentile dell'uomo lo rimisero a proprio agio. I due si strinsero la mano e si presentarono; si sedettero nel salotto all'entrata. Il professore si tranquillizzò nel sentire il tono rassicurante del medico:

"Professor Torres, noi siamo in difficoltà. Non riusciamo a trovare una terapia che dia qualche risultato. E questa mattina, proprio quando pensavamo di aver trovato una soluzione, è accaduto il peggio".

Il medico era dispiaciuto di dover dare ancora un dolore a quell'uomo che in breve tempo aveva visto distrutta la sua famiglia. Guglielmo chinò il capo, avrebbe voluto sentirsi dire che c'era ancora qualche speranza, ma ancora una volta non era così. Purtroppo Jenny non riusciva più a venirne fuori e quella mattina aveva tentato il suicidio tagliandosi i polsi. L'avevano salvata le stesse compagne di stanza chiamando subito le infermiere. Medicata con urgenza al pronto soccorso, si trovava ormai fuori pericolo, ma in terapia con forti sedativi.

Il dottore non riusciva a trovare le parole per proseguire il discorso. Ora che si trovava davanti Guglielmo, del quale gli era stata raccontata la vicenda, il suo dispiacere si faceva più intenso. Poggiò una mano sulla spalla del professore e lo invitò a seguirlo:

"Venga, andiamo da lei. Anche se dorme, è importante che senta la sua voce".

Percorso il lungo corridoio e superata una porta grigliata

in ferro, Guglielmo e il dottore entrarono nella prima stanza che avevano incontrato. È un ambiente asettico con pareti bianche e una sola finestra in alto, protetta da sbarre di ferro. Nell'unico letto dormiva profondamente la povera Jenny. Il corpo esile ma ben fatto era definito dal lenzuolo che la copriva lasciandole scoperte le braccia. Un monitor registrava i battiti cardiaci. Nonostante tutto, il viso disteso mostrava ancora la sua bellezza. La diffusione di musica classica nell'ambiente rendeva l'atmosfera meno drammatica. Il medico controllò i dati segnalati dagli strumenti e uscì dalla stanza senza fare alcun rumore.

Guglielmo si avvicinò al letto. La donna, immobile, aveva i polsi fasciati e un volto pallido che incuteva preoccupazione. L'uomo si avvicinò per baciarle la fronte e lei per un attimo si svegliò. Spalancò gli occhi stringendogli la mano senza pronunciare una sillaba. Restarono vicini: nonostante tutto, si capivano ancora. Lo sguardo della donna si andava facendo più dolce, tutto il corpo si stava rilassando. La sua silente espressione mostrava una debole serenità, prima di cadere di nuovo nel profondo sonno del coma.

Il cuore del professore era straziato dal dolore che continuava a perseguitarlo ogni giorno della sua esistenza. Si avvicinò ancora alla moglie per baciarla e sussurrarle qualche parola:

"Ciao, Jenny, non pensare più a lui. Ormai è inutile. Ci vuole vivi, non dimenticarlo. Ci vuole vivi, ti prego!".

Guglielmo uscì dalla stanza molto provato, cercò di riprendersi, mentre percorreva il tratto che lo conduceva all'uscita. Salutò il medico che lo rassicurò sull'assistenza che avrebbe ricevuto la moglie. Salì in macchina, mise in moto e si diresse verso la strada che l'avrebbe riportato all'università. Durante il percorso, nella mente gli risuonavano le frasi che il medico gli aveva ripetuto più volte:

"Jenny ce la farà, Jenny ce la farà. È solo questione di tempo".

Il professore, quando si trovò nei pressi della periferia della città, decise ad un tratto di cambiare destinazione. Aveva bisogno di guardare il mare da vicino. Diresse spedito la sua auto verso il casello autostradale per raggiungere la piccola città di Nervi. In quel meraviglioso posto di mare, poco distante da Genova, aveva vissuto i momenti più belli con la sua famiglia. Lui, Jenny e Jacopo passavano intere giornate a rincorrersi sulla spiaggia o a cimentarsi nella corsa in bicicletta lungo il litorale. Poco distante dal mare, nell'unico cantiere esistente era stato tirato in secco il veliero Sonia Maria. Era la barca che Guglielmo aveva utilizzato per le sue ricerche scientifiche in tutti quegli anni. Il Sonia Maria era un veliero che apparteneva alla famiglia Torres fin dal lontano 1950.

In quegli anni la famiglia Torres viveva tra Siviglia e Barcellona per i numerosi impegni di papà Pablo con la Marina spagnola. Quando dal comando per le ricerche scientifiche era venuto l'ordine di eliminare il veliero dalla flotta mettendolo sul mercato, l'ingegner Torres non si fece scappare l'occasione e, senza esitare, lo acquistò. Ci vollero due anni di intenso lavoro per renderlo perfetto come nel giorno del suo primo varo.

L'esperienza del padre di Guglielmo era stata determinante per trasformarlo in un antico e affascinante veliero all'esterno, ma in una potente e tecnologica struttura nel suo interno.

Quando Pablo morì chiese al figlio di conservarlo più di ogni altra cosa della famiglia. Guglielmo aveva vissuto la barca sempre indirettamente perché suo padre l'amava così tanto da impedire a chiunque di viverla in modo profondo. Il giovane ci aveva passato molto tempo della sua adolescenza e dalla dolorosa morte del genitore aveva imparato ad amarla quanto la amava lui. Dopo il matrimonio con Jenny l'aveva trasferita a Genova, traversando il Mediterraneo. Quel lungo percorso fu per Guglielmo un vero e proprio battesimo della sua prima navigazione. Dalla sua memoria non si sarebbe mai cancellato il fascino della costa ligure in avvicinamento e l'arrivo al porto di Genova sotto lo sguardo curioso dei turisti e degli addetti ai lavori portuali. Restavano incantati tutti davanti al Sonia Maria mentre ammainava le potenti vele, solcando le acque del porto con la sua maestosa presenza. Quel quadro gli era rimasto impresso e ogni volta che ritrovava il suo veliero lo vedeva come una divinità che lo stava aspettando.

L'arrivo nella piccola cittadina di mare lo rimise di buonumore. Il cantiere che, nonostante il passare degli anni, era rimasto pressoché lo stesso sembrava attenderlo per offrirgli qualche pausa di serenità. Guglielmo, come gli aveva insegnato suo padre, controllava sempre le eliche prima di girare intorno allo scafo. Era un'abitudine che gli dava la sicurezza sullo stato dell'imbarcazione. Accarezzando il fasciame delle fiancate, apprezzava ogni volta la possanza del veliero. Gli occhi andavano verso il sole cercando di individuare la coffa di avvistamento, e trovavano riparo da tanto bagliore solo dietro il grande albero maestro. In quei momenti dimenticava di essere in un cantiere e viveva come se stesse già in mare. Fiocco e randa tese dal vento aiutavano la prua alta sull'onda e il salso odore del mare si insinuava in ogni cosa. Sembrava di ascoltare l'acqua salata che sbuffava per far largo alla possente stazza del Sonia Maria.

Niente era più come prima. Solo serrando le palpebre riviveva quegli squarci di felicità, che però sfuggivano via come il vento, per ritrovarsi solo in piedi davanti al veliero per il quale provava sempre un intenso affetto. Il dolore che si portava dentro ora smorzava ogni cosa.

Alla fine della scala che permetteva di salire a bordo era rimasto a sonnecchiare un cane di grossa taglia dal folto pelo nero. A prima vista sarebbe potuto sembrare un terranova, ma s'intuiva che forse era solo un incrocio con la nobile razza. Guglielmo, rassicurato dalla sua tranquillità, si chinò su di lui per accarezzarlo. Il cane alzò il capo per andare incontro alle mani del professore e spalancò gli occhi, drizzandosi sulle zampe anteriori. Si mostrò subito molto affettuoso. Era la prima volta che vedeva quell'animale nelle vicinanze della barca, ma aveva la sensazione che fosse lì ad aspettarlo già da molto. Salì sulla scala poggiata alla spaziosa piattaforma di poppa, cercò intorno a sé il padrone di quella montagna di pelo nero, ma nel cantiere c'era solo Aristide, custode da quando era in pensione, che stava trafficando nel capannone di metallo dove venivano riposti gli attrezzi e le piccole imbarcazioni. La sua presenza si coglieva dal rumore di ferraglia che risuonava in tutto il cantiere. Non vedendo nessuno, il professore salì sul ponte.

Negli ultimi periodi era passato a controllare il veliero solo poche volte. Avrebbe voluto staccarsi da ogni cosa che apparteneva alla sua vita passata, ma l'amore per il mare e la sua barca erano forse le uniche cose rimaste intatte in seguito alla tremenda esperienza vissuta. Andava di rado al cantiere, ma ogni volta vi ritrovava il sapore dell'andar per mare. Un piacere che gli era rimasto dentro, indelebile, indistruttibile, nonostante tutto.

Il Sonia Maria era malridotto, sporco e maltrattato dalle intemperie. Erano quasi due anni che era in secco e la vernice in molte parti si era scrostata. Il sistema velico era bloccato e le vele sembravano essersi irrigidite. L'impianto elettrico era difettoso e forse doveva essere rimesso a norma.

Guglielmo esaminò ogni dettaglio e si rese conto che per farlo tornare a navigare avrebbe dovuto lavorarci sopra, come aveva fatto suo padre quando l'aveva acquistato dalla Marina spagnola.

Il pensiero corse al progetto che gli aveva proposto Roberto. L'idea cominciava ad attrarlo e davanti alla propria barca iniziò a valutare quale sarebbe potuto essere l'impegno economico. Mentre camminava sul ponte verso la prua, inspirò forte, per assorbire in quei pochi istanti tutto il caratteristico odore del veliero. Era il vago piacere di respirarlo e godere di quell'atmosfera che conosceva fin da quando era bambino. Tra cime, timone e strumenti impolverati provava una sensazione di benessere. Ora l'intento cominciava a farsi più chiaro e concreto: ragionandoci su, concluse che traversare l'Atlantico, adesso, avrebbe potuto ridare un senso alla sua vita.

Immerso nel profumo di legno e sale dell'imbarcazione, Guglielmo prese consapevolezza che avrebbe dovuto raccogliere tutta la passione e la forza che aveva, se voleva riportare il Sonia Maria ai fasti del passato.

Nel frattempo, al Museo oceanografico era in atto una riunione nella sala della biblioteca. Roberto aveva invitato il rettore dell'università, Alfredo Damiani, e due dirigenti di un'importante rete televisiva per verificare le possibilità di realizzazione della propria idea. Questi ultimi erano stati incaricati dal presidente della loro società di quantificare i costi e il livello di interesse televisivo che ne sarebbe potuto venir fuori. Erano un uomo e una donna, abbastanza giovani e molto eleganti; dai loro primi discorsi si percepiva subito una scaltrezza professionale che li faceva apparire capaci di trasformare con rapidità un avvenimento in un importante evento mediatico.

Due collaboratrici della direzione del museo aprirono la porta della sala ed entrarono. Erano avvenenti ragazze di indiscutibile bellezza. Il loro ingresso fece interrompere per qualche minuto i discorsi appena intrapresi. I partecipanti alla riunione le notavano ammutoliti mentre si avvicinavano al tavolo ovale. Con molto garbo le ragazze offrivano acqua e caffè e, continuando a distribuire sorrisi, consegnavano a ogni partecipante una cartella contenente l'informativa completa del progetto.

Roberto contemplava i suoi ospiti con la sensazione di trovarsi al posto giusto nel momento giusto. Conoscendo in particolare le debolezze del rettore, aveva scelto le ragazze più attraenti della propria segreteria. Damiani aveva un filo diretto con il ministro e poteva ottenere le risorse necessarie per la realizzazione della traversata atlantica. Era un uomo molto apprezzato professionalmente e ben appoggiato dai politici. Il suo aspetto non molto piacevole per la mole e l'aria impomatata non gli impediva di essere però un appassionato corteggiatore di belle signore.

Salveri non si era fatto nessuno scrupolo al riguardo, voleva ottenere il suo scopo con qualsiasi mezzo, fosse anche il più becero. Era determinato a mettersi in evidenza per consolidare la propria posizione all'interno del museo; inoltre era consapevole di avere così la possibilità di allargare il suo potere fino all'università.

Salveri era una figura piena di contraddizioni. A volte si comportava come il più perfido degli opportunisti, altre invece si trasformava nel più rassicurante degli amici. Tutto ciò lo rendeva imprevedibile. Era una persona formale con la maniacale idea che il vestir bene e le belle macchine potessero fare la differenza rispetto agli altri. Il suo aspetto asciutto e la forbita dialettica lo rendevano accattivante e simpatico. Per queste sue caratteristiche riusciva sempre a conseguire gli obiettivi che si prefiggeva. Ora sedeva al tavolo con persone che gli offrivano la possibilità di realizzare il suo progetto e per niente al mondo si sarebbe fatto sfuggire quell'occasione. Con loro era gentile e accondiscendente, cercava così di accattivarsi simpatia e affidabilità.

Prima di iniziare a parlare diresse lo sguardo alle ragazze, annuendo con un cenno del capo. Quando si rivolse al rettore, per chiedergli di introdurre l'argomento, si accorse che Damiani era rimasto affascinato davanti a tanta bellezza, allora prese lui l'iniziativa aprendo sul tavolo una carta nautica dell'Atlantico. Le ragazze intuirono anche dagli sguardi del direttore che dovevano uscire dalla stanza. Una delle due si accertò che non ci fosse altro da portare e si avviò insieme alla collega verso la porta, salutando tutti con gentilezza.

I due rappresentanti della rete televisiva, nel frattempo, bevendo un caffè, avevano letto i fogli nella cartellina. Damiani, allontanate le distrazioni e schiaritosi la gola, come faceva di solito quando si riuniva con i propri docenti, iniziò a parlare:

"Signori, ho avuto modo di leggere nel dettaglio questo progetto e posso dire di esserne rimasto favorevolmente colpito. Ho già dato all'amico Salveri la mia approvazione per studiarne la fattibilità, a condizione però che l'aspetto storico culturale abbia sempre il giusto rilievo. Comunque l'idea di unire un reality a una ricerca nell'Atlantico la trovo originale e idonea per andare al passo con i tempi che viviamo".

Alle orecchie di Roberto, quelle parole suonavano come una dolce melodia. Un brivido di piacere gli corse lungo la schiena per il confermato consenso del rettore. Preso dall'entusiasmo, voleva subito far capire l'importanza della scoperta che ne sarebbe potuta venir fuori, mostrando ai partecipanti l'antico manoscritto che gli aveva lasciato Guglielmo.

Roberto spiegò che quel testo non era altro che il diario di bordo di un monaco irlandese chiamato Brandano e che in esso erano descritte con minuzia le rotte e i luoghi che a quel tempo erano del tutto sconosciuti. Continuando a parlare dell'argomento, si accorse di aver destato un notevole interesse nei suoi ospiti, quindi con maggiore slancio continuò il suo intervento:

"Da questo piccolo diario parte la nostra avventura e sarà anche il riferimento di rotta per la navigazione. Il confronto tra passato e presente dovrà essere alla base di tutte le comunicazioni stampa per promuovere il reality televisivo. Abbiamo bisogno solo di trovare le risorse economiche per realizzare tutto questo, per il resto ho già preparato un programma organizzativo e credo di avere anche la persona giusta. Un progetto così particolare e delicato ha bisogno di un personaggio all'altezza della situazione come'è Guglielmo Torres, ricercatore e docente universitario, che lei, dottor Damiani, conosce bene".

Salveri avviò con il telecomando il videoproiettore, che mostrò, su uno schermo venuto giù da una parete, la riproduzione di un'antica mappa nautica dell'oceano Atlantico. Con un segnale luminoso indicò il percorso previsto della navigazione. La rotta sarebbe dovuta essere quella seguita dai monaci navigatori, ricordando durante le dirette televisive che all'inizio del VI secolo d.C. il mondo conosciuto era considerato piatto; oltre questo, l'ignoto regnava indisturbato e su di esso si alimentavano storie e racconti leggendari.

Roberto, certo dell'interesse dei presenti, decise di parlare anche della misteriosa isola galleggiante di Soledad, descritta dai pochi navigatori che l'avevano incrociata. Nella sala calò il silenzio, gli occhi dei presenti rimasero concentrati su quel punto in mezzo all'oceano. L'argomento aveva coinvolto tutti in un'atmosfera magica che aveva messo in evidenza Roberto come cantore di quel misterioso mondo che sarebbe potuto essere appartenuto al continente di Atlantide.

I due responsabili della rete televisiva si consultarono con aria attonita; la donna si sporse per prendere il manoscritto sul tavolo e, sfogliandolo insieme al suo collega, disse:

"È una scrittura poco leggibile, quasi incomprensibile, però l'idea dell'affascinante e avventurosa traversata in diretta credo sia un ottimo cibo per i telespettatori di tutto il mondo".

L'uomo accanto a lei chiuse la cartella con i particolari del progetto e si rivolse a Roberto Salveri:

"È tutto molto interessante, ma è evidente che saranno necessarie forze economiche esterne oltre a quelle della rete. Il progetto è ambizioso, ma ritengo che sia anche molto costoso".

Il rettore si alzò dalla sedia, lanciando un'occhiata al proprio orologio, e si avvicinò a Roberto cercando di parlargli separatamente. Uno per volta, anche gli altri si alzarono prendendo con sé le borse e le cartelle dal tavolo. Damiani volle mostrare subito il suo consenso sulla fattibilità del progetto e affermò:

"Parlerò con il ministro e, conoscendolo, sono certo che

avremo il contributo che ci serve. Se Torres in realtà si è ripreso e accetterà l'incarico, otterremo ottimi risultati".

Roberto accolse con entusiasmo il consenso dimostrato dai suoi interlocutori con il presentimento che tutto si sarebbe realizzato in tempi brevi. Aprì la porta, richiamò le due ragazze per far accompagnare gli ospiti. Sull'uscio della sala della biblioteca li salutò uno per uno con una cordiale stretta di mano. La donna che rappresentava l'emittente televisiva si consultò sottovoce con il proprio collega, sbilanciandosi subito con una proposta a breve termine:

"L'idea ci piace, parlerò di persona con il presidente e in pochi giorni le faremo avere una risposta. È molto importante per noi avere l'esclusiva su tutta l'operazione, il nostro capo non accetta compromessi".

Salveri si inchinò davanti a lei, quasi a voler mimare l'approvazione di quella prima proposta e disse:

"Parlerò con Guglielmo Torres per rendere concreto il progetto. Aspetto vostre notizie".

Mentre gli ospiti si avviavano verso l'uscita accompagnati dalle segretarie, Roberto rientrò nella biblioteca un po' pensieroso e cupo in volto. Prese il piccolo manoscritto, lo sfogliò ancora una volta pagina per pagina avvicinandosi alla finestra. Nel cortile dell'edificio vide il rettore entrare nell'auto che lo attendeva. Proprio ora che era vicina la possibilità di concretizzare i suoi progetti, un pensiero assillante sullo stato di Guglielmo gli frullava nella testa. Sapeva che il suo amico era un elemento fondamentale per la realizzazione della sua idea, sapeva anche che aveva potuto rendere la riunione così interessante grazie ai suoi studi e alle sue scoperte.

Intanto a Nervi il tramonto avvolgeva con il suo rossore il cantiere navale.

Aristide con la sua barba bianca e i capelli lunghi arruffati dal vento uscì dal capannone degli attrezzi borbottando frasi sconnesse e quasi incomprensibili. Si comportava così ogni volta che non riusciva a portare a termine un lavoro come avrebbe voluto lui.

Nonostante i suoi settanta anni era un tipo caparbio e ancora un meccanico molto valido. Se la prendeva spesso con i giovani che non volevano fare quel lavoro. Imprecava e farfugliava frasi come questa:

"Ma qui mi sporco di grasso e di olio le mani. La pelle si macchia…".

Imitava e ridicolizzava quelle voci come se avesse voluto convincersi che quella era la realtà.

Con la sua andatura lievemente claudicante, avendo visto muoversi qualcuno sul ponte del Sonia Maria, si avvicinò al veliero per controllare. Guglielmo, che aveva sentito i suoi rimbrotti, uscì dalla cabina di comando, richiuse a chiave la porta e, gettando un largo sguardo sul ponte, scese dalla scala appoggiata sulla pedana di poppa. Il cane che aveva trovato al suo arrivo era ancora lì, fermo e immobile ad aspettarlo. Aristide, vedendo il professore scendere, tenne la scala per evitare che si spostasse e, alzando la testa piena di capelli verso l'alto, si rivolse a lui con gentilezza:

"Accidenti a me, professore! Non mi sono accorto del suo arrivo. È un sacco di tempo che non la vedo. Allora, che facciamo con questo veliero? Si ricomincia?".

Guglielmo accennò un sorriso e allargò le braccia, come per indicare una possibilità:

"Può darsi, Aristide, può darsi… Ma, dimmi un po', questo è il tuo cane?".

Aristide tolse la scala dalla poppa e la appoggiò a terra sotto la pancia dell'imbarcazione. Faceva una certa fatica nel piegarsi a causa della sciatica, con cui ormai conviveva. Nel rialzarsi si massaggiò il fianco con una mano e rispose con fermezza:

"Non è il mio cane. Purtroppo il mio Roky è morto già da tre anni e non voglio più sentire parlare di avere un cane. Ho sofferto le pene dell'inferno per la sua mancanza. Questo si è presentato qui da qualche giorno e non se ne vuole andare. A prima vista impressiona per la sua stazza e per il suo colore scuro, ma le assicuro che è intelligente e buono. Comunque, se le dà noia, lo mando via".

Il professore si accorse di un feeling inaspettato tra lui e quel cane. L'animale si avvicinò con il muso umido alle sue mani per cercare una carezza. Guglielmo non poteva fare a meno di toccarlo, mentre rispondeva ad Aristide:

"No, no. Per carità! Non mi dà alcun fastidio… anzi!".

L'affetto di quell'animale così schietto e sincero lo aveva colpito, gli aveva donato un piccolo e fugace sollievo in mezzo a tanto dolore. Ecco la vera sensazione che aveva provato. Dentro di sé sapeva di avere un gran bisogno di quell'affetto, ma non voleva dimostrarlo a nessuno.

Aristide lo invitò nella sua casetta all'ingresso del cantiere. Precedette il professore che si voltò ancora verso il veliero che, nonostante l'assenza di manutenzione, era sempre una barca dall'aspetto affascinante e nel contempo misterioso. I due uomini si avviarono sullo sterrato che portava all'uscita. Il cane abbaiò due volte per farsi notare da Guglielmo, che si girò verso di lui, per proseguire insieme al custode. In casa Aristide tirò fuori dal frigo una bottiglia di vino fresco. Prese due bicchieri e lo versò. Il liquido rosso scivolò nel vetro:

"Questo è il vino di mia sorella. Beva. Senta che nettare.

Dobbiamo brindare al suo ritorno".

A Guglielmo sfuggì un altro sorriso: si trovava stranamente a proprio agio. Prese il bicchiere, lo alzò insieme ad Aristide e bevve tutto di un sorso. Il vino scese nei bicchieri come un ruscello di montagna tra le rocce, ma al terzo bicchiere lo studioso fermò il compagno di bevuta perché sapeva che altrimenti non sarebbe più riuscito a guidare fino a casa.

Aristide era già brillo, ma per lui il problema non si poneva perché, come al solito, aveva acceso il televisore e si era addormentato sul divano rimandando tutti gli impegni al suo risveglio.

Un minuto per veder calare l'ultimo spiraglio di sole e Guglielmo, con la macchina già in moto, tornò veloce verso casa per riflettere e pensare al domani.

5

Il messaggio del delfino

Durante la notte in quella temporanea dimora, Guglielmo veniva spesso assalito dai rimorsi. Quando questo accadeva, non percepiva più la differenza tra sogno e realtà.

Ogni volta che vede precipitare su di lui sempre la stessa onda gigantesca, ha un sussulto, il cuore sembra fermarsi, rimane immobile, paralizzato, con gli occhi sbarrati nel buio. Dal quel buio vorrebbe emergesse una soluzione per la sua vita, ma davanti a sé resta solo il vuoto, l'angoscia. Vorrebbe ribellarsi, ma non può, è impotente di fronte alla sua stessa collera.

Quella notte però era diversa, in fondo al suo dolore c'era anche l'idea di un viaggio nell'Atlantico, che accendeva in lui una piccola speranza.

Quando ormai è *quasi l'alba, si alza per aprire la finestra: lo sguardo si perde nell'immensità dell'universo, cercando tra le stelle un messaggio subliminale in grado di recargli conforto e amore.*

Fra queste, un gruppo di creature luminose sembrano essere lì in mezzo all'universo per trasmettere intensi riflessi biancastri. È una strana costellazione dall'apparente forma di un delfino. La sua mente viaggia insieme alle stelle, una voce che viene dalla sua anima lo incita a seguire quel segno. Le parole echeggiano nella testa con insistenza, risuonando come un'improrogabile condizione:

"Concludi al più presto la tua ricerca e parti. Viaggia attraverso le onde, attraverso la nebbia, attraverso la pioggia e incontrerai quello che cerchi".

Il buio era ancora lì e il silenzio della notte dominava la casa. Guglielmo si ritrovò seduto sul letto e, vedendo la bottiglia di vino lì a terra, capisce di aver sognato.

Con la nascita del nuovo giorno, i raggi del sole penetravano in ogni angolo della casa. Guglielmo si svegliò, stirò le braccia dietro la schiena mentre l'orologio segnava le sei. Quella mattina, pur avendo dormito poche ore, si sentiva bene, riposato e carico di desideri volti al futuro. Si vestì con calma. Prima di uscire, fermo davanti al tavolo del salone, sfogliò, tra i suoi appunti, le leggendarie indicazioni che aveva trovato nel manoscritto. Aprì una carta nautica esaminandola con cura e, cercando con l'indice i paralleli e i meridiani, trovò un punto nave in mezzo all'oceano Atlantico: era lo stesso angolo del mondo indicato da Brandano nel proprio diario. In quel preciso istante, nello studioso cresceva la determinazione necessaria per accettare l'incarico che Roberto gli aveva offerto e iniziare i preparativi per l'importante traversata.

Uscì di casa e percorse la strada adiacente al suo edificio. Aveva una gran voglia di riprendersi la propria vita, come se stesse scoprendo solo in quel momento il mondo che lo circondava. Passò attraverso il mercatino rionale, dove tutte le mattine si montavano i banchi di frutta e verdura tra le battute e le risate degli addetti ai lavori. Entrò nell'unico bar aperto a quell'ora per prendere un caffè. Il locale era pieno di gente che parlava ad alta voce; osservò gli avventori uno a uno con interesse, ascoltando le loro conversazioni. Erano uomini e donne che lavoravano al mercato, vendevano pesce, frutta e altri generi alimentari. Ogni mattina si ritrovavano lì a raccontarsi le loro giornate e i loro programmi con la semplicità di chi viveva inconsapevole di tutto ciò che accadeva nella realtà oltre la propria esistenza. Mentre sorseggiava il caffè, un imprevisto piacere pervadeva il suo corpo: provava una serenità fatta di cose semplici. Quelle persone a lui sconosciute lo avevano riportato tra la gente; con i loro sorrisi mattutini, con i loro discorsi strampalati, con la loro voglia di vivere, gli avevano donato una nuova felicità.

Uscì dal bar sorridendo, rinfrancato da quella spontanea compagnia. Inspirò a fondo l'aria del mattino, fermandosi in mezzo alla strada, e con passo spedito si avviò verso l'auto parcheggiata nel garage sotto casa.

Era ancora presto, ma all'ingresso dell'università c'erano già molti studenti. Alcuni di loro erano lì per scambiare due chiacchiere tra una sigaretta e un cappuccino. Per i ragazzi di Genova l'università era un vero e proprio punto di incontro dove si studiava, ci si conosceva, si imparava ad amare. Quel luogo era un riferimento anche per i docenti che condividevano in modo diverso gli avvenimenti insieme ai loro allievi.

Guglielmo entrò e salì le scale del primo piano, percorse il corridoio che conduceva al suo studio e trovò Maria intenta a pulire la sua stanza. La donna lo squadrò in strano modo, con la testa indicò verso la stanza dove, seduto a leggere tra le carte sparse sul tavolo, vide il suo amico Roberto. Sorpreso, gli chiede:

"Che fai qui a quest'ora? Sei caduto dal letto?".

Roberto si voltò, si alzò dalla poltrona, allargò le braccia per salutare il professore e rispose:

"Non potevo più tenermela dentro. Tu sei il primo che deve sapere. Il ministro è entusiasta del progetto e lo vuole realizzare subito, così come l'ho pensato io. Mi ha già firmato l'incarico di responsabile generale".

In quel preciso istante Guglielmo capì di aver avuto una

premonizione. Il pensiero corse subito a quella voce del sogno che sembrava provenisse dalle stelle, corpi che generano bagliori luminescenti in grado di comunicare attraverso la sagoma di un delfino un percorso da seguire.

Ora aveva un'ulteriore conferma alla certezza del suo intento: gli astri gli avevano indicato la strada e lui l'avrebbe percorsa con l'aiuto del suo amico. L'avrebbe percorsa con la speranza di trovare quei luoghi soprannaturali di cui avevano parlato i monaci navigatori del passato, illudendosi di potersi avvicinare allo spirito di suo figlio.

Roberto, scuotendolo per le spalle e fissandolo dritto negli occhi, lo incoraggiò sottovoce:

"Ehi, non fare scherzi. Qui abbiamo bisogno di te e del tuo Sonia Maria. Dobbiamo iniziare i lavori al veliero il prima possibile".

Guglielmo rimise in ordine le carte sparse sul tavolo e si girò verso il suo amico, dicendo:

"Oggi è un buon giorno per ricominciare. Grazie, amico mio. Se per te va bene, pane e salsiccia, come ai vecchi tempi. Ci vediamo più tardi sul Sonia Maria per iniziare i lavori".

La signora delle pulizie con l'abitudine di origliare dietro le porte, sentendo quei discorsi, si fece sospettosa; proprio non riusciva a digerire il fatto di non essere riuscita a capire nulla di quello che i due avevano detto. I due amici intanto si erano salutati e Roberto, distratto e sorridente, le passò davanti senza dire una parola: la donna mostrava un'espressione sempre più perplessa. Quella mattina anche il professore era diverso dal solito: lei se ne accorse dai suoi inconsueti movimenti, mentre prendeva gli appunti e usciva per andare verso l'aula dove lo aspettavano gli allievi.

Allora Maria, per farsi notare, con aria stizzita rivolse al professore un saluto polemico:

"Buongiorno, eh?!".

Non trovando risposta, scosse la testa e tornò a fare il suo lavoro borbottando fra sé alcune delle parole appena ascoltate:

"Iniziare i lavori… Ma quali lavori?".

Mentre spiegava ai giovani allievi il fenomeno gravitazionale, la mente di Guglielmo era già via dall'università e volava sulla strada che portava al veliero. Per questo le ore di lezione passate in aula con i ragazzi sembrarono minuti.

Al cantiere di Nervi, trovò Aristide all'ingresso della sua casetta che stava trafficando con un motore fuori bordo immerso in un bidone pieno d'acqua. Le imprecazioni del vecchio guardiano risuonavano nel rimessaggio come una sirena:

"Accidenti a te, maledetto rifiuto della meccanica! Che cosa vuoi che faccia ancora per farti partire?".

Aristide perse del tutto la pazienza e mollò un forte pugno sulla testa dell'ostinato motore, quindi tirò la cima dell'avviamento con la rabbia di chi non vuole più saperne e, come d'incanto, il motore partì:

"Brutta bestia di metallo e plastica, ce l'hai fatta finalmente!".

Il professore, parcheggiata l'auto fuori dal recinto, si avviò verso il suo veliero con una macchina fotografica in una mano e una busta nell'altra; passò davanti ad Aristide, che sorrise compiaciuto.

"Quei motori hanno il problema del carburatore troppo sensibile", disse Guglielmo mentre gli scattava una foto.

Dopo una breve interruzione, continuò asserendo:

"Dovresti saperlo, vecchio matto che non sei altro!".

Il cane dal pelo scuro come il carbone era ancora lì, ai piedi del Sonia Maria. Appena vide avvicinarsi Guglielmo, si drizzò sulle zampe e abbaiò ripetutamente.

Il guardiano, camminando dietro al professore, farfugliò ancora frasi contro il fuoribordo che lo aveva fatto dannare. Quando sentì il cane abbaiare, si fermò a dire:

"Non si è più mosso da lì, sta aspettando lei".

Il cane, appena li scorse, corse verso di loro e si lanciò con le possenti zampe sul petto di Guglielmo, che lo calmò:

"Buono, buono. Ok, ok! Va bene, sono qui. Adesso sta' giù".

Il cane, solo nel ricevere un gesto d'affetto, si tranquillizzò. Aristide era rimasto sorpreso e anche un po' sconcertato per l'attrazione che quell'animale provava per il professore.

Il vecchio guardiano aveva già visto Guglielmo al cantiere la settimana precedente e, intuendo che su quel veliero avrebbero dovuto salirci spesso, aveva provveduto subito a sistemarci una scala più comoda e sicura per entrare agevolmente:

"Visto, che comodità?".

L'anziano custode si aspettava una reazione da parte del professore che invece salì a bordo con il pensiero già rivolto ai lavori da fare. Allora Aristide, sempre per sollecitare l'interesse di Guglielmo, provò a cambiare discorso:

"Caro professore, penso proprio che lei dovrà adottare questo cane".

Il cane drizzò le orecchie come se avesse capito le parole del vecchio e, abbaiando ancora una volta, saltò sulla scala senza esitare e salì sul ponte, da Guglielmo.

Per l'animale, convinto di aver trovato un padrone, quella era un'occasione di gioia. Scodinzolava, girava su se stesso, emettendo suoni gutturali e versi che sembravano un linguaggio d'altri tempi, quindi si fermò ai piedi del professore, aspettando una risposta. Ed ecco la risposta: Guglielmo si chinò verso di lui per parlargli sottovoce:

"Dai, entra! Se vuoi stare qui, sta' pure qui".

Quella enorme massa di pelo nero in quel momento era al settimo cielo, adesso aveva la certezza di aver trovato l'affetto che forse non aveva mai ricevuto. Per la gioia che aveva dentro saltellava sul ponte, facendolo risuonare come un tamburo, e lanciato ancora uno sguardo al suo nuovo padrone, si pose alla guardia del veliero sdraiato sulle doghe di teck.

L'anziano custode, sentendosi escluso da quel connubio, decise di tornare tra i suoi lavori. Prima di arrivare nell'officina si voltò ancora verso il cane e il professore. Percepiva che in quell'affetto si muoveva qualcosa di particolare, forse un segno del destino che è al di sopra della nostra capacità di intendere. Sulla sua bocca, incorniciata da un'arida barba biancastra, spuntò un sorriso smagliante. Si tolse il cappellaccio che aveva sulla testa e lo sbatté sulle gambe nel tentativo di togliere un po' di polvere. Annuendo con il capo, di spalle alla barca e borbottando fra sé e sé, ritornò alla sua casetta:

"Ecco qui, il matrimonio è fatto. Sono contento per quella povera bestia. Adesso, se quel motore non riparte subito, lo prendo a martellate".

Mentre camminava, cercò nelle tasche gli attrezzi che stava usando:

"Accidenti a me. Dove ho messo il cacciavite? Queste sono le pinze… ah, eccolo!".

Il sole di ottobre si intiepidiva e qualche nuvola passeggera rendeva il pomeriggio incolore. Entrato all'interno dell'imbarcazione, Guglielmo si rese conto che in fondo non c'erano lavori sostanziali da fare. Il Sonia Maria aveva navigato con lui tante volte e insieme avevano superato ogni sfida del mare. Era un veliero di tutto rispetto, anche se erano passati molti anni dalla sua costruzione. I suoi trentacinque metri di lunghezza lo rendevano ancora un mezzo valido per affrontare ogni tipo di traversata. Prima il padre, poi il figlio, avevano mantenuto le strutture sempre al massimo dell'efficienza. Era un veliero pieno di fascino marinaresco: appariva antico all'esterno ma con un cuore giovane all'interno. Erano passati due anni dall'ultima esplorazione alle isole Canarie: dopo di ciò lo strazio della tragedia aveva avvolto ogni cosa in una sorta di oblio.

Guglielmo sapeva che quel veliero era forte e che non si sarebbe fermato davanti a nulla. Sapeva che lo avrebbe accompagnato nella ricerca più importante. Ora si sentiva di nuovo "il comandante" ed era pronto a prendere il mare per trovare una nuova identità che lo riportasse a vivere insieme agli altri.

Cercò con la mano sullo stipite della porta le chiavi per entrare all'interno. Le lasciava per abitudine sempre lì, ma ogni volta non riusciva a trovarle subito. Finalmente, ecco il loro rassicurante rumore metallico. Smaltita l'emozione, la porta si spalancò davanti a sé.

Si sedette sul salottino della dinette, alzando una nuvoletta di polvere. Si rialzò subito, scuotendo la testa. Parlando al suo riflesso sulla lampada in ottone sul tavolo, mormorò:

"Quanto ti ho trascurato… C'è polvere dappertutto".

Incuriosito dallo stato della strumentazione di bordo, rimase in piedi sul ponte di comando interno, per provare ed esaminare l'attrezzatura in maniera più accurata. Premette una serie di tasti e il veliero riprese vita. Si accesero le luci del salone centrale e ogni strumento sembrò volergli comunicare "Sono pronto. Quando si parte?". Anche la radio di bordo, prima di sintonizzarsi, disse la sua, emettendo un bollettino sullo stato del mare della zona. Un rumore sul ponte e l'abbaiare del cane lo indussero a sbirciare da uno degli oblò della sala comandi.

Non poté fare a meno di sorridere quando vide il suo amico Roberto salire a bordo senza avvertire. All'oscuro della presenza dell'animale, era rimasto fermo sull'ultimo gradino della scala, senza riuscire a fare neanche un centimetro in più per il ringhiare minaccioso del cane che lo teneva bloccato all'ingresso del veliero.

"Buono, buono. Lascialo passare, è un amico" disse Guglielmo uscendo all'aperto.

Roberto era sorpreso e, mentre camminava un po' incerto sul ponte, balbettò:

"Ma questo mostro dove lo hai preso? Che novità è questa?".

Il professore con una carezza sulla testa rese il cane mansueto come un agnellino, spiegando:

"Beh, a dire la verità non lo so neanche io. Però ora è qui e resterà con me. Lo chiamerò come il suo colore: Nero".

Il suo amico, tranquillizzatosi, alzò le spalle mimando il proprio disinteresse per il cane:

"Se per te va bene… è perfetto".

I due amici entrarono sottocoperta facendosi una risata. Guglielmo fece strada dicendo:

"Dai, vieni, ho portato i panini come ai tempi della scuola. Ti ricordi?".

Roberto annuì all'amico, sorridendo. Tuttavia, quella breve gioia di gioventù si spense subito sulle labbra. Camminarono uno dietro l'altro nel salone centrale del veliero, girando in direzioni diverse. Guglielmo, allargando le braccia e voltandosi verso il ponte di comando, disse:

"Eccola qui. Ci sono molte cose da fare, ma niente di fondamentale. Ha bisogno di un ottimo lifting per fare bella figura in televisione; lei con i suoi fianchi larghi mi può portare in capo al mondo. E tu lo sai".

L'amico ispezionò gli interni del veliero, assumendo un aspetto compiaciuto, certo di fare la cosa giusta; accese il televisore e ribatté:

"Lo so. È una barca forte. La tecnologia, amico mio, la tecnologia! Qui ci vorrà un aggiornamento strumentale importante, ma non preoccuparti per i costi: mi hanno chiesto di fare il massimo e così farò".

Roberto si zittì per qualche secondo. Sembrava decidere in quel momento quanto spendere per l'impresa. Si versò dell'acqua nel bicchiere e bevve tutto di un fiato per riprendere a parlare subito:

"Mantenere alta l'immagine della nazione... è indispensabile. È la ragione per la quale il ministero ci permette di realizzare il progetto. Non dimenticare che saremo in diretta sul canale internazionale".

Nel fare quest'affermazione, Roberto si era calato talmente tanto nella parte che il suo volto era divenuto serio e tirato. Le parole in quel momento sembravano risuonargli in bocca come quelle di un generale in attesa della battaglia. Guglielmo era pensieroso, preoccupato per il buon esito del progetto. Aveva compreso meglio quanto il suo amico si aspettasse da quell'avventura costruita intorno alle sue ricerche. Su Roberto sembrava essere calata una fitta nebbia che recava il peso delle responsabilità di quella che fino a quel momento era stata solo fantasia, ma che in pochi giorni si stava rapidamente concretizzando in una realtà colma di interessanti prospettive. Nella sua mente aleggiava la paura che Guglielmo non ce la potesse fare: il dubbio del fallimento era come un vortice violento. Un'improvvisa illuminazione lo aveva reso consapevole delle difficoltà che avrebbero dovuto affrontare, lui con le autorità politiche e il suo amico con il mare e i misteri racchiusi nelle sue letture.

Il subbuglio di emozioni che lo travolgeva gli fece perdere il suo solito atteggiamento spavaldo e sicuro. Per cercare di distrarsi dai pensieri che lo assalivano, si avvicinò all'oblò. Davanti a lui il ponte del veliero terminava di prua e cedeva la scena al lungo bompresso decorato dalla statua di una sirena. Lo scorcio di nave gli regalò un'improvvisa e ambiziosa sensazione che lo fece tornare a essere quello di sempre. Per stemperare l'atmosfera prese uno dei panini sul tavolo, lo aprì per vederne il contenuto e, rivolgendosi a Guglielmo con la smorfia di chi vuole prendere in giro, esclamò:

"Salsiccia, ci avrei giurato".

Addentare quel pane ancora croccante lo riportava indietro negli anni. Il sapore di quel pasto frugale gli restituì un bagliore di serenità che apparteneva al passato.

Si sdraiò sul salottino rivolto verso il televisore: il notiziario trasmetteva le immagini dello sciopero dei metalmeccanici. Ingoiò svelto per lanciare qualche battuta su ciò che stava vedendo:

"Ogni giorno c'è qualcuno che si lamenta".

Appoggiandosi sulla morbida seduta, Roberto si accorse di essersi adagiato su un notevole strato di polvere e, guardandosi la mano, esclamò:

"Ehi, ma qui ci vorrà un esercito di persone per pulire".

Guglielmo, con un'espressione di disappunto, allargò le braccia, gli voltò le spalle per scendere al piano inferiore dove, separate da un corridoio centrale, vi erano le quattro cabine armatoriali. Erano grandi e spaziose, in ognuna di loro trovavano posto ampi e confortevoli bagni che si aprivano all'interno di un sofisticato arredo di marina coloniale.

Il professore era sceso nella parte più intima dell'imbarcazione per riappropriarsi di quelle atmosfere che gli facevano rivivere un passato che sembrava ormai scomparso insieme alla sua vita precedente.

La cabina situata a prua era la più spaziosa; in quel punto in genere dormiva quando navigava. Si sdraiò sul letto, chiuse gli occhi assaporando l'odore del mare che gli arrivava sotto al naso. Erano passati quasi due anni da quando era stato lì l'ultima volta.

La disgrazia che l'aveva colpito aveva spento ogni suo interesse, compreso quello delle ricerche sulla deriva dei continenti, che erano sempre state al centro delle sue attenzioni. Cercare tra futuro e passato per scoprire la presenza dell'uomo sul pianeta lo aveva affascinato fin dai primi anni della sua vita. Gli studi sulle terre emerse in funzione delle variazioni delle correnti atlantiche erano giunti al culmine proprio nel periodo più triste per Guglielmo.

Ora era determinato a uscire da quella vita nascosta, e per questo si aggrappava con decisione alle sollecitazioni di Roberto, illudendosi di trovare una qualche verità occultata dietro la scomparsa del figlio. Era un tentativo che sapeva essere vano e impossibile ma che serviva a mantenersi in contatto con lui, alimentando l'energia necessaria per completare la ricerca che sarebbe stata presentata a Lisbona con i risultati documentati direttamente da una traversata atlantica.

Mentre fissava il soffitto di legno lucido della cabina, il pensiero tornò a quella terribile notte di due anni fa.

Il mare in tempesta scende sul suo letto, lo assale l'angoscia, Jacopo è proprio lì davanti a lui, sulla prua della barca combatte per tendere la vela del fiocco. Ed ecco l'onda che spazza via ogni cosa, lasciando dietro di sé solo il tormento del rimorso.

Guglielmo si alzò di scatto dal letto, si passò una mano sulla fronte per asciugarsi un improvviso sudore. Cercò di riprendersi dall'incubo chiudendo gli occhi e inspirando tutta l'aria che poteva. Pochi secondi e il veliero con le sue atmosfere gli restituì la normalità del presente. La sua mano scivolò sulla parete del legno lucido che lo circondava. Aprì l'armadio posto a lato del letto per prendere le giacche a vento. Uscì sul corridoio camminando con passi lenti e felpati. La voce di Roberto risuonò dal salone:

"Ma dove ti sei cacciato? Già, capisco… questo veliero ora è l'unica famiglia che hai".

Pronunciò quelle poche parole con amarezza, disse ancora una frase, mentre sfogliava una rivista, quasi parlando a se stesso:

"Già… tornare indietro nel tempo. È impossibile".

Guglielmo salì le scale che portavano al piano superiore con le giacche poggiate sulle spalle, si fermò davanti alla porta del salone e, come se non avesse sentito la battuta di Roberto, comunicò:

"Metto quest'ammasso di umidità all'aperto, ne ha un vero bisogno. L'odore è insopportabile".

Uscirono sul ponte, dove il cane sdraiato alzò le orecchie al loro passaggio. Sistemate le giacche sotto il pallido sole del pomeriggio, Guglielmo si spostò verso la prua per dare un'occhiata al potente verricello del "salpa ancora". Controllò quel mezzo meccanico come fosse l'arto di un essere umano. Chinato sul motore, mentre spingeva il pulsante di avviamento manuale, continuò a parlare con il suo amico fermo dietro di lui:

"I miei studi sulle variazioni degli oceani sono finiti. Ma proprio in questi ultimi mesi sono stato assalito da molti dubbi. Studiando a fondo le varie teorie sulla deriva dei continenti, mi sono accorto che i risultati non mi convincono più. Quei testi antichi che ho trovato stravolgono tutto. Ti avevo già detto di quel monaco che molti anni prima di Colombo scoprì i territori del nuovo mondo: lui parla di terre emerse appartenute a un esteso continente. Ora di quei lembi di roccia galleggianti nell'Atlantico sembra non esserci più traccia da molto tempo e nessuno ne parla più. Sono certo che, se solo trovassi un piccolo segno di quelle isole, risolveremmo molti dei nostri problemi. Tale scoperta potrebbe avere un'importante valenza, capace di cambiare la storia del mondo".

Roberto rimase compiaciuto ad ascoltare. Era quasi sorpreso dall'argomento che pur conosceva bene, ma, ora che tutto stava per realizzarsi, ne aveva quasi paura. Sì, paura. Proprio lui che aveva scelto di affidare la sua futura carriera politica al risultato del fantasioso progetto. Paura di Guglielmo, che stava resuscitando dal profondo del suo rimorso. Percepiva che nel progetto poteva nascondersi qualcosa di tremendo e inconsueto dai risvolti imprevedibili e sconosciuti. Aveva anche lui letto e riletto le frasi scritte nel vecchio manoscritto del monaco navigatore. Dentro di sé riecheggiavano come un monito:

"Quando ti apparirà un'isola tra la nebbia sarai al confine dell'ignoto. Cerca fra quelle strane figure e troverai il tuo dio".

Guglielmo, non sentendolo reagire ai suoi argomenti, lo sollecitò:

"Allora, che ti succede? La mia voglia di andarmene ti mette in crisi? O sei preoccupato per le mie possibilità di riuscita?".

Quella domanda sembrava aver risvegliato Roberto da un sogno, era così diretta da far rinascere in lui l'ambizione e il desiderio di successo che erano stati l'impulso determinante per ideare un reality televisivo così originale basato sugli studi di Guglielmo.

Le certezze dei grandi vantaggi che potrebbe ricevere da quest'avventura gli riaffioravano preponderanti nella mente, riportandolo a essere quello di sempre. Per ottenere l'ascolto assoluto rispose al suo amico con parole ferme:

"Tu partirai tra un mese, proprio come Colombo. Te lo assicuro. Lì dovrai essere solo, se vogliamo creare un vero interesse per l'evento".

6

I lavori del veliero Sonia Maria

Da quel pomeriggio passato al cantiere di Nervi, Roberto e Guglielmo non si incontrarono più, né si telefonarono. Passarono alcuni giorni senza alcun contatto. Forse avevano deciso di riflettere sull'argomento che li coinvolgeva per motivi diversi. Il professore era tornato alle sue lezioni universitarie e Roberto sembrava in apparenza disinteressato alla sua stessa idea per dedicarsi interamente alla gestione del Museo oceanografico.

Il rettore Damiani, nel mezzo di un mattino uggioso e colmo di impegni, venne chiamato al telefono da un numero speciale che lo mise sull'attenti. Aveva alzato la cornetta con l'idea di liberarsi in fretta del suo interlocutore e invece quella voce lo aveva fatto tornare ubbidiente come un bambino. Mandati fuori dalla stanza la segretaria e gli assistenti con la perentoria richiesta di non essere disturbato, tornò al telefono adagiandosi sulla poltrona del suo studio e rispondendo con serafica calma:

"Buongiorno a lei, signor ministro. Mi scusi per l'attesa, ma non mi aspettavo una sua telefonata. Sì, sì, sì. Certo che mi ricordo. Il direttore del museo è già stato incaricato, stanno lavorando per definire gli ultimi dettagli della traversata. Va bene, cercherò di accelerare i tempi. Capisco l'importanza. Buona giornata anche a lei. Le farò avere presto aggiornamenti in merito".

La voce del ministro Paolo Visconti era risuonata nelle

orecchie del rettore come da un megafono. Damiani, con le mani poggiate sulla scrivania, restò a pensare cosa mancasse ancora per dare inizio al reality televisivo. Entrò nel bagno del suo ufficio, si aggiustò il nodo della cravatta davanti allo specchio e, rivolgendosi alla sua immagine riflessa, disse:

"Caro Alfredo, ricordati che devi tutto al partito che ti ha sempre appoggiato e ora devi fare la tua parte".

Rimase fermo ad ammirarsi in un silenzio inquietante, tornò in sé e, mentre si tirò la giacca, dall'interfono interno chiese alla sua segretaria di organizzare un incontro con il responsabile della Elektra Blu. Il rettore era un intimo amico del presidente di quella società di telecomunicazioni che da molti anni forniva all'università sofisticate apparecchiature utilizzate per la ricerca. Damiani e Visconti erano diventati amici attraverso la loro attività politica svolta fin dalla giovane età. Entrambi dovevano la loro posizione professionale all'influenza politica del loro gruppo.

Le sollecitazioni del ministro risvegliarono gli animi dei promotori del progetto, coinvolgendo anche il direttore del Museo oceanografico, ideatore dell'evento. La parola d'ordine era: agire più in fretta possibile. Salveri venne convocato nello studio del rettore per mettere a punto gli ultimi dettagli scientifici e amministrativi e dare, in tempi rapidi, il via libera alla partenza del veliero verso le rotte di Colombo.

Quella sera il sole sembrava calare prima della solita ora. Era la fine di settembre, l'aria fresca che proveniva dal mare annunciava l'arrivo dell'autunno. A Genova, quando calava la notte, la zona del porto si trasformava da luogo di lavoro a luogo equivoco e poco sicuro. Di giorno c'erano uomini e mezzi intenti a scaricare i container dalle navi, presso le quali rumoreggianti gru, muovendosi, nascondevano parzialmente la visuale del mare. Rumori e voci dei naviganti sulle imbarcazioni echeggiavano nello specchio d'acqua dedicato agli approdi. Di notte gli stessi luoghi subivano una profonda metamorfosi per la presenza di prostitute di diverse nazionalità e di loschi figuri nascosti nel buio che rendevano la zona squallida e a volte anche pericolosa.

Guglielmo, alla guida della sua auto, si stava dirigendo verso casa. Era uscito per ultimo dallo studio dell'università, per continuare a lavorare tra le mura domestiche. L'auto scivolava sulla strada come se già avesse conosciuto il percorso. L'idea dell'imminente partenza verso un'ignota destinazione prendeva sempre più corpo nella testa del professore. I sogni giovanili sul futuro erano ormai del tutto svaniti. Il vuoto che si portava dentro si era impossessato di ogni cosa. L'unica traccia di quelle speranze che rimaneva in lui era il profondo senso di amarezza e sconcerto che cercava di compensare con i pochi interessi rimasti. La lettura di quelle antiche scritture aveva riacceso la speranza di una prospettiva migliore. Assorto nei suoi pensieri vedeva susseguirsi, dal vetro dell'auto, le vetrine dei negozi. Le serrande una alla volta calavano e i marciapiedi erano ormai animati solo da pochi passanti. L'autoradio trasmetteva una notizia che destò subito la sua curiosità. Alzò il volume per ascoltare meglio i dettagli. Il conduttore esaltava la propria voce per i suoi ascoltatori evidenziando l'importanza della mostra a Palazzo Grassi a Venezia sulla civiltà Maya. Il suo annuncio era colmo d'enfasi, con il piglio dell'eccezionale scoperta. Pronunciò il nome del famoso ricercatore Charles Wilde con la soddisfazione di essere il primo a dare la notizia. Spiegò che dai suoi studi sarebbero risultate inaspettate affinità tra la cultura Maya e remote civiltà del passato.

Quella notizia riportò i pensieri di Guglielmo nell'Atlantico con una particolare attenzione per il monaco Brandano, considerato dagli storici un incognito navigatore del destino. Ascoltò con avido interesse la trasmissione sperando di trovare collegamenti con le sue supposizioni, ma il servizio terminò in pochi minuti. Scattò in lui una sete insaziabile di conoscere il segreto che si celava dietro la leggenda di quei misteriosi e fantomatici viaggi.

L'auto percorse un tratto di strada dove sul marciapiedi alcune ragazze spavalde in abiti succinti, attendevano l'arrivo di clienti desiderosi di sesso. Il suo pensiero correva insieme allo sguardo verso quelle figure che restavano inevitabilmente avvolte dal buio.

Proprio in quel momento, un gruppetto di ragazzi irruppe in strada, pronto alla rissa; le grida e gli insulti spezzarono il silenzio della notte. Una ragazza, atterrita e con lo sguardo rivolto nel vuoto, saltò fuori dal gruppo correndo sull'asfalto senza curarsi delle auto che le sfrecciavano accanto. Correva con il volto tumefatto, voltandosi dietro. Con una brusca frenata Guglielmo riuscì per un soffio a evitare di investirla. La giovane, stravolta dalla paura, si appoggiò sul cofano della macchina, ma fuggì via, inseguita da tre uomini. Un'espressione di terrore era dipinta sul suo viso: forse avrebbe voluto chiedere aiuto, ma non era riuscita a pronunciare neanche una sillaba. Il professore, con il fiato corto, esitò con le mani sul volante, ingranò la marcia e accelerò per allontanarsi dalla zona del porto.

Si fermò nel parcheggio sotto casa e la tensione accumulata per ciò che aveva appena visto svanì grazie a un brano di Lucio Battisti, che proprio in quel frangente la radio stava mandando in onda. Prima di scendere, rimase immobile a fissare oltre il parabrezza le poche persone che stavano passando. Quell'esperienza era stata ancora una volta, per lui, la conferma di vivere in un sistema equivoco, contorto e dai risvolti spesso inaccettabili. Avrebbe desiderato alzare la testa e aggrapparsi a un amore in grado di tendergli una mano. Ma sapeva che questo non sarebbe avvenuto. Era una verità che gli bruciava dentro, che lo angosciava e che stravolgeva il suo equilibrio, distruggendo a volte anche la sua più tenace forma di ragionamento. Lo specchietto retrovisore inquadrava soprattutto gli occhi: erano lucidi, mostravano segni di stanchezza, ma erano ancora brillanti e vivi come quelli di un uomo forte e capace. Con flemma uscì dalla vettura, chiuse lo sportello, cercando di mettersi alle spalle i cattivi pensieri. Pochi passi illuminati dai lampioni e fu davanti al suo villino. La porta si aprì senza che avesse dovuto girare la chiave. Allarmato per il sospetto di una presenza estranea, spalancò l'uscio ed entrò con cautela, per scoprire l'intruso.

Quando si trovò al centro della stanza, si distese alla vista di Helen sdraiata sul divano. La bella giornalista si era addormentata con il manoscritto di Brandano tra le mani. Le sue gambe perfette erano scoperte, indossava solo una camicetta. Era bellissima, il suo viso disteso e il corpo avvenente lo incantavano. La sfiorò con la mano fino ai piedi; come in una favola, gli occhi della donna si aprirono lentamente, mettendo a fuoco quello che stava intorno. Helen si sedette con le gambe incrociate, poggiò una mano sulla bocca di Guglielmo e gli sussurrò poche parole:

"Volevo farti una sorpresa. Accidenti a me! Mi sono addormentata come una stupida. Ho preso le chiavi sulla porta, ed ecco, sono qui".

Si alzò dal divano e rimase in piedi davanti a lui. Si guardarono negli occhi, la bocca di Guglielmo sfiorò la sua pelle. Li attraversò un brivido di piacere che scese impetuoso come una cascata, spazzando via ogni inibizione. Il buio calò nella stanza lasciando i corpi nudi ad amarsi. La pallida luce lunare filtrò dalla finestra illuminando il letto che accolse l'abbraccio d'amore. La passione aveva prevalso su tutto, li aveva resi inermi di fronte alla forza esplosiva del richiamo all'incontro. Un incontro che stravolgeva ogni diverso proponimento.

L'alba era già lontana quando Guglielmo si svegliò di soprassalto. Aveva la sensazione di aver sognato tutto quello che era avvenuto durante la notte. Cercò Helen nel letto ma non la trovava, di lei non c'era traccia, era volata via come una farfalla. Si alzò frastornato, poi chiuse la tenda della finestra. Andando verso la cucina, si accorse di un biglietto sul tavolo. Erano parole scritte in fretta ma chiare nell'esprimere il coinvolgimento della donna nel rapporto sentimentale. Guglielmo era infastidito da quel modo di fare, avrebbe voluto contenersi ma non ci riusciva, la rabbia prese il sopravento e sbatté con violenza quel foglio sul tavolo. In quelle poche righe Guglielmo intuì con chiarezza che il lavoro al giornale per lei veniva sempre prima di ogni altra cosa.

Per Helen era istintivo, il suo io era più forte della sua volontà, e tutto questo la rendeva una donna inaffidabile. Guglielmo trovava conferma di ciò nelle parole che lei aveva lasciato scritte sul biglietto: "Scusa, ho un impegno all'alba. Se è vero che farai questo viaggio da solo, io voglio essere con te. Il giornale mi permetterà di farlo, sono sicura. Ti prego, fammi salire su quel veliero".

Un profondo fastidio s'impadronì di Guglielmo nel leggere quelle frasi. Strinse il foglio in una mano e lo gettò nella spazzatura. Prese il manoscritto rimasto sul divano, lo mise nella borsa, si vestì e uscì di casa.

Mentre camminava, il pensiero volava, rileggendo i momenti più forti della notte appena finita. Il senso d'incertezza e l'angoscia erano le sensazioni che un po' alla volta avevano preso il posto del temporaneo piacere. Guglielmo sapeva che avrebbe dovuto interrompere il rapporto, anche se quella donna sbarazzina e anche un po' egoista aveva qualcosa che lo attraeva. Era da più di un anno che cadeva sotto i suoi colpi, restando solo con il vuoto nell'anima.

La notte lo aveva stravolto, lasciandolo con l'amaro in bocca. Aprì il quadro dei comandi della macchina e mise in moto. Strinse le labbra pensando alle sue emozioni: in quell'istante si vide impotente di fronte al futuro, ed esse vagavano come una foglia secca e senza meta in un fiume che scorreva verso l'infinito.

Già dalle prime ore del mattino, le persone che andavano al lavoro nel traffico caotico di ogni giorno sembravano avvolte da una nevrosi che coinvolgeva tutto. Anche Guglielmo, tentando di raggiungere il suo ufficio, si trovava immerso nel traffico e, osservando i loro volti, venne assalito da una forte incertezza sulla definizione del termine 'progresso'. Per lui quel percorso in quello stato d'animo era peggio di un girone dell'*Inferno* dantesco.

Il trillo del cellulare interruppe le sue riflessioni con la forza di una mannaia. Al telefono era Roberto che, con voce afona e apprensiva, gli comunicava che il progetto era pronto a partire. Tutte le richieste erano state accettate, compresa la sponsorizzazione della Blu Elektra. I lavori sul veliero, se si voleva essere in grado di iniziare la traversata entro un mese, dovevano iniziare al più presto.

"Finalmente!", esclamò dentro di sé Guglielmo. Ormai

quell'idea era dentro di lui e ci si era aggrappato come unica ancora di salvezza. Il tono sicuro dell'amico lo rese subito ottimista e intraprendente, come in passato. Rispondergli era per lui una liberazione. Riflettendo, mentre parcheggiava l'auto nel piazzale interno all'università, disse con voce profonda e controllata:

"Bene! Allora ci siamo. Amico mio, spero tanto di non deluderti. Ti manderò le rotte e il programma che ho stilato come mi avevi chiesto".

I due amici si salutarono, scherzando sul loro prossimo futuro, facendo battute sarcastiche sulle possibili cariche che Roberto avrebbe ricoperto se tutto fosse andato bene.

In pochi giorni intorno al Sonia Maria si creò un sistema organizzativo perfetto con l'obiettivo di portare a compimento una totale ristrutturazione del veliero. Successivamente a quella perentoria telefonata, Guglielmo, senza perdere altro tempo, convocò gli addetti ai lavori per iniziare subito la sistemazione della carena e un radicale controllo dell'apparato che ospitava le grandi eliche. Erano i primi interventi da fare per dare il varo alla barca nel più breve tempo possibile. Una volta in acqua si sarebbero poi terminate le ristrutturazioni interne.

Aristide era sorpreso dal repentino arrivo in cantiere di uomini e mezzi disposti a lavorare giorno e notte sul veliero del professore. Li aveva visti passare sotto il proprio naso uno per volta senza quasi rendersene conto e, quando aveva chiesto a Guglielmo che cosa stesse succedendo, si era sentito rispondere:

"Va tutto bene, è arrivata l'ora di partire".

Mentre ascoltava quella frase con il naso all'insù e i lunghi capelli arruffati dal vento, restò sgomento, pensando che traversare l'Atlantico in quel periodo dell'anno potesse essere pericoloso a causa dei forti venti. L'oceano, passate le Azzorre, veniva spazzato dalle correnti fredde e taglienti che provenivano dalla Groenlandia. Spesso la loro forza era tale da generare furiose tempeste in mezzo al mare, con onde alte quanto un palazzo. Conosceva bene quel tratto di mare, perché era stato imbarcato sulle navi da crociera molti anni e spesso i suoi comandanti erano stati attenti a evitare alcune di quelle rotte proprio perché ritenute particolarmente pericolose.

Nero, da buon cane da guardia, aveva perso il fiato per quanto aveva abbaiato contro tutto quell'andirivieni di persone, ma alla fine si era dovuto arrendere e adattarsi alla situazione voluta dal padrone. Aristide avrebbe desiderato essere più partecipe a quella sarabanda di lavori, ma l'unico compito che gli era stato assegnato era stato quello di liberare dalle piccole barche e dai motori in avaria il breve tratto di canale che separava il cantiere dal porticciolo.

Mentre i giorni volavano via dal calendario con la rapidità di un torrente, la vita del professore si concentrava tutta tra l'università e il veliero. Uscire da tutto e trovarsi in mezzo all'oceano da solo lo esaltava, donandogli le energie necessarie per completare uno studio così complesso.

L'impegno nel seguire ogni dettaglio dei lavori era totale.

Consapevole delle difficoltà della traversata e considerato che non avrebbe avuto nessun aiutante, Guglielmo aveva ritenuto determinante, per la buona riuscita del progetto, la scelta di attrezzature di alto livello tecnologico. In ogni reparto del veliero furono istallate telecamere miniaturizzate ad alta definizione per documentare e trasmettere in diretta televisiva la vita di bordo, come richiesto dalla tv internazionale. Tutto il mondo sarebbe stato informato sugli orari di collegamento, permettendo a chiunque di vivere la traversata atlantica sul Sonia Maria insieme a Guglielmo.

Roberto si era dato un gran da fare nell'intessere rapporti economici, scientifici e di comunicazione per dare all'evento un carattere internazionale in grado di soddisfare le sue richieste e quelle di tutti coloro che facevano parte della cordata organizzativa. La diretta televisiva era ritenuta da tutti l'aspetto più importante, era l'elemento coagulante di ogni energia messa a disposizione nel progetto.

Per quanto si fosse cercato di tenere segreta la traversata, nell'ambiente portuale già si parlava ovunque del navigatore solitario sull'antico veliero che possedeva al suo interno un apparato tecnologico sofisticato come quello di un'astronave. La società Blu Elektra aveva firmato un accordo che prevedeva la fornitura di tutta la tecnologia di comunicazione e di controllo della barca, ricevendo in cambio la proprietà esclusiva delle immagini insieme alla rete televisiva.

Guglielmo, avendo studiato a fondo le possibili rotte da seguire, richiese l'istallazione di un sofisticato computer di ultima generazione in grado di controllare tutti i reparti del veliero.

Possedere una barca con una strumentazione di così alto livello era un sogno che coltivava fin da ragazzo. Quel sogno, adesso, era divenuto realtà e lo avrebbe portato verso la scoperta dell'ignoto, con segreti e misteri basati su quelle antiche scritture nelle quali chi le aveva tramandate a noi aveva visto il mondo con occhi diversi.

Al suo interno il veliero stava assumendo un aspetto spaziale. Una sorta di moderna arca, pronta per un lungo viaggio. Nonostante ciò, il suo esterno rivelava tutta la sua affascinante e antica bellezza: il suo pronunciato bompresso con la statua scolpita di una sirena gli davano un carattere d'altri tempi, l'albero maestro con in testa la coffa d'avvistamento apriva uno squarcio all'immaginazione.

Le grandi vele coperte di candido bianco aspettavano solo di gonfiarsi al vento per donare energia. In pochi giorni di lavoro l'imbarcazione stava tornando a splendere in tutta la sua bellezza. Il cuore tecnologico la rendeva un mezzo in grado di affrontare anche le più ardue difficoltà.

Guglielmo in quei giorni di intensa attività aveva ritrovato una perfetta sintonia con il proprio veliero. In alcuni momenti aveva l'impressione di essere rimasto sempre lì tra quel fasciame e quelle vele che non aspettavano altro di essere issate. Ormai era parte integrante di tutto quello che lo circondava ed era come se si fosse fuso con lui in una simbiosi indispensabile a una traversata che molti consideravano estrema.

Era passato quasi un mese ed era giunto il giorno di calare nell'acqua il Sonia Maria. Ogni dettaglio per la partenza era stato studiato nei minimi particolari e a pochi giorni dall'uscita dal porto nel cantiere regnava la frenesia di terminare la ristrutturazione.

Quella mattina, allo spuntar del sole, Guglielmo era già in cantiere. Compì un giro intorno alla barca per controllare con Aristide la perfetta condizione della chiglia, mentre Nero gli scodinzolava intorno. Erano puntuali anche i tecnici della gru, che avevano il compito di spostare la struttura sullo scivolo per la discesa in acqua.

Il rientro in mare di una barca era sempre una circostanza solenne, una sorta di battesimo che ogni volta si ripeteva con le stesse emozioni del primo varo. Per questo motivo quel mattino tutti arrivavano prima del solito. In ognuno c'era l'ansia e l'emozione di vedere scendere nell'acqua il veliero che d'incanto avrebbe assunto il suo vero aspetto marinaresco.

Aristide si era molto impegnato affinché il cantiere avesse la giusta parte in quella importante organizzazione. Ora era lì, a fianco del professore, a godersi il momento. Di tanto in tanto borbottava qualche frase rivolta a Guglielmo, che però era impassibile e teso, con lo sguardo rivolto alle murate:

"Caro professore, sono certo che in un giorno come questo suo padre sarebbe orgoglioso di lei".

Guglielmo, voltandosi verso di lui con un sottile sorriso sulla bocca, appoggiò una mano sulla sua spalla, rispondendo:

"Lo so, ed è per questo che sono qui".

Era tutto pronto, il veliero era già stato spostato dall'invaso allo scivolo. Tutti rimanevano davanti alla maestosa prua in attesa del primo movimento. Quando la cima iniziò ad allentarsi, il Sonia Maria scese lento in acqua come una principessa dalle scale di un palazzo reale. Una corale espressione di gioia e di contentezza coinvolse tutti i presenti, che, incantati, ammiravano la bellezza del veliero nel suo naturale assetto.

I giorni a seguire sarebbero stati molto impegnativi per tutti. La barca doveva essere spostata nel porto di Genova per completare le istallazioni tecniche e, sebbene il tratto di mare che separava i due porti fosse di poche miglia, era indispensabile avere i reparti dedicati alla navigazione già in perfette condizioni strumentali.

Negli uffici del rettore l'annuncio di un'intervista richiesta da Helen mise in subbuglio i programmi di Damiani. Quando venne avvertito dalla sua segretaria che una avvenente giornalista stava salendo nel suo ufficio per intervistarlo, restò interdetto e incerto sull'atteggiamento da assumere.

Decise di rifugiarsi in bagno, cercando di mettersi in ordine. Si studiò allo specchio, si passò una mano nei capelli, tirò i bordi della giacca e, rivolgendosi con voce ferma e sicura alla segretaria che era rimasta in attesa nella stanza, ordinò:

"Vai, vai pure. Falla entrare tra cinque minuti".

La ragazza ebbe una breve incertezza, poi uscì con disappunto. La sua rabbia era tale che chiuse la porta così forte da far cadere la chiave inserita dalla parte interna. Il rettore, a suo agio, entrò del tutto nella sua parte quando si sedette sulla sua poltrona con aria sicura e accattivante.

La porta dell'ufficio si aprì e incorniciò Helen in tutta la sua eccentrica bellezza. Quel pomeriggio aveva scelto abiti dai colori forti e un cappellino chiaro di traverso sulla folta criniera rossa evidenziava i perfetti lineamenti del viso. Damiani, alla vista della donna, rimase in silenzio ad ammirarla dalla testa ai piedi. Il suo sguardo scese fino alle gambe, scoperte da un'audace gonna corta, e si fermò nel tentativo di iniziare una conversazione, ma dalla sua bocca uscì solo un balbettio di poche parole.

Helen prese l'iniziativa avvicinandosi a lui con uno sguardo ammiccante e, mentre gli stringeva la mano, disse:

"Buongiorno, rettore. Come le avranno detto, sono qui per un'intervista. Non si preoccupi, non le farò perdere molto tempo".

Damiani si riprese in pochi istanti, cercando di mostrarsi indifferente alla sua provocante presenza. Rispose con voce altisonante e colma di saccenza:

"Se lei è qui per il progetto Real Time, potrò dirle poco. D'altra parte, anch'io ancora non conosco i dettagli del viaggio".

Il suo discorso rimase per un attimo in sospeso. Quindi riprese:

"Prego, si accomodi qui, sarà più a suo agio".

Helen accarezzò la poltroncina di fronte alla scrivania, si sedette, guardò negli occhi il rettore, che con aria disinvolta si adagiò sulla sua poltrona. Quella donna lo metteva in difficoltà: la sua sensualità, i suoi modi di fare, lo mandavano in estasi, offuscandogli la ragione. Lei, consapevole del proprio potere, infieriva sulla sua preda per carpire le informazioni che le avrebbero permesso di pubblicare un articolo prima di ogni altra testata giornalistica. Helen, accavallando le gambe, si mostrò in tutto il proprio fascino. Appoggiando un braccio alla scrivania e con voce suadente, indagò:

"Al porto mi hanno detto che il veliero è pronto per la navigazione. È la verità? Si dice che questo viaggio nasconda un segreto".

Il rettore sapeva con certezza che non avrebbe dovuto rivelare nulla al riguardo: anche la più piccola trasgressione al contratto stipulato con la tv e la Blu Elektra avrebbe potuto compromettere tutta l'operazione. Si schiarì la voce, come faceva spesso quando doveva intraprendere un discorso importante, e rispose:

"Beh, visto che lo sa già… il veliero sarà pronto fra pochi giorni. Posso confermarglielo, ma, per carità, non mi chieda altro perché non saprei cosa dirle. Avremo presto una riunione con il comandante, il professor Guglielmo Torres, per l'informativa finale. In quell'occasione verrà definito ogni dettaglio prima della partenza".

Il nome di Guglielmo tolse dal viso di Helen l'ammaliante

espressione iniziale, il suo volto si fece serio. Per nascondere il proprio stato d'animo, la ragazza prese il block notes dalla borsa e scrisse nervosamente, cercando un sorriso da spendere subito:

"Le dispiace se prendo qualche appunto?".

Damiani si rese conto che qualcosa aveva turbato la giornalista, quindi si alzò dalla sua imponente poltrona per prendere da un mobile un vassoio con prelibati cioccolatini. Si sedette davanti a lei e le offrì quelle golosità alle quali una donna rinuncia con difficoltà:

"Prego, prenda uno di questi. Sono sicuro che le piacerà. Per le altre notizie vedremo. Magari tra qualche giorno".

Lei intuì che dietro quelle parole si celava un altro intento, capì che il grosso pesce stava per abboccare all'amo. Mise da parte sentimenti e quant'altro circolava nella sua testa per ottenere il proprio scopo. Si alzò anche lei dalla poltrona, si avvicinò a Damiani e gli sussurrò all'orecchio poche decise parole:

"Per il mio lavoro sono disposta a pagare qualsiasi prezzo. La chiamerò tra qualche giorno e spero che lei mi possa dedicare un po' del suo tempo".

Helen afferrò la borsa e, lanciato uno sguardo al rettore, si avviò verso la porta. Lui la seguì con gli occhi mentre si allontanava. Appena chiuse la porta, si allentò il nodo della cravatta e si avvicinò alla finestra che dava sulla strada. Solo qualche minuto di attesa ed ecco apparire Helen all'uscita dell'università. Era sicura di essere osservata. Per questo si soffermò sul piazzale per accendere una sigaretta e, con fare disinvolto, entrò nell'auto decappottabile. Mise in moto ma, prima di andar via a velocità sostenuta, si rivolse verso la finestra per salutare con la mano il rettore rimasto incollato dietro al vetro.

A pochi giorni dall'inizio del viaggio Roberto Salveri, dall'alto della sua carica, dominava la situazione con disinvoltura. Era sempre più sicuro di conquistare un ampio consenso da quella spedizione trasmessa in tutto il mondo. Guglielmo aveva chiesto di partire il prima possibile per non incontrare le difficoltà dell'inverno in mezzo all'Atlantico. Il Sonia Maria era pronto nel porto di Genova in attesa della messa a punto degli ultimi dettagli tecnici e del carico dei materiali per la cambusa e la vita di bordo. Nel museo c'era un gran fermento per l'evento che avrebbe preso il via a breve. Nel frattempo, un solo quotidiano era uscito nelle edicole con un largo articolo sull'argomento: era il giornale per il quale lavorava Helen e l'articolo era opera sua. Lei, non conoscendo a fondo i contenuti del progetto, aveva definito il viaggio "una misteriosa traversata verso l'ignoto", riportando tutto quello che era riuscita a strappare dalla bocca del rettore.

Roberto si era già consultato con Guglielmo e con tutte le persone coinvolte dell'università, del ministero, della televisione e della società Elektra; ora poteva convocare una conferenza stampa nella sala convegni del museo. Era tempo di comunicare a tutto il mondo l'inizio dell'affascinante avventura.

Il Sonia Maria era stato ormeggiato proprio nella banchina antistante il museo, dove di norma stazionavano i prototipi delle barche da mostrare al pubblico. Erano in molte le persone che si affacciavano dal recinto che limitava la zona, per placare la propria curiosità.

A bordo del veliero, tecnici e operai erano ancora intenti a sistemare le strutture e la strumentazione.

Affacciandosi dalla finestra del suo ufficio per lanciare uno sguardo verso il porto, Roberto non poté fare a meno di restare affascinato dalla magnifica immagine del veliero che risplendeva in quel tratto di mare riservato alle barche d'eccezione. Era lì, imponente, con l'albero maestro che cercava il cielo, mentre sul ponte alcuni uomini lavoravano ancora alla pulizia del paiolato in teck.

L'occhio passava come una telecamera da prua a poppa e si soffermava sulla statua della sirena sotto il bompresso. Continuava a scorrere per analizzare ancora una volta la fiancata e la spaziosa pedana di poppa del veliero. Un operaio in tuta bianca era intento a verniciare la base della tuga; intanto, un altro, più anziano, con un cappellaccio poggiato sulla nuca, si adoperava per sistemare il verricello di prua. Mentre due ragazzi scaricavano da un furgone una delle vele, un addetto alla sicurezza chiese loro il pass d'entrata. Un breve colloquio e tutto si risolse con poche e chiare parole. I due salirono a bordo, portando con fatica una delle vele.

Roberto, dalla finestra del suo ufficio, si godeva il pittoresco spettacolo marinaro nel quale ognuno svolgeva con passione la propria mansione.

Dalla coffa d'avvistamento si sentì chiara e limpida la voce stridente dell'elettricista che indicò al suo aiutante il pulsante da premere per accendere le luci in testa d'albero:

"Dai, prova ancora. È il pulsante a sinistra".

Il giovane non era ancora molto pratico del mestiere e si mostrava incerto in ogni movimento che faceva. Fra sé borbottava:

"Ma, se sarà il computer a manovrare il tutto, allora questa prova a che serve? Proviamo. Ecco il tuo pulsante".

I ragazzi con la vela arrivarono sul ponte sfiniti, il sudore scendeva dalla fronte e bagnava il collo della camicia. Poggiarono l'ingombrante involucro lungo il passaggio di prua, avvicinandosi al capo cantiere intento a controllare il timone. Quell'uomo dalla folta barba e con mani grandi quanto quelle di un orango girava la ruota a destra e a sinistra, canticchiando una canzone. Quando si accorse dei due, scoppiò in una risata fragorosa e chiese sarcastico:

"Faticoso il lavoro del marinaio? E il fiocco dove l'avete lasciato?".

I lavoratori lo squadrarono con occhi di fuoco senza dire una parola. Uno dei due specificò con tono professionale:

"È sul piazzale. Ne portiamo su uno per volta".

Il barbuto capocantiere aveva intuito che gli aitanti giovani si erano offesi per la battuta non proprio felice, allora cercò di rimediare con una pacca amichevole sulla spalla di quello più vicino, aggiungendo:

"Vedete, ragazzi, io ci rido sopra, perché l'ho fatto tante volte prima di voi. So bene quanto sia faticoso. Comunque portate su l'altra e tornate domani per montarle. Oggi dobbiamo finire con gli impianti, non possiamo essere in tanti sul ponte".

La macchina di Guglielmo si fermò nel parcheggio del museo. La chiuse con il telecomando prima di incamminarsi verso l'ormeggio del Sonia Maria con passo spedito. Nero, annusato nell'aria l'odore del suo padrone, ansioso gli andò incontro con una corsa sfrenata dalla passerella posta a murata.

Nonostante la mole e il folto pelo scuro che lo caratterizzava, la sua agilità era sorprendente: saltò sul passaggio di legno come un levriero per andarsi a prendere l'affetto dell'uomo che gli aveva regalato un'identità.

Roberto, mentre chiudeva la finestra, si accorse dell'arrivo del suo amico. Lo vide salire sul ponte con l'ansia di controllare ogni cosa. Per lui, aver preso la direzione del museo e la gratificazione per aver organizzato un simile evento era ora al massimo, anche se il tarlo dell'incertezza si insinuava creandogli qualche dubbio sul risultato finale della traversata. Un dubbio che gli trasmetteva una misteriosa insicurezza sulle capacità di Guglielmo. Sapeva che solo durante il viaggio avrebbe avuto le risposte che cercava e avrebbe potuto gioire per il suo progetto. Roberto chiuse la finestra e tornò al lavoro.

A bordo del veliero le attività proseguivano incessanti. All'interno della sala macchine i meccanici stavano controllando con una lampada le parti più nascoste del motore. Il più anziano dei due con un marcato accento napoletano si rivolse all'altro che era rimasto a studiare la grandezza dell'ambiente, chiedendo polemicamente:

"Hai deciso di dormire qui o vuoi aiutarmi? Dai, passami una tredici. Qui è tutto lento. Questa barca deve tornare perfetta".

Il meccanico, presa la chiave con una mano, si infilò di nuovo fino al busto all'interno del motore, producendo un rumore metallico che echeggiò all'interno della sala macchine. Il suo compagno, più giovane, sempre più incuriosito dalla circostanza, si rivolse a lui:

"È un veliero stupendo. Perché è fermo da tanto tempo?".

L'altro, con la testa infilata nel motore, gli replicò scocciato:

"Ma vuoi pensare a lavorare o no? Dammi una chiave più piccola".

Dopo aver controllato con meticolosità ogni bullone, il meccanico più anziano, mentre si puliva le mani con uno straccio, si sfilò dal motore scuotendo la testa. Il suo compagno radunò gli attrezzi riponendoli nella cassetta e non resisté dal fare ancora una domanda:

"Ma tu l'hai mai visto il proprietario?".

L'altro, che non aveva molta voglia di parlare, gli rispose con poche parole e con la speranza di esaurire la sua curiosità:

"Io l'ho conosciuto solo poco tempo fa. In barca è molto pignolo. Sembra un po' antipatico, comunque sa quello che vuole. Da quanto ho capito, deve partire per un lungo viaggio tra pochi giorni. Ora basta con le domande, abbiamo molte cose da fare".

Guglielmo era sul ponte a ispezionare l'esterno ed entrò nel salone centrale per rendersi conto del funzionamento dei quattro monitor che sarebbero stati i grandi occhi del computer di bordo. Questo sarebbe stato lo strumento che avrebbe fatto funzionare ogni reparto della barca, permettendo di gestire l'imponente veliero a una sola persona.

All'ingresso del museo era giunta con un po' di affanno anche Helen che, ricevuti i complimenti dal suo direttore per l'articolo sulla traversata, aveva avuto l'incarico di sondare gli aspetti economici e organizzativi del viaggio. Le era stato detto che tutto rientrava nel programma informativo che il giornale stava già svolgendo sui finanziamenti alle università legate al Ministero dell'Istruzione, dell'Università e della Ricerca.

Chiese informazioni alla guardia posta all'ingresso della banchina ma, senza neanche dare il tempo all'uomo di replicare, si precipitò nel piazzale davanti al museo da dove, lanciando uno sguardo verso il mare, si poteva vedere il Sonia Maria all'ormeggio. Era sicura di trovare Guglielmo. Con lui aveva già parlato al telefono cercando si spiegare la fuga dell'altro giorno, con il preciso intento di ottenere le notizie che ancora nessuno era stato in grado di darle. Adesso che era sul veliero, si comportava come un felino affamato a caccia di prede. Salì sul ponte affollato di operai in movimento, camminò in lungo e largo fino a quando il barbuto capocantiere le chiese di togliersi le scarpe, spiegandole con estrema cortesia che i tacchi a spillo avrebbero potuto creare seri problemi alle doghe di legno, oltre che essere possibile causa di una rovinosa caduta. Helen, sbuffando un po', si tolse le scarpe e disse:

"E va bene per le scarpe. Ma il comandante Torres dov'è?".

L'uomo si tolse il cappellaccio che lo riparava dal sole, si grattò la fronte e le rispose scrutandola in volto:

"È dentro. Penso nella sala comandi. Faccia attenzione, in giro c'è ancora molta vernice fresca".

Helen, con le scarpe in mano e scuotendo le spalle con noncuranza, entrò nel veliero cercando il professore. Scorse la sua figura davanti ai monitor, proprio mentre Guglielmo attivò il computer centrale. Lui non si accorse di lei, tanto era assorto a controllare il funzionamento degli strumenti di bordo. Sui monitor comparve il volto di una donna virtuale che si esprimeva in un corretto linguaggio dal tono metallico:

"Buongiorno, comandante. Il mio nome è Ariane e sono programmata per il controllo dei reparti dall'1 al 36. Può fare le sue richieste inserendo con il tasto 'voice' il comando vocale. Sono un computer di ultima generazione con le più ampie memorie attualmente esistenti".

Helen si avvicinò con gli occhi sgranati davanti all'inconsueta immagine. Era un volto attraente di giovane donna dai lineamenti duri ma perfetti. I capelli corti, con un taglio mascolino, le conferivano un aspetto sicuro e forte senza toglierle il fascino della femminilità.

Guglielmo si accorse della giornalista ma rimase indifferente, come se non ci fosse nessuno, poi, prima di voltarsi, chiuse il programma. Si girò restando in silenzio. Passarono secondi critici che comunque non misero a disagio Helen, la quale, con fare accomodante, prese l'iniziativa di parlare per prima:

"Non sarai arrabbiato con me, spero. Lo so, lo so, sono sparita. Te l'ho già detto al telefono. Dai, cerca di capire. Ho passato giornate infernali dietro a questa storia della quale tu non mi vuoi dire nulla. Te l'ho detto, mi devi aiutare. Fammi venire con te, farò la giornalista di bordo".

Guglielmo notò che era senza scarpe e, mentre si spostava verso il tavolo da carteggio, le rispose con calma:

"Sei venuta per chiedermi questo? È questo l'amore di cui parli tanto? Su questo veliero non posso portare nessuno. È un accordo preso con la rete televisiva. E non chiedermi niente, per favore, perché non posso dire nulla. Non so come tu abbia fatto a fare quell'articolo e non lo voglio sapere, ma, ti prego, non mettermi in difficoltà".

Helen, stizzita dalle parole taglienti, si sedette con lo sguardo rivolto al pavimento di legno lucido, mosse la testa come se stesse cercando qualcosa e, mentre rivolgeva lo sguardo fuori dall'oblò, obiettò:

"Io ti amo e ho il diritto di sapere dove stai andando. Lo sai che ti amo. Perché parti? Che cosa cerchi? Ho bisogno di saperlo. Devo saperlo".

Guglielmo finì di arrotolare una carta nautica; l'ira prese il sopravvento nella sua risposta facendogli perdere il freddo controllo. Avrebbe voluto lanciare lontano quel rotolo che aveva in mano per dare sfogo a tutta la propria rabbia, invece lo sbatté sul tavolo e, scaricando nel gesto la tensione, replicò:

"Tu parli di amore. Ma quale amore? Tu ami solo te stessa e quello che serve al tuo lavoro. Questo è il tuo amore. La nostra storia è finita qui. Non voglio più saperne di te. E ora lasciami solo con le mie speranze, lasciami solo!".

La ragazza scoppiò a piangere, si alzò e fuggì via dal veliero, gridando con tutta la rabbia che aveva in corpo:

"Te ne pentirai. Te ne pentirai".

Nel salone centrale tornò il silenzio, rotto solo a tratti dai richiami degli operai al lavoro. Quelle voci si facevano sempre più forti e ancora più forti per avvertire che qualcosa si muoveva nell'acqua. Sul ponte ormai nessuno più lavorava, tutti erano accorsi verso il bompresso dove un ragazzo, sporgendosi dalla scaletta di prua, urlava a tutti gli altri con una mano tesa verso il mare sotto di lui:

"C'è un delfino, c'è un delfino. Venite a vedere. C'è un delfino sotto la chiglia della barca".

Guglielmo con ancora addosso l'astio prodottogli dai discorsi di Helen, sentendo le grida, uscì anche lui sul ponte per scoprire il motivo di tanto baccano. Si affacciò sporgendosi dalla murata. Sulle prime non notò nulla, poi vide spuntare dall'acqua la sagoma inconfondibile di un delfino. Era grande e possente, si muoveva nell'acqua con disinvoltura emettendo un particolare sibilo che, trasportato dal vento, arrivava chiaro e definito come il canto di una sirena. L'animale compì alcuni giri su un lato del veliero, quindi, facendo un ultimo salto fuori dall'acqua, si immerse di nuovo e scomparve nel blu.

7

La partenza dal porto di Genova

L'attesa per la partenza era finita. Con il montaggio del super radar RB5 della società Elektra i lavori erano terminati.

Guglielmo, fermo sulla banchina, si godeva la bellezza del suo veliero ristrutturato. Aveva la piena consapevolezza di avere una barca di alto livello nautico e strumentale. Ritrovarsi tra le mani il timone del Sonia Maria, tornata a mostrarsi con tutto il proprio fascino, gli procurava le stesse emozioni di quando era giovane e navigava insieme al padre.

Roberto Salveri, accordatosi con il rettore Damiani, annunciò ufficialmente la conferenza stampa, inviando lettere e inviti a giornali e tv di molti paesi del mondo. Era ormai certo che il Sonia Maria avrebbe levato l'ancora per il lungo viaggio il 20 ottobre 1999, all'alba.

L'indomani, alle dieci del mattino, la sala convegni del museo era già piena di persone. Giornalisti, fotografi e operatori televisivi occupavano le prime file davanti al palco dal quale avrebbero parlato i relatori. Erano presenti anche molte persone che avevano solo sentito raccontare di quella particolare traversata che sarebbe stata trasmessa in diretta televisiva. Roberto, tramite l'ufficio stampa incaricato, aveva fatto diffondere l'evento utilizzando tutti i canali disponibili per comunicarlo al maggior numero di persone.

Nella sala dietro al palco campeggiava un pannello con l'immagine del Sonia Maria con accanto la mappa dell'oceano Atlantico.

Guglielmo, per l'emozione che tutto ciò gli stava creando, ormai da molte notti non riusciva più a dormire. Sapeva che stava per salutare quel mondo dal quale aveva già preso le distanze. Il volto del figlio era apparso spesso nei suoi sogni cercando di comunicargli un messaggio che però Guglielmo non era mai riuscito a comprendere. Quella figura gli parlava, mentre si agitava tra i flutti che la sovrastavano, provocando un assordante frastuono dell'acqua.

Rifuggite le indecisioni, ora era certo di trovarsi alle porte del futuro. Era tempo di concentrare tutte le energie per prendere il largo insieme al veliero, con la speranza di riscattare il rimorso e scoprire il significato di quei messaggi. Erano premonizioni che davano la scossa e, facendo vibrare il corpo e la mente, anelavano a verità nascoste.

Nella sala illuminata dai caldi raggi del sole due collaboratori del museo distendevano le tende oscuranti, lasciando accese solo alcune luci del soffitto. Un videoproiettore venne sistemato davanti a uno schermo al lato del quale spiccava una carta astronomica. Tutto sembrava pronto per dare inizio alla conferenza.

I partecipanti, il rettore Damiani, Roberto Salveri, andarono a sedersi sul palco, mentre il vociare si faceva brusio. Anche la signora Giulia Marchetti, responsabile della Rete televisiva Rtv International, e il suo collega si accomodarono, rileggendo il programma degli interventi lasciato sui tavoli.

Il brusio crebbe quando entrò Guglielmo, che venne salutato cordialmente da tutti. Mentre si avvicinava al pannello con la carta astronomica, si accorse che in prima fila c'era anche Helen, pronta ad aggredirlo con le sue domande. Per ultimo salì sul palco il portavoce del ministro, che si scusò per il ritardo dovuto al traffico aereo. Il rettore Damiani lanciò un'occhiata al direttore del museo, si alzò in piedi chiedendo ai presenti di fare silenzio e, schiaritosi la voce, aprì la conferenza stampa:

"Allora, signori, grazie per essere intervenuti. Possiamo iniziare. Vi presento il dottor Meis, portavoce del ministro che ci ha consentito di realizzare il nostro programma fino a questo punto".

Meis si alzò, ma non riuscì ad aprire bocca, tanto era il chiasso che facevano i giornalisti con raffiche di domande. Quando nella sala tornò a regnare la calma, iniziò il suo discorso con voce calma e ferma:

"Il ministro ha creduto in questa ricerca da subito, nella piena convinzione che dalla traversata scaturiranno sensazionali scoperte scientifiche che daranno al nostro Paese la possibilità di accrescere l'importanza della propria immagine nel contesto scientifico, culturale e internazionale. Il ministro continuerà a contribuire agli aiuti, ma non desidera pubblicità, almeno per ora".

Il portavoce si sedette, restituendo la parola al rettore. Intanto sullo schermo si visualizzò un radar che ruotava. Damiani si avvicinò al monitor per indicare l'apparecchio proiettato:

"Questo sarà la chiave del successo. È il primo radar progettato e realizzato grazie anche alla Elektra Blu. È capace di penetrare campi magnetici a elevata intensità. Questo viaggio permetterà di sperimentarlo per lanciarlo in seguito sul mercato".

I giornalisti erano scatenati e si accalcavano sotto il palco per porgere le domande. L'unica a non scomporsi era Helen, che rimase seduta al suo posto in attesa che venisse ripreso il discorso sul programma del viaggio.

Uno tra i più intraprendenti tessitori di notizie, quasi urlando, si rivolse a Meis e chiese:

"I finanziamenti di questo progetto sono forniti solo dal ministero o ci sono anche degli sponsor?".

Roberto si sentì chiamato in causa in qualità di direttore del Museo oceanografico e coordinatore generale dell'evento. Alzò le mani per chiedere un po' di silenzio, e tra le voci dei giornalisti cercò di trovare spazio per rispondere a quella delicata domanda:

"Questo progetto è in grado di autofinanziarsi con l'intervento della Rtv Television e con la Società Elektra Blu, produttrice del radar RB5. La diretta televisiva testimonierà ogni fatto, ogni circostanza dell'avventurosa traversata atlantica, evidenziando il carattere scientifico di tutta l'operazione. Il ministero si è impegnato ad anticipare i costi più importanti per la ristrutturazione del veliero Sonia Maria che, pur conservando le sue antiche sembianze, è ora paragonabile a un mezzo spaziale in grado di solcare i mari più difficili".

A questo punto Helen, proprio nel momento in cui gli altri si sedevano soddisfatti per la risposta data da Roberto Salveri, si alzò imperiosa e si avvicinò al palco, rivolgendosi con aria sprezzante direttamente a Guglielmo:

"E chi sono i componenti dell'equipaggio? Un veliero così grande ha bisogno di almeno quattro marinai".

Guglielmo avrebbe voluto controbattere subito, ma venne sovrastato dal suo amico Roberto, che sorrise alla intraprendente giornalista che ben conosceva e rispose:

"Guglielmo Torres sarà il comandante e unico membro dell'equipaggio".

Voci e commenti, mescolati a un brusio generale, impedirono a Roberto di proseguire il discorso. Quando i toni si abbassarono, riprese:

"Il cuore tecnologico della struttura permetterà al comandante di fare ogni tipo di attività senza la necessità dell'intervento di altre persone. Il computer Ariane installato a bordo è in grado di comandare il veliero anche da solo. Questa sarà quindi una delle novità che la Rtv metterà in evidenza. Il comandante Torres avrà con sé solo il suo fido cane terranova e nessun altro vi potrà partecipare. Questa è una condizione imprescindibile e già concordata".

Helen sembrò accontentarsi di quella spiegazione, era come se avesse voluto la conferma ufficiale e pubblica di quella condizione. Con un sorriso di approvazione si sedette continuando a fissare Guglielmo. Damiani chiese a tutti di essere più disciplinati nel porre domande e di fare un po' di silenzio affinché il comandante Torres potesse spiegare gli scopi della missione.

Guglielmo, in piedi di fronte allo schermo sul quale comparivano le immagini di una diapositiva con la pianta del Sonia Maria, mostrò con una penna luminosa alcuni particolari dell'imbarcazione. Si espresse come solitamente faceva in aula:

"Le camere digitali sono state installate sia all'interno sia sul ponte. Questo mi permetterà di avere una copertura totale di ripresa per ogni situazione che incontrerò".

Iniziò a parlare spedito, ma si interruppe, aspettando che il tecnico cambiasse la diapositiva. Tutta la sala era in attesa delle sue parole che, dopo l'apparizione sullo schermo di una carta nautica e di un'astronomica, ripresero:

"Due anni fa stavo facendo uno studio storico sulla deriva dei continenti e ho trovato un testo tardo medievale di un navigatore spagnolo: Alonso Gomez Ojeda. Alcune parti del testo riportavano, con dovizia di particolari, la mappa di un suo viaggio nell'oceano Atlantico. Mi sembrò interessante: qualcuno prima di Colombo aveva oltrepassato le colonne d'Ercole. Ma l'aspetto che più mi colpì non fu questo:

Ojeda nel suo racconto scrive di avere trascorso alcuni giorni su di un'isola, vicina alle Bermude. Quest'isola oggi non esiste, ma sembra sia stata avvistata nei secoli successivi da altri navigatori. Ho scoperto che questi percorrevano quelle rotte in un particolare periodo dell'anno astronomico. Ancora più affascinante è stato scoprire che Ojeda sembra si sia ispirato, per stabilire le rotte del suo viaggio, ai diari di bordo di un abate vissuto nel VI secolo d.C., Brandano".

Guglielmo fece una pausa, e si spostò dallo schermo per tornare al suo posto sul palco. In quel frangente Damiani si avvicinò a Meis parlandogli sottovoce in un orecchio:

"Quel radar funzionerà; tu sai che devi fare?".

Prima che Guglielmo riprendesse a parlare, il portavoce del ministro rispose al rettore con fermezza:

"Non preoccuparti, il partito sa quello che deve fare".

Sullo schermo apparve un'area della carta astronomica delimitata da segni colorati. Alcuni fotografi appostati ai lati del palco scattarono una serie di foto, illuminando la sala con i loro flash.

Guglielmo riprese il discorso che aveva interrotto:

"Fra un mese ci troveremo in un periodo astronomico altrettanto particolare e del tutto sovrapponibile a quello di seicento anni fa. Proprio allora io mi troverò lì, dove vedete il cerchio rosso. Quel periodo astronomico corrisponde allo stesso in cui 6000 anni fa si suppone sia caduto sulla Terra un enorme meteorite che ha sconvolto i tratti geografici e forse anche quelli umani del pianeta. Io cercherò le prove di tutto questo e quell'isola galleggiante può dirci molto sulle origini della nostra civiltà".

Nella sala esplose la curiosità e le domande dei giornalisti piovevano fitte come la neve in montagna. Guglielmo rimase sconcertato da tanto rumore e si bloccò sul palco senza riuscire più a dire una parola. Fu Salveri che con il suo intervento risolse tutti gli altri quesiti e chiuse la conferenza che aveva ormai assolto al suo compito.

Il giorno seguente quella faticosa circostanza, lo studioso decise di trasferirsi subito sul Sonia Maria. Chiuse la casa mettendo la chiave sopra la porta. Prima di andare via lanciò uno sguardo a tutto ciò che aveva intorno, come se fosse stata l'ultima volta. Era a una svolta importante, in pochi giorni la sua vita sarebbe potuta cambiare radicalmente e forse non essere più la stessa. Una volta al museo, per un po' indugiò, indeciso sul da farsi, poi si avviò spedito con la macchina carica di bagagli fin sotto la murata del veliero. Nero gli corse incontro facendogli le feste. Il cane non stava più nella pelle per quanto era felice, aveva capito che quello sarebbe stato il giorno della partenza. All'interno alcuni operai stavano ultimando la strumentazione di bordo, fra questi il meccanico che, uscendo dalla sala macchine, sbuffò asciugandosi la fronte con un fazzoletto e, vedendo Guglielmo sul ponte, gli si avvicinò comunicandogli:

"Allora, comandante, ce l'abbiamo fatta. I motori sono perfetti. D'altra parte non è che avessero danni o parti da sostituire. Comunque abbiamo revisionato ogni elemento e posso garantirle che tutto funziona alla perfezione. Quindi è tutto pronto. Si parte!".

Guglielmo, avvicinatosi al timone, toccò un pulsante del comando automatico delle vele che fece alzare dal paiolato una colonnina di metallo sulla quale c'era un quadro con delle leve. Entrambi rimasero stupiti da quel meccanismo così perfetto. Guglielmo alzò il pollice, rispondendo con il sorriso sulle labbra:

"Eh sì, è tutto pronto. Domani salperò l'ancora".

Alzò lo sguardo verso il cielo, rimanendo con le parole sospese, per poi riprendere:

"Il tempo è buono, sì. Domani si inizia. Grazie per tutto quello che ha fatto. Grazie".

I due si strinsero la mano e, dopo un cordiale saluto, il meccanico scese dalla passerella dirigendosi verso la propria auto. Uno per volta anche gli operai salutarono Guglielmo, sbarcando dal veliero con il piacere di aver terminato il lavoro nei tempi previsti. Ora il Sonia Maria era lì, pronto, aspettava solo il suo comandante al timone per uscire dal porto e infilare la prua fra le onde del mare aperto.

Guglielmo, all'interno del veliero, aprì la carta nautica del settore atlantico sul tavolo da carteggio e vi mise sopra l'antico manoscritto di Brandano. Tornò a cercare riscontri e somiglianze tra quelle primitive mappe disegnate a mano e la moderna cartografia.

Era fortemente attratto dall'idea di scoprire la misteriosa isola che il monaco definiva parte del paradiso. Considerato che tutto l'argomento veniva trattato come soprannaturale, in lui era spontaneo, anche se illusorio, pensare che, pur se ci fosse stato solo un briciolo di verità in quelle parole, forse avrebbe avuto la possibilità di avere un contatto con suo figlio Jacopo, riuscendo a entrare in un'altra dimensione, una dimensione forse ancora del tutto sconosciuta all'umanità.

Un improvviso rumore sul ponte e l'abbaiare di Nero lo distolsero da quel pensiero: era Roberto Salveri che, lasciato il suo ufficio in mano ai suoi assistenti, aveva deciso di attraversare il breve tratto che lo separava dall'ormeggio per fare un'ultima chiacchierata con il suo amico Guglielmo prima della partenza.

Quando Roberto entrò all'interno del veliero rimase abbagliato dalla rinnovata bellezza del salone centrale. Nell'ambiente restaurato le pareti di legno erano tornate come nuove; anche gli oblò che perimetravano la sala erano scintillanti come gioielli. Attraverso il loro cristallo filtrava la luce rossastra del tramonto ormai imminente. Su una parete campeggiavano i quattro monitor a schermo piatto al di sotto dei quali si trovavano numerose apparecchiature elettroniche. Sul piano d'appoggio v'erano un computer portatile e tre tastiere collegate con la sofisticata attrezzatura, che entrava in funzione solo quando avvertiva la presenza di una persona.

I due amici si ritrovarono spalla a spalla in piedi davanti agli schermi, in silenzio. Un silenzio che ruppe Roberto, dicendo:

"Domani è il giorno. Da domani non si torna più indietro. Lo sai questo, vero?".

Guglielmo non rispose; preferì avviare il sistema scrivendo sulla tastiera il nome del programma 'Isola'. Su uno degli schermi apparve una sfera rotante che passò successivamente anche sugli altri. La sfera si bloccò e apparve su ogni monitor il volto virtuale di Ariane che con voce metallica annunciò:

"Programma Isola attivato. Ariane in funzione nei settori 4, 7, 11, 15, 22".

Mentre l'affascinante computer elencava tutti i numeri dei reparti sotto controllo, Guglielmo si rivolse all'amico, orgoglioso di quello che gli stava mostrando:

"Hai visto sui monitor? Quella è la Venere di bordo. Lei controlla ogni cosa. Mi hanno assicurato che è infallibile. Sta' a vedere. Ariane, dammi le immagini del controllo base".

Una in fila all'altra le telecamere dislocate sul veliero si mossero attivandosi. Apparvero le immagini dell'impianto velico e, mentre il volto femminile virtuale rimase solo su uno degli schermi, il computer con la sua voce metallica annunciò ancora:

"Attivato sistema di rilevamento con supporto radar RB5".

L'immagine di Ariane si riavvolse su se stessa scomparendo, sui monitor rimase solo l'immagine del radar posto sopra la coffa d'avvistamento. Sugli altri schermi, nitide come diapositive, apparvero le planimetrie della zona d'attracco.

Roberto era visibilmente compiaciuto ed espresse tutto il proprio piacere di essere parte importante nell'impresa:

"Amico mio, ora questo veliero ha la tecnologia giusta. Hanno fatto un ottimo lavoro".

Non fece in tempo a terminare la frase che Guglielmo lo invitò a seguirlo nella cambusa. Era un ambiente asettico, sembrava quasi un laboratorio scientifico più che un luogo dove si conservavano cibi e bevande. Numerose derrate erano stipate con ordine su particolari scaffali di plastica trasparente. A terra vi erano alcuni contenitori in metallo con grandi sportelli laterali dentro i quali erano conservate bevande di vario genere alla temperatura adeguata. Attraverso una porta trasparente e scorrevole, si accedeva a un secondo reparto, dove erano disposti a parete una serie di grandi cassetti sui quali una spia luminosa e un termometro ne indicavano la funzionalità. Il docente ne sfiorò uno con la mano che scivolava in avanti e prendeva uno dei frutti conservati al suo interno; mostrandolo a Roberto spiegò:

"Ariane controlla la temperatura e il tempo di conservazione dei cibi, così non c'è rischio di consumare alimenti avariati e se ne ottimizza la quantità da tenere a bordo".

I due tornarono nel salone centrale, soffermandosi al tavolo di carteggio per controllare la rotta tracciata da Guglielmo sulla carta nautica. Roberto mise gli occhiali per vedere più chiaramente alcuni dettagli del tratto oceanico, dove, secondo il vecchio diario di bordo, avrebbe dovuto trovarsi la sorprendente isola. Con poca convinzione gli chiese:

"Quel punto in mezzo all'Atlantico, tu pensi davvero di trovarlo?".

Guglielmo prese l'antico manoscritto sul tavolo, lo aprì, sfogliò qualche pagina, indicò una riga del testo all'amico e lesse ad alta voce:

"Navigavo verso est quando d'improvviso, oltre le onde perigliose, apparve la cima più alta dell'isola. Forse avevo trovato il paradiso".

Il buio calò proprio mentre i due amici si stavano salutando con affetto. Roberto, prima di scendere dalla passerella, lanciò una sterlina, che portava sempre con sé, fra le mani di Guglielmo, e goliardico gridò:

"Prendi questa, è il mio portafortuna. Aiuterà anche te".

Scese dall'imbarcazione senza più voltarsi indietro, e ancora una volta i dubbi lo assalirono. Quel viaggio, dal quale si aspettava tanto, a tratti gli faceva paura. Aveva la sensazione che quei testi antichi nascondessero un mistero tanto incomprensibile da far pensare che il suo amico sarebbe potuto incorrere in un qualche serio pericolo.

La notte calò sul porto di Genova, mettendo a riposare ogni cosa.

Il mattino seguente, dopo essersi svegliato, Guglielmo uscì sul ponte, rivolgendo un malinconico sguardo ancora una volta alla città ligure. Come previsto, il tempo era perfetto: cielo limpido e mare calmo lasciavano ben sperare in una partenza senza problemi. Nero aveva preferito dormire sulla tuga; si alzò sulle zampe e stiracchiandosi pigramente andò incontro al suo comandante emettendo degli strani suoni dalla bocca. Lo studioso lo accarezzò sulla testa, consapevole che per lui era il momento di mangiare; così, entrato nella cambusa, prese il suo cibo e glielo mise sotto il naso. Mentre Nero divorava tutto quello che c'era nella ciotola, Guglielmo compì un giro d'ispezione su tutto l'esterno del veliero. Tutto sembrava in perfetta efficienza e questo lo rassicurava. Rimase ancora qualche minuto a contemplare i due alberi che puntavano verso il cielo e rientrò sottocoperta. Era ancora assonnato e quasi incredulo che quello fosse il giorno giusto per partire. La sua voglia di caffè lo spinse nella cucina adiacente al salone centrale. Con la tazzina in mano accese il computer e, mentre attendeva l'arrivo dei dati, sorseggiò con gusto il caffè appena fatto. L'immagine del volto di Ariane apparve in pochi secondi sui quattro monitor e la sua voce metallica risuonò nell'ambiente:

"Buon giorno, comandante. Ho avviato il controllo di base a tutti i reparti. Dati in elaborazione. Tempo quindici secondi".

Il volto di Ariane scomparve dagli schermi per far posto alle immagini del veliero. Apparvero chiaramente la cambusa, la sala macchine e i corridoi che conducevano alle cabine sottocoperta. Guglielmo accese con un telecomando il televisore al lato del salottino. Le immagini del notiziario lo incuriosirono. Una serie di interviste e servizi sulla traversata atlantica del Sonia Maria occupavano gran parte dello spazio televisivo. Il messaggio mediatico lanciato nei giorni precedenti aveva dato grandi risultati, tanto da rendere l'impresa scientifica popolare quanto altre trasmissioni sperimentate nel tempo e conosciute dal pubblico.

Fuori dal museo già molte persone chiedevano di entrare e continuavano ad accorrere sempre più numerose. L'evento, pur rimanendo in un serio ambito scientifico, aveva avuto il potere di far tornare nella gente il gusto dell'avventura. Erano persone di ogni parte d'Italia, appartenenti ai ceti sociali più disparati: c'erano appassionati velisti e più pragmatici subacquei, giovani ragazze e signore di mezza età. Tutti si affollavano fuori dai cancelli che limitavano l'ingresso alle banchine. Tutti volevano vedere da vicino il veliero che faceva sognare loro quello che nella vita di rado avrebbero potuto fare.

Le disposizioni erano precise: aprire gli ingressi solo una volta ultimate tutte le operazioni di carico e controllo del veliero.

Guglielmo, alla vista di così tanta gente venuta a curiosare, era sorpreso per quella improvvisa popolarità. Nonostante il piacere di avere suscitato un così esteso interesse, in lui si agitava ancora un forte sconcerto e disagio. Per lui lo scopo del viaggio era diverso da quello che tutti credevano. Nessuno poteva immaginare lo stato d'animo che viveva in quel frangente e quali fossero i suoi reali pensieri sugli obiettivi da raggiungere con la ricerca nell'Atlantico.

Da un ingresso secondario transitò l'ultimo camion carico di attrezzature subacquee e di derrate alimentari. La piccola gru sulla banchina trasportava le casse sul ponte del veliero, dove Guglielmo, aiutato da due uomini forti e robusti, si occupava del disimballaggio e della sistemazione dei materiali. Aveva curato in modo particolare il reparto dove andava riposta la delicata attrezzatura subacquea, considerata un importante elemento in situazioni di emergenza. C'erano bombole, compressori per la ricarica, mute di ogni spessore, erogatori… aveva pensato a tutto ciò che poteva aiutare in una qualsiasi eventuale difficoltà.

Quando il piazzale antistante al museo era ormai colmo di gente, si aprirono i cancelli per lasciar defluire il fiume di persone che correvano ad accalcarsi sotto la murata del

Sonia Maria. Arrivò il pullman-regia della rete televisiva Rtv per installare una postazione per realizzare interviste e servizi da mandare in onda. Era il primo appuntamento televisivo trasmesso in tutto il mondo. Uno per volta, giunti sul posto, Roberto Salveri, seguito dal rettore Alfredo Damiani, rilasciarono una breve intervista alla giornalista che li incalzava con frenetiche domande le cui risposte vennero date con la disinvoltura di chi si sentiva sicuro di quello che stava facendo.

Il piazzale era pieno come una curva dello stadio in una stracittadina. Le guardie del museo facevano fatica a contenere l'esuberanza della gente. In tanti volevano salire a bordo o avvicinarsi di più al veliero. Per ragioni di sicurezza venivano tutti respinti con decisione. Guglielmo dal ponte di comando interno chiese ad Ariane di mettersi in contatto video con il suo amico Roberto. Mentre era in attesa della comunicazione accese manualmente tutta la strumentazione di bordo. Effettuò un controllo dei dati riportati sulle schermate e avviò i motori. Quasi nello stesso istante apparve sul monitor Roberto, che dall'interno del pullman-regia salutò:

"Caro professore, è questo il grande giorno. Ho fatto in modo che tu possa partire quando vuoi. Oggi nessuno salirà a bordo. Ricordati che sei in diretta televisiva e mantieniti in contatto radiotelevisivo come da programma. Ciao, amico. Io sarò qui ad aspettarti per abbracciarti al ritorno. Ciao".

In Guglielmo aumentò sempre di più la voglia di andarsene da quella bolgia, ma, prima di uscire sulla prora per mollare gli ormeggi, rispose all'amico con poche parole:

"Lascerò la banchina tra quindici minuti e sarò fuori dal porto sulla rotta per Bonifacio entro trenta minuti. Grazie, Roberto. Vedrai, troverò quello che cerchiamo e tu avrai il meritato successo. Ciao".

Nero, in preda a un'incontenibile eccitazione per la gioia di prendere il mare, correva in lungo e in largo sul ponte. Guglielmo mollò gli ormeggi e dal comando esterno posto sopra la tuga prese a pilotare manualmente il veliero che, lento e sicuro, si spostava dalla banchina sotto gli occhi della gente accorsa per vederlo partire. Il veliero si muoveva elegante all'interno del porto, portando la prua verso l'uscita.

La macchina di Helen arrivò a tutta velocità in mezzo al piazzale colmo di curiosi. Aveva eluso ogni controllo da parte degli addetti alla sicurezza e, senza curarsi di nessuno, correva sul piazzale per avvicinarsi alla banchina. La gran folla davanti a lei, le impediva di avanzare. Riuscì a vedere il Sonia Maria solo quando era già fuori dal porto, allora si fermò delusa e inquieta. Uscì dalla macchina sbattendo lo sportello, restò immobile senza pronunciare una parola, circondata dalle persone che iniziarono ad andarsene facendo commenti sulla traversata. I suoi occhi erano di ghiaccio, fissi sul veliero che prendeva il largo fuori dal porto.

Guglielmo osservava l'orizzonte e respirava profondamente, assaporando dentro di sé il dolce gusto della nuova libertà. Si voltò per vedere la città allontanarsi e con lei il mondo dal quale intendeva fuggire per scoprire nuove realtà. Dietro la poppa del veliero un nugolo di gabbiani rumoreggiava risuonando nell'aria come un'orchestra. Uno di loro si staccò dal gruppo per volare più alto nel cielo; sembrava un aliante sul filo dell'acqua. Quell'uccello volava sul mare come se stesse volando nel tempo.

8

Ritorno al 2061 sulle ali di un gabbiano

Il cielo si è improvvisamente schiarito, la tempesta tropicale sembra essere scomparsa. Il sole ha dissolto ogni nuvola e nel cielo azzurro, limpido e terso vola un gabbiano portatore di messaggi del passato. Carlos si alza dalla poltrona per andare fuori dalla sua veranda, apre la porta ed esce sotto al porticato dal quale si scende sulla spiaggia. Elian, preoccupato nel vederlo incerto nei movimenti, gli cammina a fianco. Il giovane ripensa a tutte le cose che gli ha raccontato finora. La sua testa è affollata di domande alle quali ancora non è in grado di dare una risposta.

Il gabbiano vola dal cielo al mare e dal mare si posa su un tronco di palma adagiato sulla battigia. Carlos vuole sedersi proprio lì, dove l'acqua scivola leggera verso le palme rivolte all'orizzonte. L'uomo allunga lo sguardo su quell'immenso liquido blu in attesa del suo sussurro, portatore di conoscenza e speranza.

Elian prima di uscire ha preso una giubba dello zio ed è sceso anche lui sulla spiaggia. Dolores, preoccupata per un possibile ritorno del temporale, prende i due ombrelli ancora bagnati per la pioggia precedente e li mette fuori dalla veranda conficcati nella sabbia. La donna resta ferma sul pavimento di legno mentre il giovane cerca invano di far coprire lo zio con la giubba che gli ha portato. Dolores scuote la testa e, rientrando per continuare a preparare il pranzo, commenta fra sé, a voce alta:

"Quell'uomo, se continua così, prima o poi il Signore se lo porta in paradiso. Accidenti, che testa dura!".

Sulla spiaggia il sole alto del mezzogiorno è tornato ad asciugare ogni cosa. Dal fogliame di piante tropicali prospicienti la villa si levano dense nebbie di vapore che si dissolvono nell'aria. Gli odori dei fiori e della sabbia bagnata si mescolano insieme in un profumato cocktail che riporta l'ambiente al suo stato primordiale. Per sentirsi ancora legato al fascino della vita Carlos ha un gran bisogno di tutto questo. Il nipote si siede con lui nell'intento di distrarlo dai suoi pensieri che adesso sono pesanti

come macigni. Il giovane cerca di alleggerire il clima scherzando un po' sul Sonia Maria:

"Certo, chi l'avrebbe mai detto che quel vecchio veliero avesse un passato tanto glorioso!".

Lo zio si alza in piedi stizzito e con risentimento per ciò che ha appena ascoltato si rivolge così al nipote:

"Devi avere più rispetto per quella barca. Il Sonia Maria è stato il mio passato, possiede il mio presente ed è il mio futuro!".

Carlos si zittisce subito perché sa che suo nipote non può capire ciò che sta provando; si toglie le scarpe e si avvicina all'acqua. Elian gli appoggia un braccio sulle spalle e lo stringe con affetto, cercando di giustificare la propria battuta:

"Perdonami se ti ho infastidito con i miei discorsi, ma era solo per cercare di risollevare il tuo morale; e invece... Scusa, il fatto è che ora vorrei capire meglio quale sia il vero legame tra te e il veliero. Di questo tuo misterioso rapporto non hai mai parlato con nessuno".

Nell'esporre le proprie curiosità anche Elian si toglie le scarpe e le appoggia sotto il tronco di palma. Zio e nipote camminano con i piedi immersi nella tiepida acqua tropicale.

Ritrovata un po' di serenità, Carlos, guardando avanti a sé, risponde con voce ferma:

"Non è vero. Tuo padre conosceva bene la mia storia, ma era l'unico. Era l'unico che meritasse di sapere, era l'unico in grado di capire".

Il giovane annuisce senza dire nulla, continuando a camminare insieme allo zio.

I due percorrono un tratto di sabbia che si infila tra le mangrovie e alcuni piccoli scogli appena emergenti dall'acqua. Dall'agglomerato di roccia e corallo fuoriesce un gran numero di grossi granchi dal colore rossastro che, impauriti dalla loro presenza, corrono a ripararsi dentro la folta macchia verdeggiante. I richiami di Dolores distraggono Carlos ed Elian da quella passerella di crostacei che guadagnano veloci un riparo dietro ai sassi sparsi tra le piante. La donna in perfetto castigliano avverte che il pranzo è pronto:

"*Almuerzo en la casa tenemos preparado, señor Carlos*".

Il caldo è tornato a farsi sentire e, tipico di tutti i paesi caraibici, subito dopo la pioggia, il calore e l'umidità la fanno da padroni. Carlos con un cenno del viso indica la villa al nipote e si avvia. Il giovane cammina più veloce per recuperare le scarpe e con un cenno della mano risponde all'appello della donna. Una volta davanti al portico di legno, con il solo gesto della mano fa uscire l'acqua da un lavabo basso per lavarsi i piedi con lo zio. Dolores ha preso degli asciugamani e due paia di sandali aperti per rientrare in casa e non spargere sabbia sul pavimento. Carlos sembra sollevato dalla breve passeggiata, accenna perfino un sorriso alla donna per ringraziarla delle sue accortezze.

Sopra una parete di cristallo che separa la sala da pranzo dal salotto si delinea il viso di un collaboratore del cantiere che in video-collegamento chiede di parlare con Elian. Appare teso e il suo discorso sembra essere fatto alla fine di una corsa affannosa:

"L'incendio è domato, ma i danni sono ingenti. Sono andate distrutte molte barche, e purtroppo anche del veliero non è rimasta che cenere. Mi dispiace. Domani, alle prime ore del mattino, arriverà qui l'incaricato dell'assicurazione per il controllo dei danni".

Carlos rimane impietrito davanti allo schermo di cristallo, mentre il nipote, ascoltato il messaggio, prende dalla propria tasca un minicomputer che si srotola sul tavolo come una pergamena, lo sfiora e, osservando la schermata che ne risulta, replica al suo collaboratore con calma serafica:

"Mi ero reso subito conto della gravità dei danni già da questa mattina. Comunque, ormai è andata. Vedremo chi ne dovrà rispondere. Per ora è necessario preparare i documenti di tutto ciò che dovrà essere rimborsato, e per favore fammeli trovare pronti per domani. Io sarò in cantiere molto presto, dalla mia agenda non risulta altro da fare domani".

Il collaboratore rassicura Elian che non ci sono problemi per la sua richiesta e chiude il collegamento con un saluto.

Sul cristallo rimane un'immagine con un effetto cielo notturno le cui stelle formano la vaga sagoma di un delfino. Il giovane, forse ancora assorto nei pensieri che la videochiamata gli ha suscitato, non fa subito caso al fondale stellato, ma, nel sedersi al tavolo trasparente, la nota, incuriosito dalla particolare costellazione rappresentata.

Anche il vecchio zio si siede, assistito da Dolores che, con premura, alza il coperchio di un antico contenitore posto al centro del tavolo per servire il pasto caldo. Il vecchio navigante comincia a mangiare svogliato e il nipote non può fare a meno di accorgersi di quanto suo zio sia invecchiato dall'ultima volta che lo ha visto.

Infila anche lui la forchetta nel piatto, ingoia in fretta un bocconcino di pollo e, riferendosi alla decorazione digitale, esclama:

"Il delfino è una presenza che ti circonda anche qui oggi. Inizio a pensare che non sia solo una coincidenza!".

Nella stanza rimane solo il rumore delle antiche posate d'argento utilizzate per il pranzo. Carlos sembra non aver ascoltato la domanda del nipote, tuttavia ad un tratto alza gli occhi dal piatto e con tono sommesso risponde:

"Non lo è, infatti. Ho visto quel delfino con i miei occhi. È comparso durante la navigazione in momenti particolari. Ho continuato a vederlo in tutti questi anni".

Dolores versa nei bicchieri del vino rosso italiano ma, mentre sta per tornare in cucina, Carlos, fissando la donna, si rivolge a lei:

"Gentilmente, siedi qui con noi. Versa del vino anche per te, per favore".

La donna si meraviglia della richiesta, ma in cuor suo ne è felice; i sentimenti che la legano al suo vecchio signore prevalgono su ogni formalità. I tre bicchieri si levano insieme e il vino rosso scende nei loro corpi inebriando la testa e i pensieri. Si alzano dal tavolo per sedersi in salotto. Elian, prima di adagiarsi sulla poltrona, resta in piedi davanti al mobile di legno intarsiato, dove c'è una foto che ritrae Guglielmo e Nero sul Sonia Maria. Il giovane la indica con un gesto. Lo zio annuisce e con un largo sospiro gli dice:

"Quello è Guglielmo, quando l'ho conosciuto. Era un uomo burbero, si nascondeva dietro la sua barba. Anche se ero molto giovane, avevo capito che era una persona speciale, ma straziata dal dolore e dal rimorso".

Il nipote rimette al suo posto la foto incorniciata da un sottile profilo di legno e si siede. Restano assopiti in silenzio sul salotto, un silenzio rotto solo dal canto degli uccelli tornati a volare, finita la tempesta, tra le piante tropicali. Dolores ha già riordinato ogni cosa con l'aiuto del robotino tuttofare. Invita Carlos ed Elian nel patio esterno a bere un cocktail, preparato con tè freddo, menta, liquirizia e un goccio di rum. L'anziano si alza seguito dal nipote muovendosi con piccoli passi. In mezzo al salone si ferma, cercando intorno a sé qualcosa che gli è venuta in mente in quell'istante. Giunto alla libreria, fa un cenno al nipote per richiamare la sua attenzione. Apre un cassetto dove, in una bacheca di perspex trasparente, conserva un vecchio manoscritto. Tolto l'involucro con delicatezza, lo mostra a Elian. Fissa il nipote lasciandogli tra le mani l'antico documento, pronunciando quasi sottovoce poche, significative parole:

"Questo è il manoscritto di Brandano. È quello che ha ispirato Guglielmo durante il suo viaggio".

Quando Elian con delicatezza lo sfoglia, resta sbigottito nel ritrovarsi tra le mani e in modo inaspettato una testimonianza tanto importante. In quell'istante il racconto del vecchio zio assume un aspetto diverso, più concreto. Dapprima aveva anche pensato che qualche elemento del racconto fosse stato dettato dalla nostalgia di quegli anni o anche dall'entusiasmo nel rivivere momenti tanto cruciali per la vita di un individuo. Ma su quei fogli c'è la prova che Carlos aveva raccontato fino a quel momento una sacrosanta verità.

Escono all'aria aperta per sedersi sulle comode poltrone di legno di palma, sotto il patio che circonda gran parte della villa. La bibita ghiacciata è un toccasana in quel pomeriggio divenuto infuocato dal sole. Carlos lascia il suo bicchiere sul pavimento. Continuando a contemplare il mare, si adagia sulla poltrona che profuma di cocco. Elian, muto, ma con la testa in balia dei pensieri, sfoglia alcune pagine del manoscritto che ha tra le mani, analizza le mappe nel dettaglio, alza la testa verso lo zio. Vorrebbe fare tante domande, incuriosito come un bambino, ma tace comprendendo che nell'anziano uomo davanti a lui c'è un dolore profondo per la fine del veliero che ha lasciato un segno indelebile nella sua vita. È un vuoto che genera l'ansia di voler conoscere subito il proprio destino, un'ansia che alimenta le ultime forze per affrontare un domani molto prossimo.

Dolores si avvicina per chiedere se hanno voglia di un altro cocktail. Carlos scuote la testa e la mano per indicare che non desidera più nulla; suo nipote, sorridendo alla dolce signora, fa altrettanto. Allora la domestica allarga le braccia e scende verso il giardino adiacente alla villa con l'intento di togliere le foglie morte dalle piante. Prima di inoltrarsi nel vialetto di legno sulla sabbia, si volta ancora per avvertire che ci metterà almeno due ore, ma vuole approfittare della pausa di calma perché è da diversi giorni che non riesce a farlo.

Elian esita, però non può fare a meno di chiedere allo zio di continuare il racconto. Carlos lo guarda con la tristezza nel cuore, i suoi occhi brillano lucidi davanti al giovane; è consapevole che il Sonia Maria ormai non esiste più e percepisce che anche la sua vita potrebbe finire insieme al veliero. Il desiderio di lasciarsi andare lo rende indifferente a tutto ciò che lo circonda. A tratti avverte di avere interiorizzato alcune caratteristiche di Guglielmo. Si porta le mani sulle guance e si accarezza la barba grigia. Poi, con un filo di voce, riprende il racconto con lo sguardo rivolto all'orizzonte:

"Guardo sempre il mare pensando di vedere tornare verso di me il veliero e il suo strano equipaggio. Guardo alla ricerca del delfino che tracciava la rotta verso la meta con il suo caratteristico canto. Guardo per avere ancora una speranza che forse quello che penso si avvererà. Sono qui a volermi illudere che, un giorno di questi, accadrà... Un giorno di questi l'imponderabile sarà qui con me".

Dal palmeto adiacente alla battigia un gruppo di gabbiani si alza in volo. Lo scroscio d'ali, unito al loro verso, risuona nell'aria richiamando l'attenzione di Carlos. Rasentano l'acqua per volare alti nel cielo tornato limpido e terso. Volano... volano leggeri e candidi come l'aria.

9

In mare aperto con rotta Bonifacio

Il Sonia Maria navigava sicuro e già lontano dalla costa verso la Corsica. Il mare era piatto come un lago, senza vento. Ed ecco il silenzio, un silenzio profondo rotto solo dal verso dei gabbiani che sfioravano la poppa. La prua forte e imponente fendeva l'acqua blu cobalto dirigendosi verso il largo, lasciando dietro di sé una lunga e agitata scia di schiuma bianca.

Guglielmo era in piedi sul ponte a gustare quella realtà tanto desiderata, la leggera brezza lo accarezzava, muovendogli i capelli ricciuti. Chiuse gli occhi, inspirando tutta l'aria che poteva. Erano istanti importanti che sancivano l'inizio di un viaggio che sapeva essere determinante per il suo futuro.

Ariane aveva preso il controllo della barca, come richiesto dal suo comandante, e aveva già rilevato il tempo necessario per l'approdo al porto di Bonifacio. Dalla radio di bordo risuonava sul ponte la voce gracchiante del bollettino nautico. L'annuncio di un rinforzo dei venti provenienti da nord erano un invito a issare le vele. Nero se ne stava sdraiato sul piano di poppa, annusando la nuova aria. In poco tempo tutto era cambiato: non c'era più traffico, né gente che gridava, non c'era più caos, né chi imponeva le proprie idee a qualsiasi costo; ora c'era solo il rumore dell'acqua tagliata dalla potente prua del Sonia Maria, solo acqua cielo e mare!

Ecco il significato dello "star bene" per Guglielmo! Erano queste le condizioni che lo aiutavano a ritrovarsi, scoprendo nuove conquiste che lo conducevano verso la verità. Si passava le mani sulla barba irta e un po' brizzolata, per accompagnare il piacere che provava. Apriva gli occhi e controllava l'inclinazione del bompresso davanti a lui. Apriva il palmo della mano per misurare la forza del vento. Un vento dolce sfiorava la pelle che profumava di sale, un vento che avvolgeva tra le sue spire e rinfrescava la mente scaldata dal sole. Dal paiolato di teck saliva la colonnina d'acciaio in cima alla quale vi erano i pulsanti e le leve del comando velico. Salito sul posto di controllo esterno, Guglielmo azionò il meccanismo automatico della velatura. Sul monitor posto al centro dei comandi la figura digitale di Ariane annunciò la procedura per issare le vele sugli alberi, che avrebbero vestito il Sonia Maria di un candido bianco.

Quel movimento inconsueto rendeva nervoso Nero che, sospettoso, si drizzò sulle zampe iniziando ad abbaiare con insistenza. Quando si rese conto dell'innocuo e pacato dispiegarsi delle vele verso il cielo, restò in silenzio ad ammirarle, arricciò il naso verso l'alto e tornò a sdraiarsi sul piano di poppa.

In pochi minuti la barca indossò il suo vestito più bello. Il Sonia Maria, beato nella propria bellezza, toccato dal vento alto sulla prua e con il fiocco riempito di energia, si diresse verso sud-est, impeccabile sull'acqua divenuta ora di un colore blu intenso come quello della notte.

Guglielmo compì un giro d'ispezione da prua a poppa per assicurarsi con maniacale precisione che tutto fosse in ordine. Tranquillo per lo stato di navigazione, si sedette al tavolo esterno davanti alla telecamera che stava riprendendo ogni suo movimento. Con tono ironico batté un dito sull'obiettivo per aprire la conversazione con la redazione in Italia e chiese:

"Ehi, ci siete? Inizio il primo collegamento. Conto fino a cinque. Vado".

Dalla sala di regia rispose un tecnico che, davanti a una parete di monitor attendeva solo di essere chiamato per dare il via alla trasmissione in diretta. Nello stesso istante al museo e all'università erano in molti davanti ai televisori ad aspettare il primo contatto con il veliero. Il sole già alto e potente impediva a Guglielmo di vedere con chiarezza le immagini sullo schermo. Non avrebbe voluto mostrarsi in pubblico con gli occhiali ma, date le circostanze, si vide costretto a indossare quelli che portava solitamente sul petto appesi a un laccio.

Il suo aspetto sicuro nascondeva i contrasti della sua anima e le complesse emozioni del suo mondo interiore. Con un atteggiamento spavaldo cercò di dare la giusta immagine in pasto alla moltitudine di persone che non aspettavano altro di poter curiosare nella sua vita e nella sua traversata. La Rtv voleva realizzare un reality che facesse vivere lo spettatore all'interno del viaggio, dandogli modo di condividere, dalla propria poltrona di casa, tutto quello che sarebbe avvenuto sul veliero. Consapevole di tutto ciò, Guglielmo emise un gran sospiro e iniziò a parlare all'occhio virtuale:

"Passate tre ore di navigazione, sono solo tra mare e cielo, due distese di azzurro che a volte si mescolano in un unico colore. La vista si perde all'orizzonte. Tutto sembra procedere senza particolari problemi, la giornata è splendida, il mare è calmo e una leggera brezza rinfresca la pelle arrossata dal sole. Ora mi sposto sottocoperta per continuare il collegamento e mostrare l'interno del Sonia Maria".

Guglielmo si alzò e camminò a piedi nudi sul passaggio laterale che portava nel salone centrale dell'imbarcazione. Quando fu dentro inserì nell'impianto stereo un cd di musica classica e si sedette davanti ai quattro monitor per parlare con il conduttore che era già in linea ad aspettarlo:

"Buongiorno, comandante Torres, i telespettatori stanno attendendo le prime notizie sull'inizio del viaggio e qualche informazione sulla rotta tracciata. È una rotta che fu percorsa anche da Colombo?".

Guglielmo, senza scomporsi, replicò con la sicurezza dell'esperto marinaio:

"Forse anche Colombo passò per Bonifacio, ma, come ho scoperto nelle mie ricerche storiche, altri prima di lui sicuramente avevano tracciato questi percorsi. Lui non era un navigatore che si avventurasse facilmente! Scoprì le Americhe per caso, sbagliando i calcoli di rotta che erano noti al suo tempo. Un caso che però donò agli uomini della sua epoca l'altra parte del mondo, ricca e vergine come Dio l'aveva creata".

Il conduttore intuì che il suo interlocutore non usava mezzi termini nel manifestare giudizi che avrebbero potuto creare qualche polemica e allora cercò di cambiare discorso chiedendo del comportamento di Nero:

"Beh, comandante, che cosa ci può dire del suo equipaggio? Sono efficienti? Si comportano bene?".

Guglielmo carezzò la testa di Nero, che nel frattempo si era sistemato ai suoi piedi e, rivolto allo schermo, rispose:

"Questo cane è un ottimo marinaio, ma il suo problema è che ha una discarica al posto dello stomaco! Mangia come un forsennato, però anche lui fa bene la sua parte. La Venere di bordo è impeccabile in ogni sua applicazione".

A quest'ultima affermazione il conduttore restò perplesso,

ma più per dare enfasi e attrattiva alla trasmissione che per l'effettiva sostanza del discorso. Lanciò occhiate maliziose agli spettatori presenti in studio, quindi riprese con le domande:

"Venere di bordo? Vuole spiegare al nostro pubblico di quale Venere stiamo parlando?".

Guglielmo si avvicinò al piano comandi pronunciando il nome del computer centrale:

"Ariane, dammi l'ultimo aggiornamento sui dati di rotta".

Sul monitor apparve il volto virtuale di Ariane, che elaborò in pochi secondi i dati richiesti dal comandante e rispose:

"Rotta di navigazione 280° sud-sud-ovest, vento proveniente da est forza 2, velocità di navigazione 15 nodi, tempo previsto alla meta 240 minuti e 37 secondi. Situazione di bordo stabile, strumentazione attiva con standard qualità, risultato medio alto".

Guglielmo, allungando una mano verso l'immagine, chiarì:

"Ecco chi è la Venere di bordo! Tramite questo computer riesco a controllare il veliero in ogni suo reparto. Posso affermare che assolve il lavoro di almeno tre marinai. Beh, è ora di salutarci, Ora devo dedicarmi alla navigazione. Un saluto alla redazione e agli appassionati che ci stanno seguendo. Ciao a tutti. Ci vediamo al prossimo collegamento".

Il monitor si spense, solo sugli altri tre i dati continuavano a scorrere automaticamente.

Guglielmo indossò una cuffia stereo senza fili e uscì sul ponte per ascoltare la musica, mentre il Sonia Maria navigava sicuro verso le acque della Corsica. Camminando lungo il passaggio laterale, notò nel mare, oltre la prua, una barca di pescatori che si avvicinava, seguendo in parallelo la rotta contraria. Era un peschereccio con un aquilone di gabbiani al seguito. Nei pressi del veliero rallentò la sua corsa, mentre i pescatori al suo interno erano intenti a raccogliere le reti. Passarono a poche decine di metri dal veliero alzando le mani in segno di saluto. Erano uomini che vivevano il mare in ogni suo aspetto. Il volto e le mani erano segnati dal sole e dall'acqua salata. Avevano lo sguardo del mare negli occhi, che trasmettevano la lealtà del loro modo di vivere. Anche Nero sembrava voler partecipare a quel saluto. Affacciato sul tientibene di poppa, abbaiò in direzione del peschereccio che si allontanava dietro la scia d'acqua tracciata dal veliero.

Guglielmo, con le note di Mozart nelle orecchie, appoggiò la mano sulla vela tenuta dal boma per saggiarne la tensione, salì sulla tuga e sciolse una bandana legata a una sartia per avvolgerla sulla testa. Si sedette con le gambe incrociate per offrirsi al vento e rilassarsi con qualche posizione yoga, mentre il Sonia Maria solcava il mare con la Corsica già in vista.

Il tempo di quel primo giorno era corso via veloce. Dritto di prua, proprio dove il sole stava calando, ecco apparire la costa rocciosa dell'isola francese. Il mare calmo si era tinto dei colori rossastri del tramonto: erano immagini vissute nel profondo silenzio di quella natura e che esaltavano la dignità umana evidenziando la gioia e la parte migliore dell'essere.

Prima l'annuncio di Ariane per il prossimo arrivo al porto, poi l'abbaiare di Nero riportarono il comandante al suo ordine del giorno. Guglielmo, dando un'occhiataccia al cane, capì che la bestiola aveva fame e non aveva alcuna intenzione di attendere ancora per mangiare. Allora prese la sua ciotola e la riempì poggiandola nel pozzetto esterno di poppa dove Nero si precipitò per divorare tutto in pochi minuti.

Il Sonia Maria, navigando al largo come indicato dal radar RB5, scivolava lungo la costa passando davanti all'isola di

Cavallo. Guglielmo dal ponte esterno controllava con attenzione lo schermo dell'ecoscandaglio. Aveva attraversato molte volte quel tratto di mare e conosceva bene il serio pericolo rappresentato dai numerosi scogli affioranti, molti dei quali non erano segnalati sulle carte. Lo studioso era comunque tranquillo perché consapevole di avere a bordo un computer come Ariane e un radar così potente da permettere una navigazione senza alcun problema.

Il veliero si spogliò delle sue candide vele proprio in prossimità dell'imboccatura del porto canale di Bonifacio. Il vento era aumentato, ma la temperatura era rimasta gradevole. Guglielmo, ammainate le vele, per entrare in porto prese il comando manuale. Ruotò il timone con disinvoltura, spostando la prua verso il centro del canale, con la barca quasi ferma, e dalla radio chiamò la capitaneria per chiedere di entrare. Dalla torre di controllo gli risposero che in banchina non c'era posto e, date le dimensioni del veliero, consigliavano l'ormeggio nella baia antistante l'ingresso. Era un tratto del canale che si allargava dietro la roccia dell'insenatura lasciando l'acqua ferma come all'interno del porto.

Guglielmo con una rapida manovra ancorò nel punto più riparato della baia. Quando fermò i motori, Nero saltò sulla delfiniera di prua, attratto dal gran movimento di gente che passeggiava nei pressi delle banchine, non molto lontano dal veliero.

Anche se il periodo estivo era ormai passato, erano sempre molti i frequentatori di quel luogo che confinava con l'Italia. Molte piccole imbarcazioni prima di entrare in porto compivano strane manovre di avvicinamento al veliero per curiosare meglio l'antica e affascinante struttura del Sonia Maria. Per Guglielmo un giro di controllo era d'obbligo prima di rientrare sottocoperta e dissetarsi con una birra ghiacciata. Neanche il tempo di mettere piede sottocoperta per cambiare la maglia, ed ecco dai monitor l'annuncio di una videochiamata. Lo studioso, a dorso nudo, restò interdetto quando vide comparire il volto di Helen che, avvicinandosi di più al video, gli parlava con tono dimesso:

"Anche se non vuoi più saperne di me, io sono qui, sono qui ad aspettarti. Hai voluto allontanarti da me solo perché il caso vuole che il mio lavoro in qualche modo si avvicini al tuo. Ti ho chiesto di avere qualche notizia in più e nient'altro, ho sognato di poter venire con te, ma mi sono sbagliata. E tu te ne sei andato senza dirmi neanche una parola".

Guglielmo chinò la testa, poggiando la lattina di birra appena aperta sul tavolo, poi rialzò calmo lo sguardo verso lo schermo e iniziò a parlare:

"Come devo dirtelo? Lasciami stare con i miei problemi. Tu non potrai mai capire. Questo viaggio è l'unica cosa che ho in questo momento. Per te e per gli altri è solo un business, per me è molto di più. Cerco di navigare dentro me stesso, cerco un motivo per continuare a vivere. Viaggio solo ascoltando il silenzio del mare, anche se tutto il mondo vorrebbe entrarci dentro".

Helen accennò a un sorriso, cercava di trovare la sua espressione migliore per parlare al comandante stralunato che aveva davanti:

"Tu stai compiendo un'impresa importante e ti assicuro che l'interesse del pubblico sta crescendo ovunque. Pensi di farcela veramente da solo? Dovrai fare molte miglia, ricordatelo! Non è facile, tu sai che in barca ci so fare, quindi, se dovessi cambiare idea, lì con te ci verrei di corsa… ci verrei, anche per farmi perdonare".

La bocca di Guglielmo si velò di un leggero sorriso; con sicurezza rispose alle domande incalzanti della sua amica:

"Ce la farò. Il veliero ha un'importante attrezzatura. Anche volendo, ti ho già detto che è stabilito che a bordo dovrò essere da solo. Ci sono sponsor che pagano, c'è lo Stato che aiuta e tutti vogliono cogliere il risultato. Non posso fallire".

Helen nascose a fatica una smorfia di rabbia, si accese una sigaretta e, con il palmo della mano sull'obiettivo, salutò con un filo di voce:

"Ciao, Guglielmo, ti seguirò e non solo per il mio lavoro. Ti seguirò con la speranza di riaverti tra le mia braccia. Ciao".

La comunicazione si interruppe senza dare il tempo per una replica. La radio di bordo comunicò la richiesta dei documenti da parte della capitaneria. Dopo qualche esitazione dovuta alla chiamata di Helen, Guglielmo tornò a dedicarsi alle attività di bordo. All'esterno i rumori del porto echeggiavano nella baia, anche se il sole era ormai del tutto tramontato. Le luci dei negozi si riflettevano nell'acqua formando strani effetti di colore. Lo studioso indossò un giubbotto senza maniche e, dopo aver preso la cartella dei documenti, uscì sul ponte, premette un pulsante sulle gruette di poppa per calare il tender in acqua e raggiunse la capitaneria del porto. Con il gommone navigò lungo il canale sopra al quale si affacciava tutto il paese come un presepe.

Data l'ora canonica, le strade erano piene di turisti che passeggiavano e nel canale c'era un continuo via vai di piccoli natanti che cercavano un posto dove ormeggiare. Anche Guglielmo infilò il tender tra due barche più grandi e scese camminando verso l'ufficio per il controllo dei documenti. Lì lo accolse un marinaio molto gentile che nel giro di pochi minuti effettuò la registrazione liberandolo per la serata. Appena fuori dall'edificio il professore notò, seduto su un muretto di fronte a un traghetto in partenza, un anziano con il viso solcato da profonde rughe che, con un atteggiamento serio, contava le macchine e le persone cariche di bagagli pronte per imbarcarsi. Il suo melanconico sguardo correva lontano, pieno di nostalgia per la vita passata probabilmente a navigare.

Guglielmo si rivolse a lui con tenerezza, per chiedere:

"Suppongo che lei sia del posto, vero?".

L'uomo, a sua volta, mentre si arrotolava una sigaretta che mostrava all'altro tra le dita, domandò in un italiano stentato:

"Può farmi accendere? Italiano, vero? Questo vizio proprio non riesco a togliermelo. Ma, tanto, ormai che importa?".

Guglielmo cercò nelle tasche del suo giubbotto ed estrasse un pacchetto di fiammiferi svedesi. Quando glielo porse, sul volto del vecchio navigatore si illuminò un sorriso pieno di gioia. In silenzio accese la sua sigaretta e, mentre assaporava il gusto del fumo, pronunciò un'unica parola:

"Grazie".

Guglielmo, con un gesto di assenso, gli chiese:

"Sto cercando un buon posto per mangiare qualcosa. Lei sa indicarmi dove?".

Sull'altro lato del canale il traghetto, che aveva completato le operazioni d'imbarco, mollò gli ormeggi e partì, facendo risuonare la sua sirena in tutto il porto.

L'anziano pensò e poi rispose:

"Su quei traghetti ho passato tutta la mia vita, e ora che posso riposarmi sto qui a contare, rimuginando sul mio passato. Scusa, figliolo, non farci caso... Se vuoi mangiare bene, devi andare alla taverna *L'escargot*. Lì c'è il mio amico Francisco; è il migliore, ma è un posto dove vanno a mangiare i pescatori. Segui la strada dietro la capitaneria e la troverai di fronte".

Guglielmo ringraziò regalandogli il pacchetto di fiammiferi che l'uomo teneva ancora tra le mani. Il vecchio aprì il palmo della mano per salutarlo.

Il comandante del Sonia Maria controllò ancora una volta le cime del tender legate in banchina e, rassicuratosi, s'infilò nella strada che gli aveva indicato il vecchio per cercare la famosa locanda. Il percorso era breve, ma pieno di fascino per la montagna che sovrastava la località rimasta inalterata nel tempo. Nelle ore della sera la roccia biancastra si trasfigurava per i riflessi delle luci sgargianti provenienti dalle abitazioni. Guglielmo si muoveva silenzioso tra le case. Era ancora assorto nei pensieri che la conversazione con Helen gli aveva suscitato. Sul suo volto si disegnavano profonde emozioni che sconvolgevano il suo equilibrio già martoriato dai ricordi.

La strada terminava in una piazzetta al centro della quale una vecchia insegna dipinta a mano con su scritto *L'escargot* sovrastava l'ingresso della taverna scavato nella roccia. Guglielmo notò, su un lato, un vecchio deposito di reti per la pesca, illuminato da un lampioncino posto sul muro. Tutta la struttura era vecchia e un po' malandata, ma, a giudicare dal profumo che usciva dalla finestra, c'era da pensare che la cucina, anche se rustica, fosse eccellente. La piazzetta era silenziosa, ma dall'interno della locanda si sentivano schiamazzi di ogni genere mescolati a strane musiche orientali. La porta in legno dell'ingresso si spalancò sbattendo sul muro. Tra fumo e rumore uscirono due pescatori che avevano qualche difficoltà a rimanere in equilibrio. I due si sostenevano a vicenda, blaterando frasi sconnesse. Il capitano, intuendo che quella fosse l'entrata, varcò la soglia della locanda trovandosi subito immerso in un ambiente pregno di odori, di fumo e di un fitto vociare di persone che parlavano sedute ai tavoli. Nel poco spazio tra i tavoli di legno scuro passava l'unico giovane cameriere cercando di tenere in equilibrio i piatti che gli avventori avevano ordinato.

Guglielmo si fermò avanti al banco, posto a lato dell'ingresso dove molte persone si accalcavano, sedute in maniera disordinata su vecchi sgabelli, a bere grandi boccali di birra serviti da un altro cameriere smilzo e un po' antipatico. Con fare incerto, trovò un tavolo libero e si sedette in un angolo dove due uomini di mezza età stavano mangiando una odorosa zuppa di pesce. Vedendo il modo di mangiare tanto avido dei due, la sua passione per il pesce ben cucinato si esaltò. Si trovò davanti un gigante, che sembrava apparso dal nulla, con una camicia bianca fuori dai pantaloni. L'ingombrante cameriere, senza guardarlo in faccia, gli poggiò una mano sulla spalla mentre prendeva un piatto vuoto dal tavolo di fianco e, rivolgendosi a lui, chiese:

"*Amigo*, vuoi mangiare o solo bere? *Tenemos paella, camarones, pasta, bocadillos, de lo contrario, cerveza* a volontà e tanta tequila".

I vicini di tavolo gli indicavano in modo confidenziale cosa avevano nel piatto. Guglielmo con un sorriso accettò il consiglio, rivolgendosi al cameriere con sicurezza:

"Voglio mangiare proprio lo stesso piatto dei miei vicini. Vorrei conoscere Francisco, se puoi indicarmelo".

L'uomo si pulì la mano sulla camicia e la allungò verso Guglielmo, rispondendo con un certo orgoglio:

"Francisco? Eccolo! Sono io, in questa bettola faccio il proprietario, il cuoco e quando serve anche il cameriere".

I due si strinsero la mano, mentre Francisco gridò verso il giovane mulatto che lo aiutava a servire ai tavoli di tornare in cucina per prendere altre birre. L'uomo, con abilità inaspettata, data la sua mole, arrivò preceduto dal ragazzo nel retrobottega della locanda, con un carico di piatti da lavare. Il ragazzo aveva preso dal frigo le birre e le aveva messe con estrema precisione sul vassoio per servirle.

Francisco, infuriato per la sua lentezza, gli urlò contro:

"*Carlito, tienes que despertarte*! Sei lento come una tartaruga del tuo Paese tropicale. Vai, vai, porta una birra al tavolo dell'italiano. *Rapido*".

Il ragazzo mulatto lo fulminò con gli occhi, ma in silenzio uscì tra i tavoli con le birre. In cucina un'anziana signora era intenta a preparare prelibati piatti a base di pesce, Francisco la aiutava a sistemare nei vassoi le pietanze pronte per essere servite. L'uomo, quando arrivò nella sala, venne chiamato da più parti per bere un bicchiere e fare due chiacchiere.

Lui era buon amico di tutti, tranne che del suo piccolo cameriere, con il quale proprio non riusciva ad andare d'accordo. Racconta a tutti, forse per giustificare il suo comportamento, che il ragazzo, ancora quindicenne, era fuggito da Cuba clandestinamente e che, dopo aver girovagato un periodo per l'Europa, si era fermato a Bonifacio per lavorare. Solo Francisco gli aveva offerto di fare il cameriere nella sua taverna. Ai suoi amici però non raccontava che Carlito era costretto ad accettare un misero giaciglio per dormire e solo qualche franco come compenso per il lavoro che faceva.

Il ragazzo, stanco di quella vita senza futuro, si era messo in testa di tornare nel proprio Paese, avendo capito che il mondo non era così come lo aveva immaginato. Quella locanda non gli offriva nient'altro che un misero e squallido lavoro per il quale tanto valeva tornarsene a Cuba, dove almeno sole, frutta e mare non mancavano a nessuno. Il problema per lui era come tornare. Carlito sapeva di poter rientrare nel proprio Paese solo da clandestino, avendo come unica alternativa l'arresto per avere tradito il suo popolo. Il ragazzo apparteneva a una numerosa famiglia con molti parenti militari, ai quali non avrebbe voluto creare problemi per via delle sue scelte. Così trascorreva i suoi giorni cercando di sopportare i rimproveri di Francisco, ma aspettando un'opportunità per andarsene.

Guglielmo mangiò a sufficienza, bevendo birra in quantità, e fece amicizia con i due uomini del tavolo a fianco. Alla compagnia si aggiunse anche Francisco, che chiese a Carlito di portare altra birra per festeggiare la nuova amicizia. A quel tavolo tutti avevano capito che il nuovo arrivato era un navigante di passaggio e tutti erano curiosi di sapere da dove proveniva. Le domande si facevano sempre più dirette fino a quando la risposta non poté più essere disattesa.

Guglielmo, ormai anche lui un po' brillo, parlò con orgoglio del Sonia Maria:

"Sto navigando con un veliero di 35 metri per conto del governo italiano. E alla base della mia traversata atlantica vi è una ricerca scientifica".

I tre uomini restarono senza parole ad ascoltarlo, avrebbero voluto dire qualcosa, ma, meravigliati dalle rivelazioni di Guglielmo, a nessuno uscì una parola. Anche Carlito, portando loro le birre, aveva ascoltato con molto interesse quei discorsi. Francisco, ripensando al veliero visto all'ingresso del porto, non poté far a meno di chiedere:

"Ma, allora, quell'enorme veliero nella baia, è tuo?".

Guglielmo si versò ancora da bere, sollevò il boccale colmo di birra schiumosa per brindare con gli altri tre che aspettavano di appagare le loro curiosità. I quattro boccali batterono fra loro per suggellare una conoscenza nata tra i tavoli della locanda; le parole che uscivano dalla bocca dello studioso sembravano volare nell'aria per essere comprese solo da chi le voleva capire. L'italiano confermò:

"Sì, quel veliero appartiene alla mia famiglia da molti anni. Il mio è un viaggio verso l'ignoto, verso il paradiso! È una profonda esplorazione di ciò che solo pochi uomini hanno in realtà fatto, navigando per l'Atlantico".

Francisco e gli altri due, carichi di perplessità, pensarono che i numerosi boccali di birra stessero dando loro alla testa. Solo Carlito rimase impietrito alle loro spalle a riflettere su ogni parola detta da Guglielmo.

Nel locale ormai non c'era più nessuno, risuonavano solo le voci di Francisco, Guglielmo e degli altri due. Fuori dal locale si salutarono con cordialità, scambiandosi pacche sulle spalle e cordiali abbracci con la promessa di una prossima bevuta, ancora una volta uniti dalla stessa estemporanea amicizia.

10

Il controllo della Marina spagnola al largo delle Baleari

Mentre tornava con il tender verso il veliero, l'aria fresca della notte lo risvegliò in parte dal torpore della cena. Salito a bordo, girò da prua a poppa in cerca del suo fedele cagnone. Nero uscì sul ponte da sottocoperta scodinzolandogli intorno pigro e assonnato. Con la certezza che tutto sul veliero fosse in ordine, Guglielmo entrò sottocoperta e, stravolto dalla stanchezza, crollò sul letto della cabina armatoriale in un sonno profondo.

Nei suoi sogni volteggiano immagini deformate del figlio Jacopo che, preso da un vortice d'acqua, tende la mano chiedendo aiuto. Un'immensa onda che sembra cadere dal cielo travolge ogni cosa. È un flashback che lo tormenta quasi ogni notte. Un lampo che scompare per far posto a un silenzioso buio, dove resta solo il vuoto nello stomaco.

Nella baia la luna creava una scia di pallida luce sull'acqua immobile. Il Sonia Maria era lì, al centro dell'insenatura stabile e imponente, illuminato solo dai riflessi del mare.

Qualcosa si muoveva nell'acqua, ma non si vedeva nulla. Nero fiutò l'aria arricciando il naso, mentre Guglielmo dormiva profondamente. Sulla poppa del veliero, una figura nella penombra si muoveva senza fare alcun rumore. Nulla più si agitava sul ponte, tranne una cima che ondeggiava sotto il bompresso. Sul veliero tutto sembrava assopirsi in attesa del nuovo giorno.

Alle prime luci dell'alba Guglielmo si svegliò di soprassalto e, senza neanche lavarsi il viso, spinto dall'istinto, si precipitò fuori, come assalito da un improvviso problema all'imbarcazione. Nero lo guardò torcendo la testa ed emettendo un guaito tra lo sbadiglio e la voglia di comunicare qualcosa.

Il sole si alzò sull'acqua, restituendogli un po' di tranquillità. Qualche profondo respiro, e tutto tornò alla normalità. Aveva la testa gonfia come una mongolfiera. La birra della sera prima lo aveva ridotto a uno straccio.

Tornò all'interno per prepararsi un caffè, srotolò sul tavolo da carteggio la carta nautica della zona e tracciò nel modo più antico la rotta da seguire per lo stretto di Gibilterra. Mentre sorseggiava il caffè, ordinò ad Ariane il controllo generale con partenza entro trenta minuti e rotta sulle colonne d'Ercole. Il computer riportò sui monitor i risultati del controllo e i valori rilevati dalle strumentazioni; le immagini dei vari reparti del veliero permettevano così di constatare che ogni cosa fosse in perfetta efficienza. I motori si avviarono secondo l'orario stabilito, tutto era pronto per continuare la traversata. Guglielmo, prima di mettersi alla guida del veliero, trovò delle cime messe in disordine e delle lattine di birra rotolate sul ponte. Non riusciva a ricordare se, nel risalire in barca, avesse causato lui quel disordine. E se non fosse stato così? Questa domanda alla quale non sapeva dare una risposta precisa, gli lasciava un dubbio che lo assillava. Restò perplesso a pensare qualche istante, accarezzando Nero, che non capiva i timori del padrone, e tornò a svolgere le sue attività. La voce di Ariane incombette ricordando l'orario stabilito per la partenza:

"Buongiorno, comandante Torres! Cinque minuti al passaggio al controllo manuale. Rilevamenti effettuati con relativi controlli di rotta passati sul gps. Radar attivato con registrazione automatica di superficie".

Guglielmo spinse un pulsante sul quadro per avviare il verricello. Catena e ancora salivano regolarmente fino all'apposito vano, sotto al bompresso. Il Sonia Maria, sotto gli occhi di qualche marinaio già sveglio, uscì dalla baia mostrandosi come un pavone, in tutta la sua bellezza. Quando la prua già solcava il mare più largo, le grandi vele si allungarono sugli alberi, incantando chi era rimasto a seguirlo mentre si allontanava nel blu. Guglielmo era al timone, preferiva pilotare manualmente per non perdere il contatto con il mare e sentire il cuore del suo veliero. Muovere la ruota verso le onde che si infrangevano sulla prua era un modo per parlare con l'acqua che tuona con grandi espressioni quando è agitata dal vento.

In quelle ore del mattino solo poche barche si trovavano in mare e la navigazione procedeva senza problemi, seguendo la rotta programmata. Lontano dalla costa il libeccio tendente a rinforzare metteva alla prova la stabilità del Sonia Maria. Guglielmo, avviato il pilota automatico, scese sottocoperta per collegarsi con la base di controllo a Genova. Prima di mettersi di nuovo davanti ai monitor, andò in bagno a lavarsi e a riordinare il suo aspetto. Sullo schermo, Ariane annunciò:

"Collegamento effettuato. Tempo di trasmissione cinque minuti".

Guglielmo si sedette davanti al piano comandi e, rivolto all'occhio della telecamera, iniziò a parlare:

"Sono partito da Bonifacio alle 6,30 di questa limpida mattina. Ora la navigazione è sotto il controllo del computer di bordo coadiuvato dal super radar RB5. Adesso sono a cinquanta miglia precise dalla costa spagnola e dovrei trovarmi già alle isole Baleari domani mattina. Spero che la trasmissione video vi arrivi chiara. Qui per ora non rilevo alcun problema".

Un forte fruscio disturbava sia l'audio che il video, alterando le immagini sul monitor. Tutto tornò normale quando sullo schermo uno dei tecnici di controllo intervenne con cuffia e microfono:

"Buongiorno, comandante Torres. La riceviamo con qualche disturbo, ma tutto è ok. Abbiamo l'ordine di ricevere i suoi rilevamenti e di rimanere sempre in contatto radio per ragioni di sicurezza".

Guglielmo annuì, rispondendo senza esitare:

"Domani dovrei entrare sulle rotte stabilite per paragonarle con quelle più antiche dei miei studi. Vi invierò i risultati prima possibile. Non so dirvi se potrò farlo prima, ma di certo effettuerò un nuovo collegamento quando passerò lo stretto di Gibilterra. Passo e chiudo".

I monitor si spensero, rimase acceso solo quello con il volto di Ariane che con freddo automatismo avvertì della presenza di un estraneo a bordo. Guglielmo si irrigidì e comandò l'immediato video controllo di ogni reparto. Ogni angolo della barca venne scandagliato dalle telecamere, ma dagli schermi non risultò nulla di anomalo. Il Sonia Maria, nonostante il mare imbronciato, navigava costante già nelle acque territoriali spagnole. Guglielmo uscì sul ponte per fare il giro del veliero da prua a poppa, cercando di capire se la comunicazione di Ariane fosse stata solo un errore di valutazione o se i dubbi che lo assillavano da un po' avessero qualche fondamento. Mentre effettuava il controllo, notò in avvicinamento rapido due motovedette battenti bandiera spagnola. La radio di bordo trasmise un perentorio avviso di fermare la barca per un'ispezione:

"Guardia costiera espagnol usted tienes que parar rapido el barco. Tenemos que un accertamento del cargo. Comandante tenes que pararse".

Guglielmo, seppur contrariato per la visita inattesa in mezzo al mare, non poté far altro che ubbidire, interrompendo la sua perlustrazione per tornare sul ponte di comando, ammainare le vele e fermare i motori. Con calma rispose alla radio:

"Buongiorno, guardia costiera. Sono a motori fermi. Abbordate quando volete".

Con un binocolo seguì i due natanti che si accostavano al veliero in pochi minuti. Mentre aveva la conferma di subire un vero e proprio controllo militare, gli tornò in mente lo strano disordine che aveva trovato a poppa. Si insinuò il tarlo del sospetto di un'intrusione a bordo che in quella circostanza avrebbe potuto mettere in seria difficoltà il proseguimento della traversata, con conseguenze tragiche per il progetto. Cercando di nascondere i propri timori, Guglielmo aiutò i marinai spagnoli a sistemare le cime di abbordaggio di una delle due motovedette.

Un militare con un megafono intimò di rimanere in vista e con le mani libere. Erano armati fino ai denti e minacciavano di sparare al primo movimento insubordinato. La tensione saliva alle stelle: un atteggiamento così ostile da parte degli spagnoli per un'imbarcazione che era entrata regolarmente nelle loro acque territoriali rimaneva per l'italiano del tutto incomprensibile. Come unico elemento dell'equipaggio e comandante del veliero, Guglielmo non poteva far altro che restare tranquillo e non creare problemi. I problemi invece li creava Nero, che aveva tirato fuori tutta la sua grinta ringhiando e abbaiando minaccioso contro i militari. Con qualche carezza Guglielmo riuscì a tenerlo fermo e buono, dando il tempo agli uomini di salire a bordo preceduti dal loro comandante. Avevano un atteggiamento arrogante e pronto a tutto. Il capo, in perfetta divisa bianca con i gradi in evidenza e con un buon italiano, domandò:

"Dove siete diretti e da quale porto provenite?".

Guglielmo indicò con la mano la borsa dei documenti, aspettando l'assenso dell'ufficiale, il quale con un cenno gli diede il permesso di prendere le carte che giustificavano la presenza del Sonia Maria in quel tratto di mare.

Nel frattempo gli altri militari, armi in pugno, entrarono sottocoperta, rovistando ovunque senza curarsi del disordine che stavano creando. Il comandante spagnolo, con la piena consapevolezza del potere che i suoi gradi gli conferivano, eseguì il controllo con meticolosità, cercando tutti i possibili cavilli per mettere in difficoltà Guglielmo. Era evidente dal suo atteggiamento che era molto prevenuto nei confronti dell'imbarcazione e del suo equipaggio ma, non avendo trovato nulla di irregolare e soprattutto dopo aver ottenuto il via libera dai suoi subalterni, si tranquillizzò. L'ufficiale consegnò i documenti tra le mani di Guglielmo, che restò silenzioso di fronte al risultato dell'ispezione:

"Ecco a lei, è tutto regolare. Sono spiacente di aver interrotto la sua navigazione, ma abbiamo ricevuto la segnalazione del passaggio di un veliero che trasporta droga e clandestini. È stato individuato a 20 miglia da qui e per questo l'abbiamo fermata".

Guglielmo, nonostante il chiarimento, non riusciva a togliersi da dosso l'ansia e la paura di aver a bordo un clandestino che, se fosse stato scoperto, non avrebbe saputo come giustificare. Perciò, simulando una calma che non aveva, cercò di concludere il colloquio nel migliore dei modi. I militari abbassarono le armi e risalirono sulla motovedetta. A bordo del Sonia Maria rimase solo il comandante spagnolo, che chiese di entrare sottocoperta per curiosare all'interno dell'imbarcazione. Si avvicinò al quadro comandi, entusiasmandosi per la qualità della tecnologia strumentale. Toccando i monitor che mostravano i reparti del veliero, si rivolse a Guglielmo con cortesia, commentando:

"Lei qui ha a disposizione un apparato tecnologico di alto livello. Guardando il veliero dall'esterno, mai avrei pensato a una strumentazione così sofisticata".

L'ufficiale si spostò al tavolo di carteggio, poggiando le mani sul piano di legno e seguendo con l'indice la rotta tracciata con la matita da Guglielmo. Con un dito puntato sulla carta, chiese ancora:

"È questa la rotta che sta seguendo? Gibilterra, Atlantico?!".

Guglielmo annuì mostrandogli alcuni fogli del progetto e spiegando gli obiettivi scientifici del viaggio. Le sue parole lasciarono l'uomo meravigliato per la scelta di compiere una traversata così difficile da solo. Il suo modo di comportarsi era totalmente cambiato rispetto all'atteggiamento avuto nell'abbordaggio, ora risultava perfino simpatico, anche se le sue domande ficcanti restavano sempre una spina nel fianco dell'italiano.

Uscirono sul ponte e notarono che Nero annusava con insistenza la porta esterna della cambusa. Ad un tratto un rumore sordo, che sembrava provenire dall'interno di quel reparto, li mise in allarme. Per Guglielmo la tensione era alle stelle mentre attendeva la reazione dell'ufficiale, che domandò:

"Ma c'è qualcun altro a bordo con lei?".

Guglielmo, anche se assalito dall'ansia, rispose comunque con apparente sicurezza:

"No, certo che no. Le ho detto che io e il mio cane siamo tutto l'equipaggio. Quella è la porta della cambusa; sarà caduto qualche contenitore per l'oscillazione della barca".

Il militare aprì la porta ed entrò nella cambusa, seguito dall'italiano. All'apparenza sembrava tutto in ordine, ma Guglielmo notò molti contenitori caduti sul pavimento. Solo lui sapeva che da soli non sarebbero mai potuti essere finiti lì, perché fissati con un blocco che poteva essere tolto solo di proposito. Ignaro di tutto, il comandante spagnolo, con un sorriso sarcastico ironizzò:

"Signor Torres, la facevo più ordinato! Qui c'è da rimettere tutto in ordine, la cambusa è molto importante per un viaggio come il suo".

Lo studioso era rimasto paralizzato alla vista di quel disordine e il sospetto che ci fosse un clandestino a bordo si faceva sempre più forte. Per fortuna l'ufficiale spagnolo non si accorse di nulla e uscì di nuovo sul ponte, per rientrare sulla motovedetta. Gli uomini, mollate le cime che tenevano le imbarcazioni affiancate, dopo un saluto militare si allontanarono dal veliero.

Guglielmo riprese la navigazione riportandosi sulla rotta che stava percorrendo prima di essere fermato dalla guardia costiera. Il mare si era alzato notevolmente rispetto alla prima mattinata e l'imbarcazione, sotto la spinta delle onde, saltava sull'acqua ora spazzata dal vento. Il giorno volgeva ormai al termine e si intravedevano le coste dell'isola di Minorca. La forza del libeccio gonfiava le vele ed esaltava la potenza del fiocco che, riempito d'energia, teneva alta la prua dando una maggiore e stabile velocità.

Innestato di nuovo il sistema automatico, Guglielmo tornò all'interno per rimettere a posto le cose lasciate in disordine dai militari. Scese nelle cabine con aria sospettosa e, per sorprendere un eventuale intruso, aprì le porte di scatto. L'idea del clandestino gli ronzava per la testa senza pausa. Ora aveva la certezza che qualcosa era sfuggita al suo controllo, ma non riusciva ancora a trovare una spiegazione logica per quello che aveva visto. Tornato al piano comandi interno, passò in rassegna ogni strumento, quindi tornò a esaminare sui monitor le immagini degli ambienti interni. Quando vide l'immagine della cambusa, si accorse di un'ombra riflessa sulla parete dietro le casse di acqua e bevande. Senza più esitare, aprì un cassetto del tavolo dal quale prese la pistola lanciarazzi, uscì con passo deciso, e determinato a risolvere quella scomoda situazione con le buone o con le cattive. Guglielmo spalancò la porta esterna della cambusa lasciandola sbattere sulla parete di legno. Teso come una corda di chitarra, entrò in silenzio con la pistola tra le mani; muovendosi con circospezione nella cambusa, gridò con rabbia parole minacciose:

"Uscite di lì o sparo. E vi assicuro che questa fa molto male!".

Un rumore proveniente dalla stanza adiacente lo attirò in quella direzione; allora, con ancora maggiore veemenza, minacciò:

"Quanti siete là dietro? Conto fino a tre, sparo e per voi è finita! Uno, due…".

Dal buio uscì una figura minuta e tremante che con voce flebile provò a tranquillizzare il comandante infuriato:

"Esco. Non sparare, *por favor*! Sono io solo. Esco, esco! Per carità, non sparare!".

Guglielmo era in piedi di fronte al clandestino che con le mani alzate uscì allo scoperto. Quando la debole luce del sole che scendeva al tramonto definì del tutto l'aspetto di quella figura uscita dall'ombra, la sorpresa per Guglielmo fu forte e inaspettata. Quasi non credette ai propri occhi nel trovarsi davanti Carlito, il ragazzo della taverna di Bonifacio. Era salito a bordo clandestinamente e ora era lì in piedi con le mani alte e tremanti in attesa di un po' di benevolenza da parte del comandante del veliero.

Guglielmo, sgonfiando i suoi polmoni, abbassò l'arma. Aprì uno sportello sotto la tuga e vi infilò la pistola con rabbia, sbattendolo nel richiuderlo. Carlito ebbe un sussulto di paura, per la rabbiosa reazione dell'uomo, che, dando le spalle al ragazzo, stringeva con forza il tientibene laterale, per dare sfogo alle proprie tensioni. Il comandante del Sonia Maria era in difficoltà nel trovarsi di fronte a quel piccolo individuo, a lui del tutto sconosciuto e in apparenza solitario e indifeso. Aveva pensato di dover combattere per difendere la propria barca. E, invece, nulla di tutto questo, era solo un giovane sbandato!

Quel ragazzo, che aveva appena intravisto nella locanda, in fondo gli faceva una gran pena, ma non voleva dimostrarglielo, anzi desiderava dargli l'impressione contraria. Così, ritrovata un po' di padronanza, con severità militare gli ordinò di entrare sottocoperta. Poi, ammorbidendo subito dopo il tono della voce, gli disse di abbassare le mani e di non muoversi, pena lo sbarco immediato in mezzo al mare. Carlito era immobile nel salone, ma con gli occhi pieni di luce divorava con insaziabile curiosità ogni oggetto che lo circondava. Guglielmo scese nelle cabine per prendere da un armadio un asciugamano e alcuni abiti puliti. Quando tornò, trovò Carlito davanti agli schermi, incantato dalla voce di Ariane, che informava:

"Rilevato uno scarroccio di 5 gradi. Pilota automatico su correzione di rotta. Previsto un rinforzo di vento proveniente da sud".

Il ragazzo, affascinato e distratto dagli strumenti del veliero, non si accorse di Guglielmo che, tornato nel salone, gli lanciava degli abiti e un asciugamano e con tono sprezzante ordinava:

"Mettiti questi, ti porti dietro un tanfo irresistibile".

Carlito, raccogliendo i vestiti e con il cuore in mano, lo implorò:

"Non è mia intenzione metterti nei guai. Voglio solo un passaggio per tornare al mio Paese. Per favore, solo un passaggio".

Guglielmo non aveva voglia di starlo a sentire e uscì sul ponte per pensare a una soluzione del problema. Il veliero con il controllo del computer centrale proseguiva costante la navigazione, spazzando l'acqua con la potente prua. Le coste delle isole spagnole erano ancora lontane e le previsioni di Ariane si stavano avverando: il mare era divenuto molto mosso, con lunghe onde che lanciavano il Sonia Maria in avanti come una nocciolina. In simili situazioni il controllo deve tornare tutto nelle mani del comandante. L'italiano ordinò al ragazzo mulatto di restare al riparo sottocoperta. La ruota del timone girava tra le sue mani mentre cercava di infilare la prua negli spazi che il mare consentiva ai bravi naviganti. Il ponte a tratti veniva invaso dall'acqua che spruzzava sotto il bompresso. Nero aveva capito che quella non era la migliore delle giornate per restare all'aperto, così cercava un riparo dietro la tuga per non lasciare il suo padrone solo a combattere con il mare infuriato. Il sole era quasi al tramonto e Guglielmo sapeva che doveva navigare sottocosta prima che facesse buio. Con soddisfazione squadrò le vele tese dal vento che rendevano il Sonia Maria una maestosa arca in viaggio verso l'oceano.

Era lo stesso oceano dove il monaco Brandano aveva cercato il paradiso attraverso l'ignoto e ora la storia poteva ripetersi.

11

Ancoraggio sulla costa dell'isola di Minorca

Tra le onde che frangevano sulla murata del veliero nuotava un branco di delfini che si divertivano a saltare davanti alla prua, per nulla disturbati dal mare che continuava ad aumentare. La vista di quei meravigliosi mammiferi stemperava le ansie di Guglielmo, facendogli affrontare con maggiore tranquillità il tratto di mare che lo separava dalla costa.

Carlito, indossati i calzoncini e la maglietta che, anche se gli stavano molto larghi, vestiva con disinvoltura, si affacciò dalla porta del salone centrale per rendersi conto dell'entità della mareggiata. Appena mise il naso fuori si accorse che il mare stava iniziando a creare qualche seria difficoltà al comandante. Senza esitare, uscì allo scoperto per legare meglio i parabordi che nel frattempo erano saltati fuori dalla murata interna.

Un'onda alta e potente si abbatté sul ponte investendolo in pieno. Il ragazzo per rimanere in piedi fu costretto ad afferrare il tientibene. Restò dapprima senza fiato ma, una volta passata la cascata d'acqua, scoppiò in una fragorosa risata. Guglielmo lo rimproverò energicamente, minacciandolo, per quanto fosse possibile in un frangente delicato come quello, di abbandonarlo nel primo posto che avrebbe incontrato, se avesse continuato a disobbedire. Il cubano, per nulla intimorito, si muoveva sul veliero come se lo avesse conosciuto da sempre. Quando notò i delfini in acqua non poté fare a meno di sporgersi dalla prua per avvicinarsi il più possibile a loro. I grandi pesci saltavano, giocavano con le onde, scomparivano nel blu, lasciandolo fradicio ed esterrefatto attaccato al bompresso.

Il mare iniziò a calmarsi, anche grazie al riparo offerto dalla costa dell'isola di Minorca. Guglielmo intimò ancora una volta al suo giovane ospite di tornare sottocoperta e di non muoversi più senza la sua autorizzazione.

Le telecamere in azione ricordarono a Guglielmo le condizioni stabilite per la sua traversata. Lo sconfortava il solo pensiero di come avrebbe potuto spiegare una simile situazione al controllo di Genova. Carlito era in preda a un'euforia che gli dava la sensazione di aver toccato il paradiso con le mani e quell'uomo dall'aspetto imbronciato e severo non lo metteva in soggezione. Aveva capito però che, se voleva restare a bordo, doveva ubbidire ai suoi ordini e, allo stesso tempo, cercare di conquistare la sua fiducia.

Il Sonia Maria entrò in una larga insenatura a nord dell'isola. Era una costa rocciosa e frastagliata, quasi del tutto disabitata. Il profumo della macchia mediterranea si impadronì anche del veliero che, guidato dalla potente strumentazione di bordo, effettuò l'ancoraggio mantenendosi distante dalla costa per ragioni di sicurezza. Dai monitor il volto virtuale di Ariane annunciò che l'imbarcazione era ferma. Lo specchio d'acqua, nel quale, al cambiare del vento, l'imbarcazione poteva spaziare, era stato analizzato dal radar senza rilevare particolari problemi per la sosta notturna. Guglielmo, ammainate le vele, rientrò all'interno, seguito da Nero. Il cane, sconvolto per aver affrontato forse per la prima volta il mare mosso, filò dritto a sdraiarsi sotto il tavolo di carteggio. Carlito era rimasto fermo davanti ai monitor a leggere con crescente curiosità i dati che venivano elaborati e mostrati insieme alle altre immagini. Quando la camera di controllo lo inquadrò e si vide apparire insieme alla strumentazione, ebbe un sussulto di piacere. L'entusiasmo di vedersi inserito in un ambiente così tecnologicamente sofisticato lo faceva sentire più maturo della sua giovane età. Si specchiò, fece smorfie, alzò le braccia gesticolando con le dita fino a quando Guglielmo gli gridò bruscamente di finirla e di togliersi dai piedi per non creare altri guai. Prese un asciugamani per tirarglielo addosso e con voce sprezzante gli intimò:

"Asciugati e resta fermo su quel divano. Mi hai già creato abbastanza problemi. Ora dovrò comunicare la tua presenza e vedremo il da farsi. Accidenti, ma che diavolo ti è passato per la testa di infiltrarti proprio su questa barca?!".

Mentre il ragazzo si asciugava la testa ricciuta spostandosi dal divano, Guglielmo si sedette ai comandi interni per richiedere la comunicazione al computer centrale.

Carlito, con la schiettezza dei suoi quindici anni, cercando di trovare la migliore delle sue espressioni, implorante si rivolse a lui dicendo:

"Sto solo cercando di tornare a casa mia. Sono scappato da Cuba con una zattera di fortuna insieme ad altri, ma questo mondo mi ha deluso. Ora voglio tornare al mio Paese e posso farlo solo da clandestino, altrimenti... altrimenti in questa vostra Europa finirò male!".

Guglielmo si irrigidì, colpito dal suo discorso. Quindi, tornò a scrutare la tastiera parlandogli con tono più pacato:

"Non posso aiutarti. Ti sbarcherò a Torremolinos e per questo dovrò cambiare il mio programma di rotta. Mi dispiace, ma non posso fare di più".

Il ragazzo, con un gesto di stizza, gettò con rabbia sul divano l'asciugamano e replicò piagnucolando:

"Questo veliero è l'unica possibilità che ho per tornare dalla mia famiglia. Ti prego, aiutami! Portami almeno fino a Gibilterra, mi renderò utile, laverò la barca. Ho imparato a cucinare bene. Ubbidirò ai tuoi ordini senza discutere, te lo prometto, ma – ti prego – non lasciarmi qui, per favore!".

Guglielmo si comportava come se non avesse sentito, il suo aspetto era impassibile e distaccato; tuttavia dentro di sé le parole del ragazzo lo avevano colpito al cuore. Lo vedeva soffrire per la sua risposta, e questo gli dispiaceva ma sapeva che non avrebbe potuto fare altro per quel giovane che avrebbe potuto avere gli stessi anni di suo figlio Jacopo.

La voce di Ariane si inserì nei loro discorsi per aprire la comunicazione con il Museo oceanografico di Genova. Sullo schermo centrale apparve in primo piano il volto di Roberto Salveri, che abbozzò un sorriso di circostanza e lanciò come giavellotti una raffica di domande con un tono di voce controllato a fatica:

"Ciao, amico mio. Spero che a bordo vada tutto bene. Al controllo mi hanno detto che hai avuto problemi con la guardia costiera. Dalle telecamere installate a bordo abbiamo ricevuto le immagini di un ragazzo mulatto che si aggira sul veliero... è una sorpresa? Com'è finito sul Sonia Maria?".

Guglielmo fece segno a Carlito di uscire dalla sala comandi, cercando di non farsi riprendere dagli occhi digitali. Tornato allo schermo, rispose con calma:

"Sto annotando i fatti del giorno sul libro di bordo. Se hai già visto i filmati, dovresti aver capito che questo ragazzo si è infiltrato di nascosto sul veliero; e per fortuna i militari non lo hanno scoperto".

Roberto si distese sulla poltrona, come se si fosse tolto un peso dallo stomaco, quindi riprese il discorso con maggiore tranquillità:

"Quel clandestino deve scendere subito! Potremmo ricevere contestazioni dagli sponsor con conseguenti difficoltà economiche e contrattuali. Guglielmo, in nome della nostra amicizia, rispetta il programma che abbiamo preparato insieme! Forse solo io e te sappiamo cosa ti spinge in mezzo all'Atlantico, ma per gli altri è solo un business. Adesso ci siamo riusciti, è anche un importante riscontro mediatico. Sta andando tutto meglio del previsto, questa è un'affermazione che ti riporterà tra la gente, un successo che ci darà... soddisfazione".

Guglielmo non rispose subito, sconcertato dalle parole dell'amico, poi, polemico, replicò:

"Tra la gente? Ma quale gente? Comunque qui il comandante sono io, e io deciderò che cosa fare nel migliore dei modi. D'altra parte è un essere umano, non posso buttarlo a mare. Vi manterrò aggiornati sugli sviluppi di questa vicenda".

Dallo schermo Roberto ora cercava di minimizzare la piccola tensione che si era creata, scherzando sulla Marina spagnola.

"Dai, Guglielmo, non fare il permaloso. Lo sappiamo tutti qui chi sei e quanto vali. Guglielmo, fa' tu. Certo, a pensarci bene, quei militari non riuscirebbero a scoprire neanche l'amante della moglie infilato nel letto insieme a loro! Ciao, amico mio, a risentirci presto".

La comunicazione si chiuse. Carlito era rimasto a fare capolino dietro la porta. Aveva ascoltato la videochiamata con un sottile senso di piacere nel sentire il suo comandante difenderlo, anche se a modo suo.

Il buio della sera era sopraggiunto su ogni cosa. Nell'ampia insenatura il mare s'insinuava senza forza, quanto bastava a far ondeggiare il veliero che con le sue luci arricchiva il panorama. Il vento soffiava sulle sartie emettendo un suono limpido e alternato. Il legno del fasciame rumoreggiava vivo insieme all'equipaggio di quel piccolo mondo poggiato sull'acqua. Al largo il mare era sempre più mosso e le previsioni non promettevano niente di buono. Il veliero si trovava in una zona ben riparata dalle alture prospicienti il mare. A bordo Guglielmo sperava che il vento che caricava le onde provenienti da ovest non cambiasse direzione. Anche Ariane confermava rassicurando che, secondo i rilevamenti, la zona d'ancoraggio era perfettamente al riparo.

Il comandante stava preparando due piatti con verdure e carne passata alla griglia e indicò al ragazzo di sedersi al tavolo per mangiare. Carlito prima gli andò incontro per prendere i piatti, le posate e i bicchieri, poi con i tovaglioli in mano aspettò un cenno di Guglielmo. L'indifferenza del comandante non lo offendeva e così non si perdeva d'animo e, con la sveltezza acquisita alla taverna, apparecchiò la tavola, si sedette e aspettò il suo arrivo. Mangiarono in totale silenzio, accompagnati dal tintinnio delle posate sui piatti di ceramica. Il Sonia Maria compose la sua musica, formata dal rumore delle cime che si tendevano e dallo sciabordio dell'acqua che frangeva contro la murata. Era una musica dolce e soave che aiutava a pensare e a riflettere. Carlito non osava aprire bocca di fronte all'espressione scura sul volto dell'italiano, che era completamente assorto, e questo frenava la sua voglia di esprimersi e, anche se avrebbe voluto dirgli molte cose, capiva che non era il momento giusto.

Guglielmo si alzò dal tavolo per uscire sul ponte. Il ragazzo stava lavando i piatti e rimettendo ogni oggetto al suo posto, poi, mentre asciugava le posate, iniziò a canticchiare sottovoce una vecchia canzone del suo Paese. Da uno degli oblò il professore lo vide muoversi con disinvoltura tra i piatti e i bicchieri. Un breve sorriso attenuò i suoi pensieri. Preoccupato per il vento che era notevolmente rinforzato, calò la seconda ancora con il telecomando del secondo verricello di prua. Con un piede poggiato sulla delfiniera scrutò il mare, cercando di rilassarsi all'aria salmastra che lo sfiorava. Al largo il buio, squarciato solo dai colori della notte alimentati dai riflessi stellari, era uno spettacolo indimenticabile.

Carlito, gironzolando per tutto il salone centrale, sempre canticchiando, scese nelle cabine sottostanti per acquietare la propria endemica curiosità. Si aggirava, guardandosi dietro ogni tanto, fino ad aprire la cabina amatoriale dove dormiva Guglielmo. Pur sapendo che non avrebbe potuto farlo, entrò come se si fosse trovato su un altro pianeta. Notò subito la foto di Jacopo sul ripiano di legno lucido accanto al letto. Intuì istintivamente che dietro quella foto si nascondeva un dramma, ma non fece in tempo a proseguire nelle sue riflessioni, perché i passi del comandante, rientrato sottocoperta, lo fecero uscire frettolosamente dalla cabina senza fare rumore.

Sul piano comandi Guglielmo stava tracciando la nuova rotta da seguire con l'aiuto di Ariane. Studiando la mappa di quella parte dell'isola, si individuava facilmente la posizione dell'antico porto di Mahon, di cui, nel corso dei secoli XVII e XVIII, per la sua strategica posizione, spesso gli inglesi e i francesi si erano contesi il dominio.

Carlito, rovistando tra gli armadi di un'altra cabina, aveva trovato una maglietta della sua misura e non aveva esitato a indossarla con l'entusiasmo della sua giovane età. Risalì le scale che portavano al salone centrale e, avvicinatosi a Guglielmo, disse con entusiasmo:

"Ho trovato questa maglia con la scritta Nervi. Mi sta alla perfezione. Questo nome stampato è il nome di un porto?".

Guglielmo, con atteggiamento risentito, reagì seccamente:

"Non devi rovistare nei miei cassetti. Togliti subito quella maglia! E non ho alcuna voglia di discutere con te a riguardo".

Carlito, con l'espressione di chi non capisce, se la sfilò e ridiscese le scale. Nero si alzò da sotto il tavolo e con qualche mugugno seguì il ragazzo battendogli il muso più volte sulle gambe.

La notte sopraggiunse invitando tutti al riposo. Guglielmo prima di addormentarsi sbirciò attraverso la porta socchiusa della cabina, dove dormiva il giovane cubano. Lo osservò con la tenerezza di un padre, rimasta inespressa dentro di lui. Passandosi le mani dalla barba ai capelli con un sospiro profondo, si ritirò nella sua cabina. Si sdraiò sul letto adagiando la testa sul cuscino delicatamente. I suoi occhi sconvolti fissavano il soffitto, mentre una lacrima scivolò lungo la guancia, perdendosi tra i capelli. Il buio entrò nella sua anima, trascinandolo nel baratro che lo tormentava ogni notte.

All'alba la mareggiata sembrava essere passata e uno stormo di gabbiani volteggiava intorno al Sonia Maria, rumoreggiando con il loro caratteristico verso. Carlito si era alzato di buon mattino e, per cercare di conquistare la stima del comandante, si era messo a lavare il ponte della barca. Nero si era sistemato sopra la tuga per godersi lo spettacolo dall'alto. Lo scrosciare dell'acqua gettata sul ponte svegliò Guglielmo di soprassalto che, preoccupato, salì dalle cabine per capire il motivo di tanto rumore. Quando si accorse di quello che stava facendo il ragazzo, si tranquillizzò, avvicinandosi al rubinetto dell'acqua dolce lasciato aperto da Carlito per chiuderlo con un gesto di stizza.

Lo guardò con la furia di un toro, pronunciando sintetiche ma chiare parole di avvertimento:

"Questo deve restare chiuso. L'acqua dolce è fondamentale durante la navigazione, non si può consumare a piacimento. Ci siamo capiti?!".

Carlito era paralizzato e dispiaciuto per il rimprovero. Non sapeva come spiegarlo, ma avrebbe voluto fare un bel gesto per farsi apprezzare e invece era riuscito solo a rimediare un'altra pessima figura. Guglielmo si accorse di aver dato un grosso dispiacere al giovane compagno di viaggio e, cambiando tono senza però scoprire troppo la sua sensibilità, diede un consiglio al ragazzo:

"Almeno cerca di imparare. Se proprio vuoi lavare il ponte, puoi usare l'acqua del mare; il teck si esalta con l'acqua salata. Si esalta… ricordatelo la prossima volta".

Il ragazzo alzò le spalle e allargò le braccia, mimando così le proprie scuse. Per nulla scoraggiato, allora prese un secchio con una cima legata al manico e lo lanciò nell'acqua per poi tirarlo a bordo colmo di acqua da gettare sul piano da lavare. Nero abbaiò, forse per indicare al suo padrone che lui era vigile e controllava quello che il cubano stava facendo.

Guglielmo, scuotendo la testa, rientrò nel salone, dove accese il televisore che stava trasmettendo la situazione meteo che confermava la perturbazione di direzione opposta a quella del giorno precedente. Preoccupato per la posizione di ancoraggio, richiese ad Ariane la situazione meteo con la proiezione per le successive quarantotto ore. Il computer confermò i dati della tv e scandì un tempo rapido per la partenza da quella insenatura che nel giro di poche ora sarebbe stata invasa dalle onde.

Recuperate le ancore, con il fiocco gonfiato dal vento e con i motori al minimo, il veliero uscì dall'insenatura puntando al largo. La potente prua affondava nell'acqua producendo un frizzante tonfo d'energia. Guglielmo, riparato da una vistosa giacca a vento, con piccoli occhiali da sole e con un cappello infilato a forza sulla testa, governava al timone esterno dell'imbarcazione che si spostava verso nord.

Le raffiche di vento diventavano sempre più intense, creando sul mare agitato cigli d'acqua biancastra che incutevano timore. Carlito, protetto da un k-way, era sulla prua, affascinato dal bompresso che saliva e scendeva sulle onde che incontrava il veliero. A circa cinque miglia dalla rotta Ariane, con l'ausilio del radar, intercettò un basso fondale potenzialmente pericoloso per la profonda chiglia del Sonia Maria. Sul quadro comandi esterno apparve la deviazione di rotta da effettuare per non incorrere in pericoli durante la navigazione. Nero, pur di restare col proprio padrone, si era fatto coraggio e si era accucciato sotto la tuga.

Il mare stava crescendo in modo esponenziale e il porto dove potersi riparare era ancora molto distante. L'acqua saltava dalla prua, precipitando con violenza su tutta la barca. Carlito, forse per incoscienza, sembrava divertito dall'essere inondato dal più primordiale elemento della natura. Allargava le braccia e urlava di gioia a ogni discesa della prua verso il fondo dell'onda. Guglielmo lo avrebbe voluto rimproverare, ma era troppo impegnato a seguire l'andamento dell'imbarcazione e lasciava fare con la speranza che non si facesse male.

Superati i bassi fondali, il veliero venne travolto da una serie di ondate anomale e potenti che spazzavano ogni cosa sul ponte. Nero era zuppo d'acqua ma non abbandonava il suo posto. Il ragazzo, spinto dall'acqua che aveva invaso la barca, era scivolato sul piano di teck. Lo studioso decise di alzare le vele per dare una maggiore stabilità al Sonia Maria. Ariane scandì il tempo d'arrivo regolando la direzione in funzione dello scarroccio dovuto alla pressione del mare. A un tratto, a poppa saltò una delle cime che teneva fissato il tender alle gruette. Il gommone iniziò a oscillare pericolosamente, rischiando di perdere il motore fuori bordo. Guglielmo, allarmato, innestò il controllo automatico e scese sul ponte, ma Carlito, più svelto di lui, raggiunse in breve, anche se con difficoltà, la poppa. Il cubano, nonostante subisse gli schiaffi del mare, scese sulla pedana esterna, per afferrare la cima in bando. Si gettò in avanti con tutto il peso del corpo tenendola ben ferma e con un abile movimento riuscì a legarla e assicurarla al tender. Il comandante, anche lui carponi, era sul pozzetto di poppa per aiutare il ragazzo che, incurante del pericolo, stava cercando di bloccare il motore fuoribordo. Insieme riuscirono a rimettere in sicurezza ogni cosa. L'italiano tese una mano al ragazzo per aiutarlo a risalire sul ponte e gli strizzò i capelli con un gesto di confidenziale apprezzamento.

Il veliero continuò la propria navigazione senza problemi, verso la parte dell'isola più riparata dai venti provenienti da nord. Carlito si era dimostrato molto coraggioso e di valido aiuto nella complicata situazione; Guglielmo lo sapeva e non poteva fare a meno di mandare un messaggio di riconoscenza per il gesto che aveva fatto:

"Sei stato in gamba, ragazzo! Grazie! Sei stato in gamba, marinaio".

Carlito, che si aspettava il solito rimprovero, nel sentirlo parlare così positivamente, saltò di gioia, urlando contro il mare sempre più tempestoso:

"Grazie a te, mio comandante! E tu... tu non mi fai paura. Non mi fai paura".

Mentre il cubano saltellava felice sulla prua del veliero, Guglielmo riprese il timone tra le mani, accostando per restare più riparato dalla forza del mare che non accennava a calmarsi.

12

Il salvataggio della barca a vela

Il Sonia Maria si trovava ormai a poche miglia dal porto di Mahon, mentre la radio di bordo trasmetteva un segnale molto disturbato di una serie ininterrotta di richieste di soccorso.

Guglielmo, non avendo udito subito con chiarezza la disperata voce che implorava aiuto, non realizzò immediatamente la gravità della sciagura che stava per abbattersi su quella disgraziata imbarcazione. Quando però ricevette chiaro e forte l'urlo del 'mayday', capì l'urgenza del proprio intervento. Prese il microfono e comunicò alla torre di controllo del porto che stava cercando di entrare in contatto con l'imbarcazione Ibiza, battente bandiera francese, in balia di un naufragio. Ariane localizzò il natante in difficoltà a poche miglia dal veliero, calcolando una distanza da percorrere di trenta minuti. Guglielmo chiese con decisione a Carlito di prendere il binocolo per scrutare verso la costa al fine di individuare i naufraghi.

Sulla barca a vela intanto il panico aveva inghiottito anche la più forte delle riflessioni. Avvinghiato al timone c'era un uomo in costume da bagno con gli occhi sbarrati a fissare impotente la prua della sua barca che si avvicinava sempre di più alla scogliera. Le vele erano strappate e l'acqua era ormai ovunque. Sottocoperta una ragazza in short e reggiseno se ne stava impietrita sul cuscino della dinette zuppo d'acqua. Era paralizzata dalla paura e non riusciva a parlare. All'esterno un altro giovane di circa trenta anni cercava di tenere il boma che oscillava nel mezzo della tuga. Solo una ragazza, anche lei in short e maglietta, era in cabina, cercando di urlare alla radio con tutto il fiato che aveva in gola, per chiedere aiuto:

"Qui imbarcazione a vela Ibiza. *Mayday, mayday, mayday!* Abbiamo grave avaria a bordo, imbarchiamo acqua e siamo senza controllo. Per favore, qualcuno ci aiuti, *mayday, mayday!*".

Le onde prendevano il sopravvento sulla modesta imbarcazione. I ragazzi che stavano tentando di invertire la rotta erano sfiniti e vicini a un totale crollo psicologico. Per la ragazza dai corti capelli rossi la voce di Guglielmo alla radio echeggiava come annuncio di salvezza. In lei si riaccendeva la speranza: ravvivando la propria grinta e il coraggio, ritrovava la forza di incitare i suoi compagni a reagire, provando a rallentare la barca che si stava abbattendo senza speranza sugli scogli:

"Hanno risposto, hanno risposto! Tieni il timone. Verranno a salvarci. Ehi, razza di incompetenti, tenete il timone!".

Carlito, dal veliero, avvistata la barca a vela, correva ad avvertire il comandante e passandogli il binocolo gli indicò il punto esatto della loro posizione. Guglielmo, intercettati visivamente i naufraghi, che erano ormai in completa balia della mareggiata, riprese preoccupato il microfono della radio per avvertire l'equipaggio dell'Ibiza, cercando tuttavia di essere più rassicurante possibile:

"Qui Sonia Maria, è il comandante Guglielmo Torres che vi parla. Vi abbiamo individuati, sarò in grado di aiutarvi entro pochi minuti. Mantenete la calma, preparate una cima di poppa e ammainate quello che è rimasto della vostra velatura. Siete troppo vicini alla costa. Coraggio, sto arrivando!".

Sulla barca in difficoltà solo la ragazza con i capelli rossi combatteva per difendersi dal mare che li stava per sopraffare. L'altra giovane era rimasta accucciata in cabina, continuando a lamentarsi per il mal di stomaco che le aveva tolto ogni barlume di ragione. Con un filo di voce chiamava più volte la sua amica:

"Miriam, per favore, aiutami! Miriam, sto per vomitare. L'acqua è arrivata ai cuscini. Miriam… non ce la faccio più!".

Il microfono della radio oscillava seguendo il forte ondeggiare dell'imbarcazione. I ragazzi, uno al timone, l'altro alla vela, cercavano di mettere in atto i consigli di Guglielmo. Miriam agguantò il microfono con rabbia, rispondendo con il terrore negli occhi:

"Comandante, presto! I miei amici sono dei principianti. Non sanno cosa fare, stiamo per schiantarci sugli scogli. Mi chiamo Miriam. A bordo siamo in quattro, la prego, faccia presto, la prego. Faccia presto o per noi è la fine!".

Guglielmo abbassò il microfono. Avrebbe voluto risponderle ancora, ma decise di aumentare la velocità e non perdere altri secondi, preziosi per salvare la barca e il suo equipaggio. Carlito salì sulla delfiniera per controllare l'avvicinamento. Dal monitor del comando esterno, Ariane li avvertì della presenza di un basso fondale, intimando di fermare il veliero. In quella piccola insenatura le onde frangevano schiumando verso terra. Il vento forte che spazzava l'acqua impediva di manovrare in sicurezza. Il Sonia Maria era fermo a poca distanza dall'imbarcazione, che ormai era piegata su un fianco. Guglielmo chiese al suo giovane compagno di viaggio di aiutarlo a calare il gommone in acqua. Carlito era felice di sentirsi chiamato dal comandante e perciò coinvolto nelle operazioni; aveva l'occasione giusta per mostrare le proprie capacità. Corse sul ponte, seguito da Nero, che, affacciatosi alla murata, non poté fare altro che abbaiare in direzione dei naufraghi. Il veliero era ancorato con i motori accesi e Ariane aveva assunto il controllo di tutti i reparti.

Guglielmo, prima di scendere sul gommone, si rivolse a Carlito e, stringendogli un braccio, scandì bene quello che il cubano avrebbe dovuto fare:

"Ascoltami bene, questo non è un gioco, devi essere molto attento. Quando tornerò qui, arriverò di fianco alla barca con il gommone, prenderò la cima e la passerò velocemente a te sulla prua. Tu tirala con tutta la forza che hai, fissala sulla bitta e aspetta che io risalga".

Il ragazzo incrociò gli indici baciandoli come era d'abitudine nel suo Paese per dare un forte segno di assenso e rispose deciso:

"Ok, comandante, sarò sulla prua, pronto ad aspettare. Contaci".

Guglielmo scese nel gommone, accese il motore, sganciò la cima che lo teneva legato alla pedana di poppa e, saltando sulle onde, si spinse fino alla barca a vela sulla quale ormai regnava il panico.

Il mare che frangeva creava un'onda di risacca molto forte che alzava i due natanti di qualche metro per sbatterli con violenza sull'acqua che sembrava impazzita. Miriam, con le gambe tremanti, prese la cima di poppa, tentando di lanciarla verso il soccorritore, il quale, per il continuo e impetuoso movimento del mare, non ce la faceva a stare fermo in piedi sul gommone. Ci riprovò ancora, ma, a causa della forza del vento contrario, non si riusciva a prenderla.

Il gommone a questo punto si accostò di più all'Ibiza e la giovane, con la forza della disperazione, riuscì a lanciare la cima tra le mani di Guglielmo, che la mise subito in tensione, iniziando a trainare la barca fuori dalla zona pericolosa. Carlito aveva seguito con scrupolo ogni istante del soccorso ed era pronto a eseguire gli ordini ricevuti. Il motore del tender spostò a fatica e con notevole difficoltà la barca a vela che, avendo imbarcato acqua, aveva raddoppiato il proprio peso. Il tratto di mare che separava l'Ibiza dal veliero era breve. L'italiano, con la propria esperienza, muovendosi a cavallo delle onde e sfruttando la loro potenza, riuscì ad abbordare, deciso, la prua del Sonia Maria. Il ragazzo cubano prese la cima e la bloccò alla bitta, mentre Guglielmo affiancò la barca a vela, urlando a Miriam di salire sul gommone. La ragazza preferì aiutare la compagna di quella triste avventura a uscire dalla cabina e scendere per prima. Il comandante annuì e con un cenno della mano indicò di fare presto. Mentre aiutò a salire a bordo la giovane in preda alla disperazione, si rivolse ai ragazzi che, impietriti dal freddo e dalla paura, erano rimasti fermi nel pozzetto, in attesa di essere salvati:

"Uno di voi dovrà restare al timone, perciò tu prendi una giacca a vento, mettila e attacca le pompe di sentina; gli altri vengano subito con me, se volete salvare la barca".

Ordini precisi, perentori, che, anche per la complicata situazione in cui tutti si trovavano, non si potevano controbattere o discutere. Manovrando il tender con agilità, Guglielmo salì sul veliero con Miriam e l'altro suo compagno di viaggio. L'Ibiza venne spostato dietro la poppa, raddoppiando le cime di traino. Carlito affettuosamente presse delle coperte dall'interno e le mise sulle spalle dei malcapitati naviganti. Miriam avrebbe voluto aiutare nelle operazioni di salvataggio, ma il comandante le consigliò di sedersi sottocoperta e di bere un tè caldo insieme ai suoi amici.

Le cime si tesero e il Sonia Maria, levata l'ancora, si spostò trainando dietro di sé la barca a vela semidistrutta, ma ancora in grado di galleggiare. Il porto era a poche miglia e fortunatamente il mare sembrò iniziare a calmarsi. Anche il vento ora era più leggero e gli ultimi bagliori di sole si facevano spazio tra le nuvole. Dalla radio di bordo Guglielmo informò la torre di controllo del porto di Mahon di aver effettuato il soccorso e che, secondo i suoi calcoli, l'arrivo era previsto dopo quaranta minuti circa. Il comandante avvertì della necessità di assistenza da parte degli addetti portuali perché, avendo una barca al traino, non era in grado di manovrare all'interno della marina.

I tre naufraghi, un robusto ragazzo francese e due giovani donne inglesi, appena ripresisi dallo scampato pericolo, si guardavano intorno, attoniti per la bellezza della barca che li aveva soccorsi. Miriam, in particolar modo, era incuriosita dalla sofisticata strumentazione di bordo. Carlito, che ormai conosceva ogni angolo del veliero, con l'atteggiamento di chi conosceva l'argomento da molto tempo, quasi come una guida museale, le illustrava le caratteristiche del Sonia Maria. La ragazza era l'unica a essersi liberata del tutto dallo spavento: riusciva persino a scherzare con Carlito, che le ronzava intorno cercando di spiegare con parole sue il funzionamento di quegli apparati tecnici tanto articolati. L'altra ragazza era invece stramazzata sul divano, ancora tremante e con le lacrime agli occhi, mentre l'aitante giovanotto se ne stava annichilito, seduto nella dinette in un riflessivo silenzio. Nessuno di loro, nonostante la paura per la disavventura, poteva però fare a meno di notare il particolare ambiente che li circondava.

Guglielmo, dai comandi esterni, manteneva la prua dritta verso nord e tracciava con l'aiuto di Ariane una rotta parallela, più vicina alla costa, per restare al riparo del promontorio che precedeva l'ingresso del porto.

La barca a vela trainata era ridotta veramente male. Aveva una falla proveniente dal bulbo sotto la chiglia, le vele strappate, l'albero e il boma piegati su un fianco, ma era una struttura forte che si manteneva ancora bene in navigazione, pur creando non poche difficoltà al Sonia Maria, nel trainarla.

Guglielmo, avendo notato che le cime erano tese al massimo, preoccupato, controllava spesso la distanza che li separava ancora dal porto. Se il peso dell'acqua imbarcata avesse dovuto continuare ad aumentare, le cime avrebbero rischiato di spezzarsi e la barca, tornando in balia del mare, sarebbe affondata di sicuro, rendendo vani tutti i tentativi fatti. La radio di bordo riferì un messaggio della capitaneria del porto:

"Qui capitaneria di porto Mahon. Siamo in attesa del vostro arrivo per darvi agio alla manovra. Se avete problemi nel soccorso, comunicateci la vostra posizione per far partire una nostra unità. Passo".

Guglielmo, avendo constatato che la barca soccorsa aveva acquisito una sua stabilità e avendo in vista ormai il porto, con tono sicuro rispose:

"Comandante Torres a capitaneria: grazie per l'assistenza. Qui per ora la manovra procede con esito positivo. Dalla strumentazione rilevo che saremo vicini alla darsena in pochi minuti. Passo e chiudo".

Attraverso un oblò anche Carlito si accorse di essere nei pressi del porto e insieme ai naufraghi uscì sul ponte in attesa della terra ferma. Miriam si liberò della coperta che aveva sulle spalle, facendola cadere sul tavolo esterno del pozzetto, poi salì sulla tuga per avvicinarsi a Guglielmo, che non si accorse di lei ferma alle sue spalle. Era intento a manovrare con il timone stretto tra le mani, concentrato nel calibrare la giusta andatura per il traino. I capelli ramati della ragazza brillavano sotto l'ultima luce del sole. La ragazza avrebbe desiderato dirgli qualcosa prima di entrare nel porto, ma rimaneva indecisa, titubante. Poi prese coraggio e, affiancandosi a lui, con gli occhi sulla prua, sussurrò:

"Grazie! Non riesco a trovare le parole per esprimere la mia gratitudine per averci salvati. Grazie, oggi è un giorno che non dimenticherò mai".

Guglielmo, attratto dalla sua presenza, si voltò: i loro sguardi s'incontrarono suscitando in ognuno un'emozione che fece palpitare il loro cuore. Le urla di Carlito riportarono l'attenzione generale verso l'imboccatura del porto:

"Siamo arrivati, siamo arrivati. Ce l'abbiamo fatta! Noi siamo il veliero più forte del mondo! Noi siamo i più forti!".

Il Sonia Maria, maestoso, passò tra i due fanali verde e rosso che delimitavano l'ingresso del porto. Due barche della capitaneria si avvicinarono per mettere in sicurezza il natante al traino. Le cime vennero mollate, permettendo al veliero di manovrare liberamente per l'ormeggio in banchina. L'Ibiza fu subito issata fuori dall'acqua con la gru mobile dei cantieri navali prospicienti. Nero correva in lungo e in largo sul veliero, come di solito faceva quando si arrivava a una nuova meta. Con una manovra accurata e precisa il Sonia Maria trovò l'ormeggio nei pressi della torre di controllo.

Guglielmo, compiaciuto del buon esito di tutta l'operazione di salvataggio, invitò i naufraghi a scendere. Lanciò un'occhiata severa al proprio ospite clandestino, al quale si spense all'istante il sorriso sulla bocca. Il ragazzo non capì subito il perché di quello sguardo severo, ma non discusse, restando fermo all'interno del salone centrale. Mentre i ragazzi della barca a vela, ancora storditi e stremati dalla stanchezza, scesero dalla passerella, due ufficiali della Marina spagnola camminavano con passo deciso verso il veliero. Giunti all'ormeggio, aspettarono che i ragazzi fossero scesi e si rivolsero al comandante per chiedere i documenti e una relazione dell'accaduto. L'italiano, dall'alto, rispose al saluto e si precipitò all'interno del veliero dicendo a Carlito di nascondersi in una delle cabine. Prese la borsa con i documenti e tornò fuori per scendere anche lui dalla passerella per seguire i due militari, verso la torre di controllo dove era posto l'ufficio doganale. Mentre si muovevano con il vento che andava calmandosi, spiegò loro come avesse effettuato il salvataggio.

I militari analizzarono accuratamente le carte e il passaporto di Guglielmo, passandolo attraverso una macchina che emetteva una luce blu per controllarne l'autenticità. Nonostante il gentile invito a sedersi, il comandante era rimasto in piedi. Venne redatto un verbale che raccoglieva la testimonianza dell'incidente e del soccorso. Terminata la procedura, i militari salutarono Guglielmo complimentandosi perfino per il soccorso che aveva fornito.

Sulla banchina era ormai buio. Il vento mitigava l'aria ancora calda del giorno appena trascorso. L'ambientazione del porto veniva messa in risalto delle tante luci che lo illuminavano. Anche le barche ormeggiate contribuivano a creare una particolare atmosfera, con luci che ondeggiavano in testa d'albero come occhi di rapaci nella notte.

Guglielmo tornò sul proprio veliero per riordinare le idee e preparare il programma per il giorno seguente. Mentre era al tavolo da carteggio, Carlito, con passi felpati, spuntò fuori dalle scale che portavano alle cabine. Rimase fermo in piedi nel salone aspettando di sapere come comportarsi. Guglielmo si accorse della sua presenza, ma restò nella stessa posizione di spalle e, continuando a esaminare la carta nautica, gli parlò con indifferenza:

"Sei un bravo ragazzo e ti sei comportato bene. Ma non posso portarti con me. Devi restare nascosto, se non vuoi essere arrestato. Ricordati che sei un clandestino. Ti porterò fino a Torremolinos, lì sarai a pochi chilometri da Gibilterra".

Carlito, abbassando lo sguardo e sebbene dispiaciuto, ringraziò con un filo di voce e si avviò silenzioso verso la cabina.

Guglielmo si rese conto di aver dato un dolore al giovane mulatto, ma sapeva che non poteva mettere a rischio l'intero progetto, che aveva sottoscritto e accettato di portare avanti senza trascurare gli interessi della rete televisiva, del museo e dell'Università di Genova. Uscì sul ponte per accendere la vecchia pipa di suo padre, rimanendo appoggiato al tientibene con le braccia. Tirò forte il tabacco che ardeva sotto il suo naso. Il fumo e la stessa gestualità lo rilassavano, aiutandolo a trovare con calma la soluzione migliore ai problemi che doveva affrontare. Carlito, con la sua pelle scura, gli era piombato addosso senza che egli avesse avuto il tempo di rendersene conto, e ora – non voleva ammetterlo neanche a se stesso – temeva fortemente di affezionarsi a lui. La sua intemperanza gli ricordava Jacopo, sempre così vitale e brillante in ogni suo aspetto. La riflessione lo portava al lontano ricordo di una famiglia felice che giocava a rincorrersi sulle banchine del porto di Nervi.

Il fumo gli accarezzava il volto e l'odore del tabacco s'insinuava nell'aria circostante. Una pausa incantata che venne interrotta dai passi decisi di Miriam sulla banchina con due borse tra le mani. La ragazza si fermò davanti alla passerella che cigolava al leggero ondeggiare del veliero. Guardò fisso Guglielmo, che si tolse la pipa dalla bocca, sorpreso e in attesa di una spiegazione. Miriam non sapeva come esprimersi, era impacciata e ad un tratto si mosse come per tornare indietro. Lui comprese che voleva chiedergli qualcosa e le lanciò un messaggio per aprire il dialogo:

"Come mai sei qui? Hai qualche problema con i tuoi amici? Se vuoi salire, stavo per preparare un cocktail che mi aveva insegnato mio padre. Rum, liquirizia e menta. Se ti va di assaggiare, qui c'è posto anche per te".

La ragazza allora prese coraggio e salì sul ponte. Carlito si spostò all'interno del veliero come un gatto, per origliare i discorsi dei due, nascosto e appiattito dietro la porta del salone centrale. Miriam prese il bicchiere che Guglielmo le offriva e bevve tutto d'un fiato, svelando il perché della sua presenza:

"Grazie. Ottimo cocktail. Comandante, la prego, mi faccia venire con lei! Non posso restare con quei mentecatti un minuto di più. La prego, ho bisogno di tornare sul continente, poi proseguirò da sola. Ho promesso al mio vecchio che sarei stata a Londra entro pochi giorni".

Guglielmo restò in silenzio, quindi si alzò lanciando lo sguardo oltre la prua, dove il mare era più profondo. Si voltò ancora verso di lei per risponderle:

"Ho già qualche problema con quel ragazzo. Lui è senza documenti ed io sto realizzando uno studio per lo Stato italiano... in diretta televisiva... spero che capirai la mia posizione. Ho un programma da rispettare e ciò che mi chiedi mi mette in difficoltà".

La ragazza si avvicinò, sorpresa dalle sue parole. Era rimasta colpita e attratta nello stesso tempo dalla situazione che si era creata e ora non sapeva come comportarsi. Provava un disagio che la rendeva inquieta; non voleva essere scambiata per un'opportunista. Lo guardò intensamente, anche ripensando alle esperienze che aveva vissuto in quella giornata, replicando con voce incerta:

"Capisco le sue perplessità. Troverò un'altra soluzione, ma comunque le sarò eternamente grata per quello che ha fatto oggi".

Guglielmo tirò la pipa, lasciandosi una scia di fumo dietro le spalle, poi si girò verso la ragazza cercando di capire attraverso lo sguardo quello che lei pensava, e fece una breve pausa, prima di rispondere:

"Il ragazzo scenderà a Torremolinos; se vuoi posso portare anche te... poco lontano dal centro abitato c'è un aeroporto".

Non riuscì a terminare la frase che Miriam lo abbracciò per un attimo, ma si ricompose subito e, felice di quell'opportunità, prese le borse dal pavimento, dicendo:

"Grazie, per me Torremolinos è perfetta. Grazie".

Attraverso la barba rasa e grigia, a Guglielmo sfuggì un sorriso che si spense subito appena vide sbucare la testa di Carlito da dietro la porta del salone centrale. Il ragazzo aveva capito tutto e ne era molto felice, mostrando un "ok" con la mano al comandante.

13

Le prime valutazioni del viaggio dalla sede centrale di Genova

Nella sede del Museo oceanografico di Genova era in corso una riunione di tutti i promotori della traversata atlantica.

Roberto, in qualità di responsabile dell'Istituto, presiedeva l'incontro. Il rettore Alfredo Damiani, come faceva ogni volta prima di iniziare a parlare, si tirò la giacca, si schiarì la voce e introdusse:

"Cari amici… se permettete, inizio io col dirvi che l'evento mi sembra partito nel migliore dei modi. Si è verificato un ritorno d'immagine quasi inaspettato. Ora mi auguro che il professor Torres ci porti anche qualche rivelazione scientifica. Il suo percorso è ancora alle battute iniziali, diverrà interessante quando, seguendo la rotta di Colombo, incrocerà la rotta del monaco Brandano; vedremo così se esiste davvero quel paradiso che il monaco andava cercando verso l'ignoto".

Al termine del suo breve discorso, tutti i partecipanti avrebbero voluto esprimere subito le proprie impressioni: erano pieni di eccitazione, convinti di trovarsi all'interno di un evento che avrebbe riscosso un successo crescente. Roberto, cercando di mantenere la riunione nell'ordine e di far parlare le persone una per volta, invitò, alzando il tono della voce:

"Signori, per favore, se parlate tutti insieme, non si capisce nulla. È bello trovarsi qui con la convinzione di aver fatto la cosa giusta, ma comunque vi ricordo che la parte più importante inizia ora con il passaggio a Gibilterra e l'incontro con l'Atlantico".

I due rappresentanti della rete televisiva erano gli unici a manifestare un certo malcontento per quello che avveniva sul veliero. In particolare Giulia, che si alzò in piedi per dare più risalto al suo discorso, affermando:

"Noi della Rtv siamo perplessi per l'intrusione avvenuta sul veliero e, pur comprendendo le circostanze, la nostra presidenza ha ritenuto di inviare al responsabile del progetto una lettera di richiamo al rispetto degli accordi presi, secondo i quali, per effettuare la realizzazione del programma televisivo, così come annunciato al pubblico, il comandante Torres sarebbe dovuto essere l'unico membro dell'equipaggio".

Alla riunione partecipava anche il segretario particolare del ministro che, nell'ascoltare il minaccioso discorso fatto dai responsabili della rete televisiva, si era allarmato ed era passato da uno stato di iniziale euforia a un atteggiamento più prudente. Si alzò anche lui dalla sedia e intervenne:

"Signori, vi ricordo che su questo progetto lo Stato ci ha messo la faccia. Questo significa che non si può fallire! Ne va di mezzo l'immagine della nazione. Se qualcosa non è stata perfetta, dobbiamo avere tutti l'elasticità mentale che ci permetterà di correggere la rotta, proprio come si fa sulle navi. D'altra parte, io sono convinto dell'efficacia del progetto e con il nostro aiuto tutto andrà per il meglio".

Queste parole così ben scandite, espresse con la calma di chi era abituato a utilizzarle per lavoro ogni giorno, mitigarono l'atmosfera che si stava riscaldando a discapito degli obiettivi per i quali si erano riuniti tutti intorno a un tavolo. Anche Roberto Salveri, leggendo alcuni dati relativi agli ascolti ottenuti nei primi appuntamenti televisivi, intese fornire un ulteriore sostegno al ministro:

"Signori, vorrei farvi notare che gli ascolti sono in continuo aumento, e non solo in Italia. La diretta televisiva è stata seguita molto anche in America e in Australia. Molto apprezzata ovunque ci sia la passione per il mare, ma ha ottenuto ampio riscontro anche da parte di un pubblico preparato ed eterogeneo. Io mi ritengo soddisfatto e vi assicuro che il comportamento del comandante Guglielmo Torres è stato corretto ed efficiente. Mi metterò in contatto più spesso per aiutarlo, soprattutto nel caso in cui trovasse altri ostacoli sul suo percorso. Nella sua ultima comunicazione mi ha detto che sta cercando una soluzione per liberarsi del piccolo clandestino trovato a bordo a sua insaputa. State tranquilli, risolverà il problema e nessuno avrà di che lamentarsi".

La riunione volgeva al termine e gli ospiti si salutarono cordialmente con l'idea di rivedersi tutti tra due settimane, quindi uscirono dalla sala riunioni del museo, continuando a discutere tra loro.

Roberto, rimasto solo nella sala, si avvicinò alla finestra per guardare il mare. La giornata era bella, il sole scaldava come in piena estate. I suoi occhi correvano a incontrare il blu, forse per allontanare il pensiero dalla traversata di Guglielmo. Un rumore alle spalle lo distolse dalle sue profonde riflessioni. Si voltò di scatto e vide Helen davanti al tavolo ovale. La donna, elegante come sempre e con un accattivante sorriso sulla bocca, gli disse con molta sicurezza:

"Sono passata a trovarti per invitarti a cena a casa mia. Ti piace l'idea?".

Roberto fu sorpreso per l'invito così inaspettato e sbarazzino, ma quella giornalista era sempre stata nei suoi pensieri e, ora che gli si presentava l'occasione giusta per stare con lei, non la voleva certo perdere. Guglielmo gli aveva detto più volte che tra lui ed Helen non esisteva alcuna relazione, perciò l'idea di passare una notte con la giornalista non lo faceva sentire affatto in colpa. Roberto, prima di rispondere, si avvicinò al tavolo e, mentre le sfiorava un braccio, rispose:

"Mi sembra un'idea eccellente! Passo da casa mia per cambiarmi e sarò da te alle otto in punto. Contaci, ne sarò felice".

Helen era certa di aver colpito la sua vittima, ora non restava altro che raccogliere il risultato:

"Bene, ti aspetto per rilassarmi insieme a te. Ma del viaggio di Guglielmo, oltre ciò che vedono tutti, non è possibile avere qualche notizia in più? Tu che sei il capo del progetto... aiutami a fare un articolo importante! Un articolo che mi metta in evidenza, come sono certa di meritare. Beh, pensaci. Questa sera da te mi aspetto piena comprensione. Ciao, a più tardi".

L'intraprendente giornalista lo salutò e si avviò verso l'uscita, lasciando Roberto senza parole.

Nella postazione di contatto radio con il Sonia Maria due tecnici stavano bevendo un caffè in attesa del cambio di turno.

Il locale adibito a quell'operazione era stato ricavato da uno dei magazzini del museo che si trovava in prossimità delle banchine dove venivano esposte le barche d'epoca. Lo spazio era stato occupato dal materiale tecnico e su un bancone trovavano posto fino a quattro operatori con a disposizione tre diversi sistemi di comunicazione. Quattro monitor completavano l'attrezzatura e uno più voluminoso riempiva la parete. Scorrevano immagini del veliero ormeggiato al porto di Mahon.

I due tecnici, scherzando, mentre registravano la trasmissione, sorseggiavano dalle tazzine bollenti. Giocavano con le sequenze che in successione automatica mostravano tutti i reparti del Sonia Maria. Sul video centrale apparve il volto di Ariane che annunciava una comunicazione del comandante. Trascorse qualche secondo: al posto delle scansioni del veliero, si delineò la figura di Guglielmo, che comunicò un difetto riscontrato nel controllo automatico delle telecamere. Il comandante spiegò ai tecnici che avrebbe tentato di riparare il guasto, ma pensava che almeno per i prossimi tre giorni avrebbe dovuto impostare di persona l'avvio delle telecamere per produrre immagini per la rete televisiva. Lo studioso comunicò loro che la meta successiva, prima di Gibilterra, sarebbe stata Torremolinos. Si preoccupò di precisare che avrebbe comunque inviato un'e-mail nella quale sarebbero state riportate le modalità del soccorso che si era trovato a fare e che avevano rallentato il programma della traversata. Annunciò che prima di sera avrebbe mollato gli ormeggi per lasciare le Baleari e dirigersi verso la Costa Brava. Avrebbe navigato mantenendosi a dieci miglia dalle coste spagnole. L'arrivo al nuovo porto era previsto entro quattro giorni.

I tecnici si guardarono perplessi. Avrebbero voluto trovare un'altra soluzione per risolvere il problema, perché conoscevano bene l'esigenza della tv di ricevere scene spontanee e da trasmettere in diretta. Per loro erano il pane quotidiano, che da quella postazione smistavano, montavano e mandavano in onda quasi nello stesso istante. Alla fine del contatto radio Guglielmo aveva convinto i tecnici che tutto avrebbe proceduto alla perfezione e che nessuno si sarebbe accorto del piccolo problema passeggero. Nei momenti culminanti del viaggio per le riprese in diretta, sarebbe stato egli stesso a rendere temporaneamente attive le telecamere. Prima di chiudere, inoltre, aveva confermato che avrebbe preparato nuovi contatti per relazionare sulle antiche rotte e iniziare a parlare della deriva dei continenti. Il "passo e chiudo" del comandante Torres interruppe la comunicazione. Proprio in quel frangente entrarono i due tecnici del cambio turno, i quali, ricevuto l'aggiornamento dai colleghi, presero il loro posto, per iniziare a lavorare.

A Genova la vita di ogni giorno continuava come sempre, con il solito traffico mattutino e tanta gente che camminava frettolosa per le strade.

Dalla zona del porto si era diffusa in tutta la città la mania di restare attaccati al televisore in attesa dei nuovi avvenimenti trasmessi in diretta dal Sonia Maria. Della traversata ormai si parlava ovunque, tutti si sentivano un po' marinai e partecipi di quel viaggio. Attraverso la tv si poteva vivere un'avventura che faceva sognare, suscitando momenti emozionanti per la spettacolarità dell'ambientazione. Il ricorso alla leggendaria storia dell'intraprendente monaco Brandano conquistava ogni spettatore con il fascino del mistero e della scoperta. Proprio per questo la popolarità della trasmissione si stava allargando a macchia d'olio. In Italia aveva assunto anche un aspetto sociale, risvegliando un orgoglio nazionale che sembrava scomparso. Evidenziando le capacità della sua Marina e dei suoi uomini, tutto era ora più facile da gestire.

Roberto, alla guida della sua auto, era travolto da un turbine di pensieri. Nella sua mente si mescolavano gratificazione e piacere con dubbi e ambizioni, ma sapeva di avere comunque ottenuto il proprio scopo.

L'importante impresa di Guglielmo gli avrebbe arrecato certamente molti benefici e ora gli offriva anche la possibilità di stare con Helen, che aveva desiderato da sempre. L'istinto però non lo rendeva del tutto sereno, aveva timore che il castello sarebbe potuto crollare da un momento all'altro. La sua sicurezza era in apparenza straripante, ma dentro di sé aveva la consapevolezza che il buon esito dell'evento dipendeva solo e soltanto dal suo amico Guglielmo. L'aveva visto andar via con il volto segnato dal dolore e nell'ultimo contatto radio aveva sentito in lui un forte senso di ribellione che, nonostante le difficoltà che gli erano crollate addosso, non aveva mai mostrato in tutti gli anni trascorsi.

14

La serena vita di bordo

Quella mattina Nero era più agitato del solito. Aveva capito che il veliero stava per uscire dal porto per tornare a navigare in mare aperto. Guglielmo, a seguito della comunicazione radio avuta con la base, aveva deciso di staccare le telecamere dal circuito per evitare di mandare in automatico riprese che gli avrebbero potuto creare dei problemi a causa del particolare impegno preso.

Tutta la prima parte del giorno era stata dedicata a un meticoloso controllo della struttura del veliero. Consultate le carte nautiche e confrontate con i disegni riportati sul prezioso manoscritto, Guglielmo decise di mettere tutto al riparo, all'interno dei cassetti del tavolo da carteggio. Quando uscì sul ponte si accorse che Miriam era già sveglia. Lei, dopo la brutta avventura vissuta con la barca dei suoi amici, aveva preferito uscire all'aperto per rilassarsi. Se ne stava in costume da bagno, sdraiata sui cuscini della tuga a prendere il sole pigramente. Carlito, invece, non potendo fare altro, aveva preferito rimanere rintanato sottocoperta per paura di essere scoperto dalle guardie spagnole. Il giovane cubano attendeva solo che il Sonia Maria si allontanasse dalla costa per uscire allo scoperto e godersi anche lui la libertà e la bellezza del mare.

Dal piano comandi interno Ariane aprì le procedure per la partenza. Sui monitor apparivano solo i reparti tecnici, gli altri risultavano esclusi. I motori entrati in funzione risuonavano in quell'angolo del porto con il loro brillante rombare.

Guglielmo si recò sul ponte di prora per controllare la distanza tra la prua e la banchina. Salì al comando esterno e, manovrando con abilità il timone, si spostò con il veliero al centro dell'insenatura interna per andare deciso verso il mare aperto. Miriam si alzò sulle ginocchia, allargando le braccia per mostrare la sua disponibilità a partecipare alla manovra. Il comandante, pur compiaciuto della sua presenza, le fece un gesto di diniego per convincerla a tornare a prendere il sole.

L'acqua del mare era immobile, i riflessi del sole appena alzato si specchiavano nel blu. La prua del Sonia Maria tracciava un solco che scivolava via sotto le murate. Vennero issate le vele e Miriam restò incantata a guardare con il naso all'insù il bianco candore che rivestiva il veliero. Carlito lanciò un'occhiata al suo comandante e, appena ricevette un segno di approvazione, saltò fuori dalla coperta per correre sul ponte, gridando "libertà!". Nero, che nessuno aveva relegato da qualche parte, era talmente coinvolto dal ragazzo che iniziò a seguirlo, saltellando e abbaiando anche lui come un forsennato.

Il Sonia Maria prese il largo con la superficie velica completa e spiegata alla leggera brezza del pomeriggio. Era una barca maestosa con le linee d'acqua che in quelle condizioni le davano la massima efficienza. Guglielmo provò un'intensa emozione nell'assaporare l'aria che profumava di mare, mentre l'isola si allontanava, assottigliandosi all'orizzonte fino a scomparire.

Ripensando alle vicende accadute sul veliero negli ultimi giorni, si rese conto di trovarsi in una situazione che mai avrebbe immaginato prima di partire. Il suo isolamento, la sua voglia di scavarsi dentro per il momento era rimasta sospesa e sostituita in modo inaspettato dalle intemperanze di un ragazzo che in qualche modo gli ricordava sempre più suo figlio. Ed ecco adesso, appena uscita dalla tempesta, anche Miriam. Come dire di no a una splendida ragazza carica di grinta e femminilità?! Segni forti dell'essere che generano esplosioni di fascino e di sensualità ai quali rimanere indifferenti è quasi impossibile.

In mare aperto la navigazione proseguì a vela. A bordo il silenzio era rotto solo dal suono del vento che soffiava placido ma potente quanto bastava a gonfiare la tela che spingeva la prua del Sonia Maria verso il cuore dell'oceano. Carlito si è sistemato a cavallo del bompresso, con le mani aperte avanti a sé per sondare la forza dell'aria.

Nell'immensa distesa di blu il veliero scivolava leggero verso il tramonto che si affacciava tra le nuvole sparse nel cielo.

Guglielmo, inserito il pilota automatico, si arrampicò sulla coffa d'avvistamento dell'albero maestro; lassù la brezza spingeva con più forza. La vista lasciava senza fiato, il mare si estendeva a perdita d'occhio. Il fruscio dell'acqua tagliata dalla chiglia e il sibilo creato dalle sartie sembravano suonare una dolce melodia medioevale. Dall'acqua uno spruzzo seguito da un forte soffio annunciava la presenza di un delfino davanti alla prua. Nell'aria risuonava un richiamo dall'inconsueta frequenza. Il delfino balzò nell'aria con la forza di un uccello, suscitando l'immediata reazione di Carlito. Il ragazzo scese dal bompresso e gridò con tutta la forza che aveva:

"Venite a vedere! Venite a vedere! C'è un delfino, un altro e un altro ancora. Ci seguono, ci seguono!".

Guglielmo, allarmato per l'incauto comportamento del cubano, scese dalla coffa. Anche Miriam scese a piedi nudi sul ponte per affacciarsi dalla murata e capire cosa succedesse in mare.

Affiancati al veliero, un branco di delfini entrava e usciva dall'acqua. Sembravano divertirsi a tagliare la rotta dell'imbarcazione passando al traverso di prua. Dal branco spiccava un esemplare più vivace degli altri, forse era il capobranco o soltanto un delfino che cercava il contatto con l'uomo. Un contatto cercato con insistenza, forse per lanciare un messaggio subliminale di provenienza sconosciuta. Quel delfino emetteva un suono molto particolare, un suono che ricordava il canto delle sirene.

Carlito, alla vista ravvicinata dei meravigliosi mammiferi, si esaltò in modo incontenibile. Il suo comportamento era del tutto fuori controllo, non sentiva e non vedeva altro che quelle creature del mare che lo attraevano con il loro particolare verso. Il ragazzo si infilò sotto il bompresso e si sdraiò sulla rete di protezione per allungare una mano verso di loro. Guglielmo lo ammonì ad avere maggiore prudenza, ma non venne ascoltato. Il ragazzino cubano era come sotto l'effetto di una droga, voleva toccarli a ogni costo. Provava una strana attrazione che lo spingeva verso quelle creature che gli correvano incontro. Il delfino più grande saltò alto fuori dall'acqua, andando a cercare la mano del ragazzo, ma, nonostante il notevole slancio, non riuscirono a toccarsi al primo tentativo. Miriam era senza parole per l'emozione che provava nel vedere la scena. L'animale saltò ancora e questa volta, uscendo del tutto fuori dall'acqua, riuscì a toccare con il muso il palmo della mano di Carlito. Mentre ricadeva, il delfino emise ancora una volta il suo canto. Essere entrato in contatto con il giovane sembrava averlo appagato. Prima di sparire sott'acqua insieme ai suoi compagni, restò ancora pochi attimi con la testa in superficie muovendo il lungo muso tondeggiante. Scrutò il veliero e scomparve nel blu.

A bordo ognuno era a suo modo felice e, per l'inconsueto segnale della natura, un clima di eccitazione si era diffuso in ogni angolo del veliero. Carlito correva allegro sul ponte, canticchiando un motivo cubano per esprimere in qualche maniera il suo orgoglio per aver toccato quel magnifico animale. Miriam si poggiò sulle spalle l'asciugamano sul quale era sdraiata, si avvicinò a Guglielmo e domandò con curiosità:

"Ma, allora, questo ragazzo non è il tuo marinaio? Chiunque egli sia, posso dirti che è un ragazzo molto in gamba. Ha una carica che trascina con sé tutto ciò che lo circonda. È di certo speciale, comandante".

Guglielmo annuì, chinandosi a raccogliere una cima caduta durante la navigazione; silenzioso la riannodò e la appese a una sartia dell'albero maestro. Il vociare di Carlito e l'abbaiare di Nero, insieme al rumore dell'acqua che scorreva sotto la barca, fanno da sottofondo al breve colloquio. Come faceva spesso, l'italiano lasciò i propri interlocutori interdetti e incapaci di capire quale sarebbe stata la sua reazione. Poi, ecco la risposta:

"Me ne sto rendendo conto. È vero, è un ragazzo con grandi capacità. Quando lo guardo mi fa pensare a mio figlio. Se fosse stato anche lui qui con me, sarebbe tutto diverso!".

Miriam non rispose, colpita dalle sue parole colme di sofferenza, ma lo cercava con gli occhi mentre si avvicinava a lui, abbassando lo sguardo per fuggire da uno scomodo dolore. Poi tornò a scherzare con il ragazzo e il cane. Nero abbaiava con veemenza a ognuno che si avvicinava, cercando di far sentire la propria presenza. Il comandante infilò il berretto a visiera lunga sulla testa e salì sul piano comandi esterno per un controllo agli strumenti. Premendo dei tasti, richiese ad Ariane l'aggiornamento di rotta. Il volto verdastro virtuale appariva sullo schermo e comunicava con la sua voce un po' afona e metallica tutti i dati riguardanti la navigazione verso Torremolinos. All'orizzonte le nuvole e il sole calante formavano uno scenario particolare e insolito. Il continente era ancora lontano per essere avvistato. Nel cielo, che andava gradualmente oscurandosi, volavano stormi di uccelli migratori. Volavano alti, eleganti, con il solo flebile suono dello sbattere d'ali. Il mondo, visto da quell'angolo, sembrava essere più vero e sincero. Un mondo bello da abbracciare e bello da amare.

Guglielmo scese nel pozzetto di poppa, dove Miriam e Carlito stavano ancora scherzando. Vedendo che il comandante aveva atteggiamento serio, smisero di giocare, aspettando come una sentenza ciò che lui aveva da dire. Lo studioso cercava di assumere un'espressione tranquilla, per dire loro:

"Ho staccato le telecamere per non farvi riprendere, ma ora devo ripristinarle per il collegamento del tramonto. Sarà meglio se ve ne stiate in cabina fino a quando non vi chiamerò io. Se dalla sala controllo scoprono che siete ancora a bordo, mi faranno molti problemi. Quindi, per favore, fate come vi ho detto".

La ragazza e Carlito batterono il palmo della mano uno contro l'altro, annuirono con la testa per indicare che avevano compreso appieno il senso del discorso. Guglielmo carezzò Nero sulla testa, prese la ciotola, riempiendola di croccantini, e la mise alla base della tuga, dove c'era il cuscino dell'animale.

Il tramonto era ormai prossimo e il Sonia Maria navigava tranquillo e costante a vele spiegate verso nord-ovest.
Le telecamere vennero collegate e sugli schermi scorrevano
ora tutti i reparti dell'imbarcazione, mostrando nel dettaglio
ogni tratto del percorso. Guglielmo, rientrato sottocoperta, aprì la carta nautica sul tavolo da carteggio per tracciare
con squadra e compasso la rotta che stavano seguendo. I
monitor rilevavano le immagini del centro di controllo di
Genova dal quale un addetto alle comunicazioni chiedeva
se il contatto video era limpido e chiaro. Guglielmo rispose
con voce sicura:

"Vi ricevo con buona definizione sia in audio che in video.
Se il collegamento televisivo è pronto, possiamo iniziare
quando volete".

Nella sala controllo vennero attivati tutti i tecnici e il regi-
sta, controllati accuratamente i monitor, diede il via al collegamento. Sullo schermo ecco il conduttore che, dopo una
breve introduzione per il pubblico sintonizzato per la prima
volta, presentò il comandante del veliero chiedendogli subito un aggiornamento sullo stato della navigazione:

"Comandante Torres, può darci delle notizie sul soccorso
mentre percorreva le coste delle Baleari e che noi abbiamo
vissuto con lei in diretta? Pensa che questo ritardo potrà
compromettere l'arrivo alle Bermude? Secondo le sue ricerche, l'isola galleggiante dovrebbe apparire durante l'equino-
zio stellare con l'asse terrestre? Perdoni la raffica di domande, ma il pubblico è desideroso di sapere".

Guglielmo, con la carta nautica tra le mani, prima di rispondere, accese tutti i video che aveva davanti, quindi replicò:

"Quella è una condizione riportata sia dal monaco navigatore Brandano sia da Ojeda qualche secolo dopo con la pre-

cisa idea di aver scoperto il paradiso in un luogo del pianeta che potrebbe aver subìto modificazioni geologiche legate in qualche modo a un particolare momento astronomico".

Il conduttore si mostrò perplesso, ma proseguì il proprio discorso rivolgendosi alle persone che stavano seguendo la diretta televisiva:

"Sono teorie che escono dalla nostra logica, ma proprio per questo divengono interessanti e colme di fascino, permettendo a tutti di viaggiare oltre la propria realtà. Ringraziamo il comandante Torres e mandiamo in onda i filmati del Sonia Maria di questa settimana".

Sul monitor della sala comandi scomparve il conduttore e iniziò una sequenza di immagini che Guglielmo aveva in precedenza selezionato con cura sulla navigazione dei giorni appena passati.

Mentre il programma continuava, seguito in molti paesi del mondo, il veliero navigava silenzioso verso le coste spagnole. La luce rossastra del tramonto aveva lasciato il posto al buio della notte. Solo uno spicchio di luna e l'immenso numero di stelle brillavano lanciando la loro luce in mezzo al mare. Guglielmo ispezionò la strumentazione di bordo e uscì sul ponte constatando che il vento era debole e il mare era calmo. Tornato sottocoperta, accese i motori, inserendo il controllo automatico con l'aiuto di Ariane. Dai monitor arrivò la comunicazione che il collegamento con Genova era terminato. Fuori onda i tecnici salutarono Torres e scherzarono sull'affascinante volto di Ariane alla quale rivolsero raccomandazioni intime per la notte. Il comandante ci rise sopra, lasciandosi andare anche lui a qualche battuta scherzosa, salutò e diede appuntamento ai giorni successivi.

Miriam, ricevuto l'assenso del comandante, uscì dalla sua cabina insieme a Carlito, ancora carico di entusiasmo per l'incontro avuto con i delfini. La ragazza si offrì per preparare la cena e Guglielmo allargò le braccia per ringraziare della collaborazione offerta. Nero, che se n'era stato accucciato sotto il tavolo da carteggio, visti spuntare i suoi compagni di giochi dalle cabine, si drizzò sulle zampe e mugolò versi che sarebbero potuti appartenere più a una pecora che a un cagnone grosso come lui. Il ragazzo corse in cucina a prendere l'occorrente per imbandire la tavola per una serata speciale. Miriam si mise all'opera, iniziando a riempire d'acqua una pentola e mettendola sui fornelli. Cercò nei cassetti gli ingredienti che le occorrevano per preparare la cena. Il comandante intuì cosa stesse cercando la ragazza e senza dirle nulla scese nella cambusa, dove un piccolo monitor si accese con l'apertura scorrevole della porta. Sullo schermo veniva indicata la temperatura dei vari reparti in cui erano conservati i prodotti alimentari. Premuto un pulsante, da una parete fuoriuscì uno scaffale dal quale Guglielmo prese un abbondante trancio di carne, tutto si richiuse in modo automatico con l'uscita e la chiusura della porta. Quando tornò in cucina con la carne, Miriam alzò le mani in segno di vittoria. Il comandante non poté fare a meno di ammirarne la bellezza, che splendeva attraverso uno sguardo che a tratti lasciava trapelare qualche ombra. Un'ombra che, dietro il sorriso sensuale, celava un segreto nascosto. Carlito prese dallo zainetto una musicassetta, la inserì nello stereo della barca e in una manciata di minuti l'ambiente si trasformò in un locale caraibico in cui risuonava l'esuberante ritmo della salsa cubana. Con quella musica gli sembrava di essere a casa: nella frenesia delle note il suo corpo si muoveva per istinto. Ballava e cantava insieme allo stereo. Mentre poneva sul tavolo le pietanze da mangiare, era un vero e proprio spettacolo di felicità.

Guglielmo invece preferì restarsene all'aperto davanti al mare e tenersi distante dalla confusione. Comprendeva l'euforica allegria dei suoi compagni di viaggio, ma proprio non riusciva a farsi coinvolgere. La musica si propagava per tutto il veliero, che navigava costante nel buio della sera. Le sue luci si riflettevano sull'acqua che scorreva via sotto la chiglia.

Quando la cena fu pronta, Miriam batté picchiettando con una posata sulla campana fuori dalla porta della cucina. Si sedettero a tavola e mangiarono senza parlare. Guglielmo cercò di uscire dal proprio guscio, accennando un sorriso, per mostrare apprezzamento per ciò che Miriam aveva cucinato con l'aiuto di Carlito. Sul veliero, in quel particolare momento, regnava uno stato di totale serenità. Una serenità che il comandante aveva già smarrito da molto tempo nell'oblio di una vita perduta. I suoi occhi, quando cercavano quella ragazza, sembravano trovare sollievo. Dentro di sé un turbinio di sensazioni gli provocava un inconsueto stato d'animo che lo faceva sentire diverso dai suoi stessi atteggiamenti. Inequivocabile, la voglia di ricominciare si risvegliava in lui.

Appena finito di mangiare, Carlito inserì una nuova cassetta nello stereo. Era una salsa dal ritmo travolgente, capace di far ballare anche i tavoli. Miriam si alzò, prese un pareo che aveva lasciato sul salotto, lo annodò intorno alla vita e iniziò a ballare insieme al ragazzo. I suoi movimenti erano eleganti e sensuali, il suo sguardo era accattivante, il sorriso che la illuminava era limpido come un ruscello di montagna.

Guglielmo si versò ancora un bicchiere di vino e mentre lo sorseggiava si godette lo spettacolo. Miriam, continuando a ballare, si avvicinò a lui, porgendogli le mani per invitarlo a scendere in pista. Un primo timido rifiuto, un secondo, infine, come trascinato da un fiume in piena, si lasciò andare tra le braccia della ragazza. Per la prima volta erano vicini l'uno all'altra. I passi di danza del professore non erano certo quelli di un ballerino, ma l'atmosfera che si era creata rendeva tutto migliore e anche i suoi movimenti incerti risultavano in perfetta sintonia con la musica. Carlito li osservava, mentre era impegnato a muoversi al ritmo del brano musicale. Il volto di Guglielmo ad un tratto si oscurò, era come se una fitta nebbia fosse calata su di lui, non facendogli vedere più nulla. Il suo sguardo si perdeva nel vuoto, la sua mente già viaggiava lontano. I suoni e le voci divenivano ovattati. Si scusò con Miriam e uscì sul ponte.

I giovani restarono fermi, impietriti al centro del salone, mentre la musica ancora risuonava per tutta la barca. I due sgranarono gli occhi dallo stupore. Carlito, comprendendo che il comandante era inquieto, abbassò al minimo il volume dello stereo e canticchiando sottovoce iniziò a rimettere in ordine la tavola. La giovane uscì anche lei all'aperto affiancandosi a Guglielmo che si era appoggiato al boma a guardare il cielo stellato.

Miriam lo scrutò in silenzio, sussurrando poche parole:

"Che cosa ti tormenta, comandante? Vorrei aiutarti. Anche il ragazzo vorrebbe aiutarti, ma non sappiamo come!".

Guglielmo distolse la vista dalle stelle e le rispose a bassa voce:

"Purtroppo nessuno può aiutarmi. Ho perso un figlio, e ne ho la colpa. Ho accettato di fare questo viaggio con la speranza di ritrovare me stesso o, chissà, forse per avvicinarmi a Dio e a mio figlio".

Miriam abbassò la testa restando immobile, senza parlare. I riflessi della luna definivano appena i loro corpi. Avrebbe voluto raccontargli la propria storia, ma riuscì a dire solo poche parole, vorrebbe fargli capire quanto sia in grado di comprendere ciò che le aveva confessato:

"Ti capisco, e ora capisco ancora di più mio padre. Due anni fa ho avuto un incidente. Ero in macchina con lui. I medici mi avevano data per spacciata. La disperazione di mio padre era immensa, il rimorso di aver causato l'incidente lo stava uccidendo. Ero clinicamente morta! Sei mesi di coma profondo, poi, ad un tratto, ho seguito una luce che mi ha riportato indietro... Ed eccomi qua, a girare il mondo con la paura di non scoprirlo tutto prima di morire, un'altra volta".

Guglielmo respirò profondamente e, rivolgendosi al cielo, disse:

"Dal dolore si riceve la vicinanza a Dio; dal dolore può giungere la speranza e la felicità di vivere e di amare!".

Il mare scuro e il cielo della notte li avvolse insieme alla brezza, facendoli volare sull'acqua tagliata dal veliero. Nel silenzio la barca navigava dritto verso una meta che in quegli istanti appariva lontana e ancora irraggiungibile.

15

L'incontro ravvicinato con il delfino

Era l'alba e il veliero navigava dritto di prua verso la costa, che ormai si vedeva chiara.

A bordo Miriam e Carlito ancora dormivano nelle loro cabine. Solo Guglielmo era rimasto rannicchiato sul cuscino della tuga sotto il ciclo che scorreva sopra di lui. Ariane era padrona della situazione, aveva condotto il Sonia Maria per tutta la notte. Il silenzio dominava sopra ogni cosa ed era rotto solo dallo sciabordio dell'acqua, finché sul monitor della sala comandi apparve un allarme generato dal radar RB5. Lo schermo mostrava la mappa del tratto di mare in cui si trovava il veliero, con uno sciame di punti neri in avvicinamento. Il computer centrale dispose attraverso il pilota automatico una rapida manovra per evitare l'impatto con quello che sembrava essere uno scarico abusivo di rifiuti metallici. Nella sala comandi interna si accesero altri allarmi, dalle immagini riportate si notava che l'impatto era imminente ed era quasi impossibile evitarlo a causa della frastagliata natura dell'ostacolo. Era una miriade di corpi galleggianti che avanzavano minacciosi verso il veliero.

Guglielmo si svegliò di soprassalto. In piedi, dritto sul ponte, notò subito l'evidente pericolo davanti al bompresso. Sull'acqua galleggiavano vecchi frigoriferi, involucri di plastica e molti contenitori metallici di piccole dimensioni. Allarmato, corse al timone esterno escludendo quello automatico. Ariane aveva già ammainato le vele per diminuire la velocità. La barra venne spostata alla sua estremità, portando il veliero a piegarsi di prora nel drastico tentativo di evitare ogni contatto con i rifiuti sempre più vicini.

Carlito saltò dal letto, intuendo che stava per succedere qualcosa che avrebbe potuto mettere in difficoltà l'imbarcazione. Corse sul ponte in equilibrio precario e si mise subito a disposizione del suo comandante. Guglielmo gli fece segno di aggrapparsi alle sartie e aspettare il termine della manovra. Il Sonia Maria, con una virata azzardata che lo portava fuori rotta, riuscì a evitare l'impatto con i rifiuti. Gli allarmi però non si erano fermati, continuavano con insistenza assordante a emettere il loro monotono suono. Miriam, svegliata dal frastuono, uscì dalla cabina con il terrore di trovarsi di nuovo coinvolta in un naufragio. Un rumore sordo risuonava sotto la chiglia della barca. Guglielmo fermò i motori, gli allarmi smisero di suonare, lasciando sullo schermo una scritta lampeggiante: "Asse dell'elica in avaria".

Miriam era frastornata dal trambusto creato dalla circostanza. Carlito invece aveva l'aria sicura di chi ha sotto controllo la situazione. Il giovane si avvicinò alla ragazza, rassicurandola con parole da vecchio marinaio, con un largo sorriso, e, alzando il pollice verso l'alto, le disse:

"Sta' tranquilla, non è successo niente di grave. Figurati, con una barca come questa, che cosa può succedere? Il comandante è uno forte, perciò, tranquilla, è tutto ok".

Miriam lo ascoltava con affetto e tenerezza; il sorriso di Carlito allontanava ogni ansia, aiutandola a sdrammatizzare i pensieri negativi. Guglielmo entrò frettolosamente sottocoperta per prendere delle lampade portatili da un cassetto e chiese al cubano di seguirlo nella sala macchine. Il ragazzo si precipitò al suo fianco con orgoglio, lusingato di essere chiamato a partecipare alle attività di bordo. Essere coinvolto in un lavoro delicato come la riparazione di eventuali danni lo faceva sentire utile e considerato. Scesero uno dietro l'altro nella sala macchine, dove in apparenza non sembravano esserci segnali di perdite o anomalie delle parti meccaniche. L'italiano si addentrò nelle parti più nascoste dei motori, mentre Carlito gli illuminava il percorso. La sala macchine venne ispezionata a fondo e, per fortuna, non si rilevò alcun danno evidente. Tornati sul ponte esterno, il comandante, seguito come un'ombra dal giovane mulatto, ispezionò le murate sporgendosi dal tientibene da prua a poppa. Guglielmo si tranquillizzò, aveva ora la conferma che la barca non mostrava importanti anomalie strutturali.

Soffermandosi a inquadrare la costa con il binocolo, senza staccarlo dal viso ringraziò il giovanissimo cubano per l'assistenza. In cuor suo avrebbe voluto esprimere meglio il proprio riconoscimento, ma il suo convulso stato d'animo non glielo permetteva. Intento a usare il binocolo, era turbato da un vortice di emozioni positive e negative che, fondendosi insieme, formavano una miscellanea imprevedibile e complicata da controllare. Di fronte a Carlito ritrovava il desiderio di sentirsi padre, ma sapeva che doveva rifuggirlo per non soffrire, sapeva che doveva soffocare quel sentimento perché senza il suo Jacopo nulla poteva essere più come prima.

Mentre parlavano, Miriam studiò ogni loro movimento, le appariva del tutto evidente la sottile e celata intesa che c'era tra i due. Il comandante, per quanto cercasse di nasconderlo, nutriva apprezzamento per quel ragazzo e ciò traspariva da sguardi e atteggiamenti a volte morbidi e comprensivi che lasciavano intravedere una stima che non voleva mostrare apertamente.

Il volto virtuale di Ariane, sempre perfetto nei suoi interventi, evidenziò con un nuovo allarme un problema sull'asse
dell'elica destra. Guglielmo imprecò stizzito e avviò i motori, muovendo il veliero a bassa velocità per portarsi sottocosta e trovare un'insenatura protetta dove poter ispezionare
lo scafo con l'attrezzatura subacquea. L'ancora venne calata
in prossimità di due faraglioni che aprivano su un'estesa insenatura riparata da tutti i venti.

L'acqua in quel punto aveva il colore dello smeraldo e i
raggi del sole riflettevano sulle piccole onde come tanti minuscoli brillanti. La trasparenza del mare permetteva di vedere il fondo roccioso fino a venti metri. Branchi di pesci
indisturbati volteggiavano intorno alla catena dell'ancora, alcuni di loro riuscivano perfino a saltare fuori dell'acqua. Era
uno spettacolo della natura indimenticabile e Miriam se ne
rese subito conto, rimanendo estasiata fuori bordo dal pozzetto di poppa. Carlito, sapendo dove era stipata l'attrezzatura subacquea, si affrettò ad aprire il reparto da una porta
situata sul ponte. Guglielmo frenò subito il suo entusiasmo,
convincendolo a rimanere sul veliero, dove il suo aiuto gli
sarebbe stato più utile. Il ragazzo avrebbe desiderato dare
sempre il massimo, come gli dettava il suo puro istinto, ma
sul Sonia Maria stava imparando ad accettare anche nuove
realtà. Così mugugnò un po' e malvolentieri ubbidì; era determinante per lui sentirsi utile, voleva aiutare in ogni modo
il suo comandante. Sapeva che Guglielmo stava rischiando
molto a portarlo con sé, e per questo avrebbe voluto sdebi-
tarsi per quello che poteva, affiancandolo in ogni difficoltà.
Si sforzava di spiegare che sapeva andare sott'acqua e che
era in grado anche di compiere la riparazione. A Cuba fin da
piccoli ci si ingegnava a fare un po' di tutto per guadagnarsi
un'autosufficienza che aiutava a vivere meglio. Guglielmo

gli poggiò una mano sulla spalla, con calma spiegò ciò che avrebbe dovuto fare:

"Sott'acqua andrò io. Tu mi dovrai assistere dalla pedana di poppa, mi calerai la cima con il cesto e gli attrezzi che mi occorreranno per fare la riparazione. Devi seguire ogni mio movimento e per avvertirmi di qualche pericolo dovrai tirare la cima tre volte. Io capirò, perché sarà legata alla mia cintura di zavorra con un moschettone".

Carlito fu rinfrancato dall'incarico alternativo ricevuto e, senza perdere altro tempo, passò subito ai fatti, legando una cima con una perfetta gassa d'amante al cesto di metallo che lasciò pronto sulla pedana di poppa.

Guglielmo, sorpreso dalla sua rapidità, gli lanciò senza essere visto una benevola occhiata mentre si muoveva sul ponte e subito infilò la testa nella muta da sub, indossandola con disinvoltura. Preparò le bombole con i suoi erogatori, indossò la cintura dei piombi e, cercando uno scaffale all'interno del reparto, prese degli attrezzi da mettere nel cesto. Miriam, incuriosita dalla preparazione dell'attrezzatura subacquea, si avvicinò rimanendo poggiata con le braccia al bottazzo della murata, con occhi pieni di ammirazione per il comandante, che, già completamente attrezzato, saltò in acqua per effettuare subito un accurato controllo del fasciame dell'imbarcazione. Carlito, preciso come un soldato, calò la cima in acqua, seguendo le istruzioni ricevute. Dal fondo si vedevano salire le argentee bolle dell'aria che Guglielmo respirava. La sua sagoma si stagliava nitida tra la sabbia e qualche roccia.

Il cesto venne calato ancora di qualche metro, mentre egli iniziava la perlustrazione sotto la maestosa pancia del Sonia Maria. Lo studioso, in perfetto equilibrio idrostatico, la percorse dalla prua alla poppa scivolando con le mani sul fasciame che la compone. Ancora una volta tutto appariva in ottimo stato. Nuotando verso le eliche, si accorse però che un cavalletto dell'asse era di poco spostato dalla sua posizione regolare. Il suo pensiero tornò al sordo rumore che aveva sentito durante la manovra e capì che lo scafo, nonostante il rapido cambio di rotta, doveva aver subìto l'urto con qualcosa che galleggiava in acqua. Guglielmo si avvicinò al cesto, agganciandolo alla cintura di zavorra, e pinneggiò con calma, accostandosi all'asse dell'elica. Scrutò intorno a sé, tenendosi con una mano alla chiglia della barca. Aveva l'improvvisa sensazione di essere osservato; pochi secondi di esitazione e la logica lo riportò al problema che doveva risolvere. Con la mano libera iniziò a battere con il martello sul lato ammaccato del cavalletto per riportarlo alla sua forma iniziale. I colpi risuonavano nell'acqua come campane di una chiesa. Molti pesci dai colori sgargianti, prima impauriti, poi incuriositi, nuotavano tra le bolle che salivano verso la superficie. Guglielmo provava un inatteso piacere nel sentirsi così integrato nel fatato mondo subacqueo che lo circondava: il blu, il silenzio perfetto, gli occhi che si perdevano verso il largo; il buio delle acque profonde dove sempre si cela il mistero delle scoperte; la trasparenza che filtrava i raggi del sole anche a quote più alte; i colori inaspettati, sgargianti e sobri allo stesso tempo. Tutto questo era una risorsa di energie alle quali egli si aggrappava per ritrovare equilibri persi nel tempo. Immerso nell'immenso liquido blu, ritrovava il primordiale senso della vita e quegli attimi sotto la pancia del veliero ne erano una concreta testimonianza.

Sul veliero Carlito e Miriam con un po' d'ansia cercavano di seguire i movimenti del comandante sott'acqua. Il rumore dei colpi del martello risuonavano anche in superficie.

Nero, che se n'era stato tranquillo e buono, si alzò all'improvviso sulle zampe e, annusando l'aria, iniziò ad abbaiare. Il mare in quell'angolo di paradiso era immobile, ma un leggero movimento dell'acqua metteva in evidenza una pinna che si muoveva in direzione del veliero. Miriam fu la prima a notarla e, pensando a uno squalo, iniziò a gridare verso l'acqua per avvertire Guglielmo, che non poteva sentirla:

"Uno squalo! Uno squalo! Esci dall'acqua, c'è uno squalo! Carlito, fa' qualcosa. Ti prego".

Il ragazzo, impaurito dalle grida, tirò la cima tre volte per avvisare il comandante del pericolo, mentre il terrore si disegnava sul volto di Miriam. Però si accorse che la pinna era troppo stretta per essere quella di uno squalo, e allora si rasserenò.

Nel blu vicino alle eliche del veliero, un ultimo colpo di martello e il cavalletto finalmente era di nuovo al suo posto. Quando nell'acqua non c'era più alcun rumore, ecco un sibilo che in breve si trasformò in un suono con un'intensa frequenza, fino a quando davanti a Guglielmo si staglia la sagoma di un delfino. Sembrava lo stesso già visto più volte durante il viaggio.

L'animale, agitando la testa, compì un paio di giri intorno alle eliche. Guglielmo rimase strabiliato per la distanza ravvicinata della straordinaria creatura, per la quale provava un'istintiva attrazione. Una particolare confidenza che sembrava appartenergli da molto tempo, una sensazione che lo faceva stare bene. Si guardarono e sembrarono capirsi. Il delfino compì ancora qualche giravolta fino a sfiorare la chiglia del veliero e la superficie. Guglielmo aveva gli occhi fissi su di lui, tanto da dimenticare quasi di trovarsi sott'acqua. Il mammifero fece ancora un ultimo giro, poi, con un colpo di coda, scomparve nel blu.

A bordo anche Miriam e Carlito lo avevano visto saltare fuori dall'acqua prima di sparire. Sul veliero era tornato un clima di euforia. Guglielmo, appena uscito dall'immersione, raccontava quello che aveva visto mentre si toglieva la muta. Carlito si dava un gran da fare per rimettere ogni cosa al suo posto. Dal ponte di comando esterno apparve sul monitor il volto di Ariane che, successivamente all'effettuazione del controllo dei reparti del veliero, annunciava che non c'erano più anomalie strutturali. Lo studioso italiano aveva ancora davanti ai propri occhi l'immagine di quel delfino che non riusciva a dimenticare. Era visibilmente elettrizzato per come erano andate le cose e, ripreso il timone tra le mani con un piccolo sorriso sulle labbra, avviò i motori, recuperò l'ancora e riprese la navigazione verso Torremolinos.

L'aria era tersa e il sole era piacevole sulla pelle. Ora che tutti i problemi tecnici sembravano risolti, bisognava provare a riprendere le rotte tracciate dagli antichi navigatori per verificarne l'effettiva esistenza e trovare reperti che potessero testimoniare il loro passaggio. Era quello il risultato più atteso dal pubblico televisivo che seguiva la traversata dai salotti di casa, nei ritrovi portuali, nei bar e in ogni luogo dove era possibile, attraverso la tv, fermarsi a sognare di essere sul misterioso Sonia Maria, insieme al comandante Torres.

16

La scoperta del talismano di Carboneras

La navigazione proseguiva insieme al giorno che gradualmente si avviava al tramonto.

Dalle carte riportate sul monitor risultava essere vicina l'insenatura di Carboneras, situata nel parco naturale del Cabo de Gata. Guglielmo diresse la prua del Sonia Maria al centro della baia per ormeggiare durante la notte. Carlito si affrettò sul ponte a mettere fuori murata i parabordi gommati che proteggevano le fiancate del veliero. Il ragazzo rimase fermo davanti alla splendida vista che aveva di fronte, mentre l'ancora affondava nell'acqua. Era un piccolo villaggio intorno a un porticciolo di pescatori. Dalla costa aleggiavano i profumi di pesce arrostito alla brace che qualcuno stava preparando per la cena. Torres, compiuto il solito giro di controllo esterno, scollegò le telecamere di poppa, facendo segno al giovane di non passare su quel lato della barca.

Miriam era rimasta in cabina a scrivere il proprio diario; era un'abitudine che aveva preso da quando aveva subito il grave incidente. L'irrefrenabile voglia di scrivere tutto ciò che viveva, ora dopo ora, emozione dopo emozione, era così forte che a volte dimenticava anche dove si trovava. Nei giorni del coma la vita si era allontanata dal suo corpo per ritornare in lei più ricca di profondi significati e di valori che oggi la rendevano una donna diversa, più matura. Poggiò il naso sul vetro dell'oblò, per sbirciare fuori quello che si poteva vedere prima che il buio sopraggiungesse su tutto. Il respiro appannava il vetro attraverso il quale il sole scompariva dietro le vecchie barche dei pescatori come in un quadro dalle tinte opache e dai colori tenui, sfumati e quasi impercettibili. Gli occhi fermi a seguire il giorno che moriva per dare spazio ai misteri della notte.

Quella sera, finito di cenare tutti insieme, il silenzio prese il sopravvento su ognuno di loro. Carlito chiese il permesso a Miriam di giocare con il suo game boy, mentre la ragazza preferì tornare nella sua cabina. Guglielmo, seduto al tavolo da carteggio, era intento a rileggere i suoi appunti e a confrontarli con alcuni tratti di mare riportati sulle antiche carte nautiche.

Anche Nero capì che quella era una serata di riflessione; con il pelo ancora arruffato dal vento del giorno, se ne stava sdraiato sul ponte di comando interno, sonnecchiando e aprendo gli occhi di tanto in tanto. Ognuno di loro sapeva che entro pochi giorni sarebbero stati costretti a separarsi per tornare a seguire il proprio destino. Era una situazione che nessuno avrebbe voluto accettare, ma, malgrado tutto, sarebbero stati obbligati a farlo. Il percorso sembrava già segnato in modo ineluttabile; un percorso rigido dal quale sarebbe stato difficile uscire. Il destino era già scritto, ma loro stavano cercando di cambiarlo.

Guglielmo, leggendo alcuni passi del vecchio manoscritto, trovò un'ulteriore conferma nelle descrizioni che facevano riferimento proprio all'insenatura dove erano ancorati. Erano parole precise che non lasciavano dubbi sul passaggio dei monaci navigatori in quel luogo incantato.

Il mattino seguente il comandante fu il primo ad alzarsi, seguito a ruota da Carlito che si offriva per preparare il caffè. Anche Miriam quel giorno era stata mattiniera e uscì dalla sua cabina attirata dall'aromatico odore della vegetazione vicina al mare. Quando incontrò Guglielmo nel salone centrale lo guardò intensamente e gli chiese:

"Buongiorno, comandante. Se scendi a terra, vorrei venire con te".

Guglielmo provò a evitare il suo sguardo, prese invece una tazzina e si versò il caffè, rispondendo:

"Va bene, scendi con me; ma, ti avverto, niente turismo. Sono qui per cercare un reperto archeologico".

Anche il ragazzo avrebbe voluto scendere a terra, ma venne subito bloccato nel suo intento da Guglielmo, che gli ricordò la sua condizione di clandestino e di conseguenza senza documenti. Carlito fu rimproverato per la sua eccessiva esuberanza, ma il comandante, come in precedenti occasioni, gli affidò poi un incarico di responsabilità dandogli il controllo del veliero per tutto il tempo che sarebbe rimasto a terra.

Il gommone fu calato in acqua e Miriam e Guglielmo, con il motore a bassa velocità, si diressero verso il piccolo porto. Il loro abbigliamento era spartano: lei indossava pantaloncini corti in tessuto resistente all'acqua e una maglietta scollata che metteva in evidenza le sue forme. Un cappello con la visiera e un paio di occhiali scuri facevano intravedere appena i suoi capelli rossi. L'uomo portava i soliti jeans e un gilet a maniche corte con molte tasche. Alle loro spalle il Sonia Maria all'ancora dominava l'intera insenatura.

Approdati tra le barche dei pescatori e sistemate le cime del gommone, i due scesero sul molo, dove si stava svolgendo la vendita del pesce appena pescato. Miriam si gettò tra la gente del posto per portare sul veliero quel che serviva a preparare una perfetta cena ittica. Guglielmo invece riprendeva con la sua telecamera l'intera area del porto. Quando Miriam lo raggiunse si accorsero entrambi che nella piazzetta prospiciente il porto si stava svolgendo una festa popolare. L'atmosfera era gioiosa, le persone avevano sulle bocche sorrisi ed espressioni d'altri tempi. Davanti alle vecchie case dai colori bizzarri un gruppo di persone in abiti tradizionali danzava al ritmo della musica di antichi strumenti. Guglielmo si fermò a parlare con un anziano del luogo per chiedergli informazioni su un monastero che si sarebbe dovuto trovare proprio nei dintorni del porto. Il vecchio gli indicò un'altura che sporgeva dietro le case, e con voce roca informò:

"C'è un'antica leggenda di cui sento parlare da quando ero bambino: lassù, su quell'altura, dicono che anticamente sorgesse un piccolo monastero, ma nessuno ne sa qualcosa con certezza".

Guglielmo registrò le parole dell'uomo e subito decise di andare a verificare se quanto aveva appena ascoltato potesse essere provato dalla presenza di qualche reperto. Mentre Miriam si perse tra le bancarelle della festa, lui si arrampicò sul costone roccioso, per trovare traccia di qualche testimonianza del passaggio di Brandano su quel lembo di terra.

Nonostante fosse ottobre inoltrato, il caldo si faceva sentire come nel periodo estivo. La scalata affrontata con l'ansia di imbattersi in qualcosa di interessante aveva lasciato il segno e il sudore colava dalla fronte. Tra le rocce s'intravedeva un sentiero pedonale che consentiva di arrampicarsi sulla cima del costone. Intorno, tutto era incolto e selvatico. Ovunque c'erano rovi e sterpaglie che impedivano il passaggio sul lato più impervio. Anche se il percorso era irto, il panorama da lassù offriva comunque il giusto premio a chi vi si era avventurato. L'aria calda e frizzante e il villaggio incastonato tra le rocce che cadevano sull'insenatura rendevano la veduta indimenticabile.

Nella zona meno rocciosa e più pianeggiante Guglielmo intravide alcuni ruderi di pietra quasi del tutto ricoperti di piante e di rami secchi. Spostando il fogliame, scoprì che sporgeva dal terreno un arco in pietra sul quale, avvicinandosi, poté leggere ancora nitida un'iscrizione in latino posta lateralmente. Lo studioso la lesse a voce alta: "*Ultra fluctus periculosos paradisus est*".

Rimase in piedi, perplesso davanti al reperto e tradusse sussurrando: "Oltre le onde perigliose vi è il paradiso".

Miriam, non vedendo il proprio compagno di viaggio, si allarmò e iniziò a cercarlo tra la gente. Si fermò davanti a una bancarella dove un uomo era intento a intagliare piccole figure in legno, che a suo dire portavano fortuna e prosperità. La ragazza gli chiese se avesse visto un uomo in jeans con una telecamera al collo, lui rispose subito in maniera affermativa nella sua lingua quasi incomprensibile, indicando con la mano verso il costone roccioso. Miriam lo ringraziò e, attratta dalle piccole sculture, acquistò una statuetta e si diresse verso l'interno del paese.

Nello stesso istante Guglielmo, ridisceso dal costone roccioso, tornò tra le case. Incuriosito da una fila di persone in preghiera davanti a una di queste, completamente costruita in legno, si fermò per capire che cosa stesse accadendo in quel luogo.

Un'anziana signora gli sussurrò parole chiarificatrici:

"Donna Esmeralda può viaggiare dentro ognuno di noi e raccontare il passato, il presente e il futuro. Donna Esmeralda può farti vedere il bello e il brutto che si nasconde nella tua anima".

Lui si avvicinò alla casa sotto gli occhi curiosi delle persone sedute lì davanti. Sotto un patio fatiscente, seduta su una sedia a dondolo, vi era una vecchia signora con gli occhi bianchi sbarrati nel vuoto e un grosso sigaro tra le dita.

La donna si dondolava sinuosa con la tipica flemma caraibica. I tradizionali abiti che indossava la rendevano diversa da tutti gli altri. Il fumo che si creava si muoveva come un serpente tra le persone raccolte intorno. Accanto a lei, seduta, c'era una bambina che aspettava in silenzio le richieste della donna. Miriam, appena giunta anche lei tra la gente, notò Guglielmo, ma restò in silenzio perché capiva di trovarsi in un particolare luogo di spiritualità. Il fumo del sigaro volteggiava fin sotto il naso del viaggiatore e nello stesso istante Donna Esmeralda, con gli occhi sempre persi nel vuoto, bisbigliò con un filo di voce alla bambina:

"Devo parlare con quell'uomo. Fallo avvicinare, lo sento, fallo avvicinare".

La bambina si alzò dalla sedia, camminò verso Guglielmo, lo prese per mano e lo accompagnò fino a lei. Lo fece accomodare su una poltrona di legno. Per lui l'imbarazzo era enorme, ma la curiosità e l'istinto gli dicevano che quell'anziana donna conosceva molte cose che lo riguardavano. Donna Esmeralda, ora ad alta voce, gli domandò:

"*Buenas dias, marinero!* Perché sei qui?".

Guglielmo esitò, incerto, prima di rispondere, e lanciò uno sguardo verso Miriam che era rimasta in piedi in fondo al gruppo di persone davanti alla casa. Tutti aspettavano la risposta che, appena si voltò di nuovo verso la veggente, arrivò puntuale:

"Sono venuto per cercare le tracce dell'antico monastero.

Sono qui per una ricerca storica e...".

Donna Esmeralda lo interruppe e, rivolgendosi a lui in un italiano con un marcato accento spagnolo, disse:

"Del monastero non rimangono che sassi, ma le tue ricerche sono giuste. Ojeda vi si fermò a lungo e prima di lui il monaco che ispira la tua curiosità. Il tuo desiderio di andare oltre la conoscenza degli uomini ti darà la forza di proseguire. Quello che cerchi non è qui, questo è stato solo uno dei luoghi di passaggio. Per trovare il tuo paradiso dovrai navigare ancora molto. Dal mare arriveranno i cavalieri a mostrarti la via!".

Guglielmo fu sorpreso da quelle sibilline eppure precise affermazioni che collimavano alla perfezione con quanto aveva appreso dai suoi studi. Dette quelle parole in maniera tanto determinata, l'anziana veggente posò il sigaro in un piatto per cercare nelle tasche del vestito qualcosa. Poi, con una mano sfiorò il viso del comandante, dicendogli:

"Dovrai scegliere tra inferno e paradiso. Rinascerai trasformando per sempre la tua vita".

Con l'altra mano Esmeralda diede a Guglielmo un talismano in bronzo su cui era inciso un delfino. Lui nel vederlo intuì istintivamente che quell'oggetto, per il messaggio che recava, poteva essere molto importante. Mise dei soldi in un cesto di vimini, salutando in fretta, e si allontanò, provato dallo strano incontro.

Sul gommone Miriam tentò di fare qualche domanda, ma non ricevette alcuna risposta. Il silenzio era interrotto solo dal rumore del motore fuoribordo che li stava riportando sul Sonia Maria che, maestoso come sempre, li attendeva all'ancora.

17

L'esplosione della passione che travolge ogni cosa

Sul ponte Carlito aspettava con ansia il ritorno del comandante per relazionare su ciò che aveva fatto sul veliero in sua assenza.

Miriam, appena salita a bordo, gli andò incontro tirando fuori dallo zaino la statuetta di legno che aveva comprato per darla al ragazzo, dicendo:

"Questa è per te".

Dallo zaino prese anche un cappello a visiera e, nascondendolo prima dietro la schiena, si rivolse ancora a lui:

"E questo te lo ha preso il comandante" e gli mostrò il cappello che tanto desiderava per apparire simile a Guglielmo. Carlito lo infilò subito e sorrise con gioia perché qualcuno a cui teneva molto aveva pensato a lui. Il giovanissimo cubano saltellò sul ponte con la statuetta in mano e il cappello sulla testa, canticchiando una canzone cubana:

"*La gorra che tiene la caveza està feihz con dios. La gorra che tiene la caveza…*".

Guglielmo recuperò il gommone sulle gruette con il dispositivo a motore ed entrò sottocoperta per andare subito a tracciare la rotta da seguire per il giorno successivo. Le parole della veggente facevano eco ancora nella sua testa: lo avevano lasciato perplesso e colpito nel profondo. La sua vita in questo momento era il suo dubbio, la sua incertezza, ed era per questo che parole così perentorie, pronunciate come una sentenza, lo avevano sconvolto annunciando imprevedibili particolari del futuro.

Carlito e Miriam entrarono nel salone centrale; il giovane, pieno di entusiasmo, si avvicinò a Guglielmo per ringraziarlo del regalo. Voleva riferirgli che a bordo tutto si era svolto in modo regolare e che aveva provato un gran piacere a sentirsi l'unico a poter prendere decisioni in quel frangente. Il comandante lo vide camminare verso di lui. Mentre continuava a consultare le carte con volto serio e fare distaccato, rispose al ragazzo:

"Quel dono non è opera mia. E non dimenticare che, per quanto ti sia comportato bene, tu, comunque vada, scenderai a Torremolinos insieme a Miriam, come stabilito. Di questo non voglio più parlare".

Carlito rimase colpito al cuore per la durezza della risposta; provava dolore e delusione per quelle parole prive di ogni minimo sentimento. L'uomo che rappresentava per lui un modello di vita lo rifiutava, lo rigettava come un corpo estraneo e questo lo rendeva terribilmente triste. Fuggì via dal salone e uscì all'esterno. Salì sull'albero maestro fino alla coffa d'avvistamento, scivolando sul piano con le lacrime agli occhi. Da lassù il veliero sembrava più piccolo e la vista larga lo aiutava a sentirsi meglio. Intorno a lui volteggiavano grandi gabbiani di scogliera e il sole calante allargava il suo rossore su tutta l'insenatura.

Miriam era stizzita per la scena alla quale, suo malgrado, era stata costretta ad assistere. Si era affezionata a quel ragazzo pieno di voglia di vivere e non riusciva a capire il comportamento di Guglielmo, che rimaneva in apparenza freddo e irremovibile sulle sue decisioni, ma che lei aveva intuito essere vittima dei suoi ricordi. In profondo silenzio si recò sul ponte per consolare Carlito, e quando si accorse che se ne stava con i piedi penzolanti dalla coffa a piagnucolare improperi a se stesso, tirò un sospiro di sollievo che le fece sciogliere una parte della tensione accumulata.

Il buio della notte calava a mitigare ogni tensione, ma il giovanissimo cubano aveva deciso di restare in testa d'albero per trovarsi immerso tra le stelle. Guglielmo, sceso in cabina per indossare una maglia pulita, sentì i passi di Miriam nel corridoio. Lei si fermò con le spalle poggiate alla parete esterna. Cercando ispirazione, guardò il soffitto di legno, commentando:

"Proprio non ti capisco. Perché comportarsi così con un ragazzo che ti adora come un dio? Perché?! Prima lo illudi con qualche complimento, poi lo getti via come fosse uno straccio. Possibile che non ti sia accorto di quanto ti ammiri? Non vedi che imita ogni cosa che fai? Che coraggio hai di abbandonarlo al suo destino? Portalo con te, non esitare, portalo con te!".

Guglielmo replicò seccato:

"Non sei tu a dovermi dire quello che devo o non devo fare. Io per causa vostra sto rischiando di far saltare il progetto. Lo capisci questo?".

Miriam non poté resistere a rimanere fuori, e senza alcuna esitazione entrò nella cabina per parlargli faccia a faccia. Guglielmo, frugando all'interno di un armadio, si irrigidì sentendola entrare, ma lei, con un tono di voce che era quasi un urlo, aggiunse:

"Se stai soffrendo, sappi che non sei l'unico. Tu non puoi sentirti al centro del mondo. Tu non sei il mondo! Sei un uomo come gli altri, devi imparare a capire chi ti vuole bene".

Gli animi si accesero in un crescendo di tensione. Guglielmo, questa volta diretto decisamente verso di lei, rispose a tono:

"Non ho bisogno di essere psicanalizzato da te. Questi discorsi non li devi fare a me".

Erano uno di fronte all'altro, ormai vicinissimi, immobili. Il respiro affannato di Miriam gli sfiorò la pelle e il suo profumo gli salì nella testa. Si sfiorarono, restando in silenzio.

Dalle labbra di lei solo un sussurro:

"Portalo con te, comandante, portalo con te".

Guglielmo, inaspettatamente, la strinse tra le braccia e la bacia, lei chiuse gli occhi e si lasciò andare. In pochi secondi tutto era cambiato, dal contrasto era fiorito un amore. La luce si spense, lasciando i due corpi amarsi sotto i riflessi della luna che filtravano dall'oblò. Nella cabina le voci soffocate dal sospiro s'innalzavano fino all'eccesso incontrollato, per ritornare infine a un pacato bisbiglio.

La notte era ormai padrona incontrastata e testimone di un amore sbocciato dalla rabbia dei sentimenti. Una passione travolgente e incontrollabile, che instillava la vita nei tessuti, una passione che donava la gioia del piacere ed esaltava il sentimento.

Il mattino seguente Guglielmo uscì sul ponte per vedere dove Carlito aveva passato la notte, ma del ragazzo non c'era segno. Sul suo volto si delineò la preoccupazione per la sorte del giovane. Compì un giro di perlustrazione su tutto il veliero, ma di lui non c'era traccia alcuna. Fu Nero a scoprire il nascondiglio di Carlito. Il terranova, scodinzolando, si alzò sulle zampe davanti al gommone, abbaiando in modo inconsueto. Dall'interno del battello spuntò la testa ricciuta del cubano. Uscì dal gommone per stiracchiarsi sotto lo sguardo serio e pensieroso del comandante. Una carezza per Nero e con la testa bassa si rivolse all'italiano:

"Buongiorno, comandante, scusami per ieri sera".

Carlito, sentendosi come un sorvegliato speciale, camminò verso l'interno della barca senza dire più nulla.

Dal monitor Ariane annunciò che il controllo generale degli strumenti aveva dato esito positivo. Il veliero era pronto a partire. I motori si accesero in automatico e l'ancora venne salpata. Prima di lasciare l'insenatura Guglielmo inspirò la fresca aria salmastra del mattino, restando ancora un po' in contemplazione di quel paesaggio che aveva fatto da cornice a un momento molto importante della sua vita. Miriam gli era entrata dentro, si muoveva nelle sue vene, il profumo della sua pelle si era insinuato in ogni parte del suo corpo. Quell'amore, quella passione così istintiva e improvvisa però gli faceva paura. Tutto quello lo poneva di fronte a un bivio ma, pur volendo cambiare la strada del destino, non era ormai più possibile. Era consapevole che quel viaggio lo stava portando verso l'ignoto come il monaco Brandano. Un ignoto, entro la cui dimensione, scoprire un futuro inaspettato in grado, forse, di elevare la vita a una diversa dimensione, era ormai diventata per lui un'illusione indispensabile.

Stringendo il timone fra le mani, Guglielmo si allontanò dalla baia. Le vele vennero issate e il Sonia Maria assunse un aspetto imperiale mentre si muoveva con eleganza verso il mare aperto. Le telecamere erano tutte in funzione, sugli schermi apparivano in sequenza gli interni del veliero, la scia di poppa in navigazione e Nero che dormiva stramazzato nella sua cuccia. Inserito il pilota automatico, Guglielmo si mise in contatto direttamente dal piano comandi esterni con il centro di Genova:

"Qui Sonia Maria. È il comandante Torres che vi parla. Mi ricevete? Qui Sonia Maria a Genova, mi ricevete?".

Sul monitor apparve il volto del tecnico di turno che rispose con un sorriso:

"Buongiorno comandante. La riceviamo con buona definizione, ma abbiamo qualche problema con le immagini del veliero; non sempre sono coerenti e di buona qualità".

Guglielmo, a mani giunte davanti alla bocca, in una reazione istintiva, controbatté:

"È un problema che sto cercando di risolvere, per ora registrerò le cose scoperte e ve le invierò per mandarle in onda. Sto facendo rotta su Torremolinos, dove mi fermerò per una notte. Da lì riprenderò la navigazione verso Gibilterra e l'Atlantico".

Il tecnico alzò il braccio e, puntando l'indice verso il soffitto, gridò:

"Sì, ok... e in bocca alla balena! Se si può dire, comandante. Aspettiamo le sue registrazioni. A risentirci presto".

Guglielmo, che non aveva mai smesso di essere scaramantico, per concludere replicò:

"Meglio non dire nulla, qualsiasi augurio porta male. Ok, a risentirci presto".

Anche se il tecnico aveva chiuso il contatto, la comunicazione rimase inavvertitamente aperta. Guglielmo si era distratto, assorto negli appunti del vecchio manoscritto, e aveva lasciato aperta la trasmissione con il centro di controllo. Più si avvicinava all'oceano, più la sua mente era rivolta all'isola galleggiante. Un'isola che solo pochi uomini avevano visto, un piccolo lembo di terra rocciosa che racchiudeva in sé molti dei misteri ancora da svelare. Gli antichi navigatori utilizzavano tecniche primitive per i rilevamenti, ma conoscevano a fondo le attività paranormali che, attraverso i meandri più nascosti dell'esistenza, permettevano loro di ottenere risultati inaspettati.

Il Sonia Maria veleggiava sicuro al largo, verso sud-ovest. Carlito si era sistemato a cavallo del bompresso per scrutare il mare con la speranza di ritrovare i delfini.

Miriam si svegliò da un profondo sonno per il trambusto della navigazione. Si stirò nel letto come una principessa e si alzò felice. Aveva scoperto che l'attrazione per Guglielmo era forte e irresistibile. Non avrebbe mai pensato che sarebbe potuto succedere e invece la natura aveva deciso così. Era una delle più belle scoperte del nuovo mondo in cui aveva iniziato a vivere dopo l'incidente. Ora non aveva paura del confronto, accettava tutto ciò che la nuova vita le offriva, cercando di cogliere le essenze più importanti che facevano brillare le emozioni senza essere mai condizionati da nulla e da nessuno.

Con solo una maglietta addosso uscì dalla cabina per salire in cucina a preparare la colazione. I suoi capelli erano in disordine, ma la sua bellezza rimaneva intatta. Con la tazza in mano si avvicinò al piano comandi, incuriosita dalla sua immagine ripresa su uno dei monitor. Bevve latte e caffè, specchiandosi nello schermo, inconsapevole del fatto che la registrazione era in corso e che arrivava in diretta al centro di controllo del museo a Genova.

Guglielmo si godeva la vista mentre pilotava dal comando esterno del veliero. Uno stormo di cicogne volava elegante sopra l'albero maestro. Carlito le notava e seguiva il loro volo con il naso all'insù. La bellezza degli eleganti volatili si esaltava con i primi raggi del sole e l'intenso azzurro del cielo. Il vento, divenuto più forte, tendeva le vele intensificando la spinta del veliero sul mare che andava ingrossandosi.

18

La vendetta di Helen

In Italia la trasmissione in diretta della traversata atlantica stava ricevendo uno straordinario consenso di pubblico. Molti giornali si erano cimentati nel racconto delle varie ipotesi di ricerca che il comandante Torres stava conducendo. In realtà ancora nessuno aveva potuto avere notizie precise sull'argomento: le dirette televisive facevano spettacolo, ma in quella fase del viaggio non erano in grado di svelare nulla.

Helen da molti giorni martellava Roberto Salveri per sapere qualcosa in più, ma, nonostante il suo fascino ammaliante, era riuscita a ottenere da lui soltanto il permesso di entrare nella sala controllo allestita nei pressi del museo, per seguire le comunicazioni tra il veliero in navigazione e la base tecnica.

Era decisa a realizzare a qualsiasi costo un servizio che potesse renderla famosa. Uscita dal giornale, con la sua decappottabile raggiunse l'università e vi entrò con passo deciso, cercando di mescolarsi tra le persone ferme a parlare all'entrata. Nella portineria il custode in divisa, intento ad affiggere dei comunicati nelle bacheche, la salutò all'ingresso. L'uomo la conosceva bene, per averla vista molte volte insieme al professore e, sapendo che lui sarebbe stato lontano per molto tempo, si avvicinò per avvertirla con tono confidenziale:

"Signora, guardi che il professore non c'è. Mi hanno detto che sarà via per qualche mese".

Alle parole dell'uomo, la giornalista si fermò fingendo di essere sorpresa. Il suo istinto la mise ad un tratto in allarme, ma, presa dal suo scopo, si rivolse al custode con sicurezza:

"Ma certo, lo so benissimo. Mi ha mandato proprio lui a prendere dei documenti che devo trasmettergli. Comunque, grazie, lei è sempre molto gentile".

Le sue forme, il suo sorriso accattivante, erano armi in grado di aprire ogni varco in qualsiasi persona, compreso il piccolo custode che, imbambolato davanti a tanta avvenenza, allargò le braccia e sorridendo accennò a un inchino, indicandole le scale con la mano.

Helen salì le scale di corsa e, dopo aver attraversato il lungo corridoio, si trovò davanti alla porta dello studio di Guglielmo. Stava per entrare, quando due uomini che uscivano da una porta le fecero cambiare repentinamente direzione. Nascondendo il viso tra i capelli, si avviò verso una finestra in fondo ma, appena il corridoio fu deserto, si infilò furtiva nella stanza di Guglielmo.

Una volta all'interno richiuse adagio la porta. Con passo felpato si lanciò verso la scrivania su cui erano ammucchiati lettere e plichi dei giorni precedenti. Sbirciò tra la posta a caccia di qualcosa che la potesse interessare, ma, non trovando nulla, depose tutto sul tavolo disordinatamente. Aprì i cassetti, vi frugò dentro, estrasse alcune cartelline e ne sfogliò il contenuto. In un altro cassetto, sotto una pila di carte, vide una busta gialla con su scritto: 'Sonia Maria'. La esaminò da ogni lato, la infilò nella borsa. Aprì con cautela la porta, facendo capolino per assicurarsi di non essere vista. Come un gatto, scivolò fuori dallo studio fino all'uscita dell'università.

Davanti al museo si fermò e scese decisa dall'auto, con la precisa idea di mettersi in contatto con Guglielmo, per chiedergli ancora una volta di poterlo raggiungere sul veliero. Quando entrò nella sala delle trasmissioni, i tecnici si alzarono dalle loro postazioni per salutarla. Lei andò dritta al punto, chiedendo l'apertura del collegamento con il Sonia Maria per un messaggio urgente. Helen si sedette in una delle postazioni; subito apparve, con meraviglia anche dei tecnici, l'interno del veliero. Sul monitor videro una ragazza che si muoveva disinvolta nel salone centrale. Era di spalle, evidentemente ignara di essere ripresa dalla telecamera e della gravità di quanto sta accadendo. Infine si mosse, uscendo dal quadro. Adesso erano visibili soltanto gli interni vuoti della barca accompagnati da una musica di sottofondo.

Helen era presa dallo sgomento, arrossì in volto e, per la rabbia che aveva in corpo, non riuscì a pronunciare una parola. Quella figura femminile le aveva mandato in fiamme il cervello. Qualche secondo di silenzio; sul monitor questa volta c'era Guglielmo, che aveva collegato la telecamera esterna per tornare in comunicazione con Genova. Era sorpreso nel vedere la giornalista:

"Ciao, Helen. Come hai fatto a collegarti? Tu trovi sempre il modo per fare quello che vuoi".

La giornalista cercò di mandare giù il boccone amaro e rispose con tranquillità:

"Beh, tu mi dovresti conoscere bene. Roberto mi ha dato il permesso di poter parlare con te, ma ho visto che sei molto impegnato con un'altra donna. Io non posso stare a bordo, lei può. Accidenti a me, quanto sono stupida!".

Guglielmo era stravolto! Non sapeva spiegarsi come fosse potuto accadere quel pasticcio. Cercò di simulare una calma che non aveva e di chiarire la situazione:

"È difficile spiegarti cosa sia successo qui a bordo, ed è comunque una notizia divulgata quella del soccorso che ho fatto a dei naufraghi dispersi in mezzo al mare. La ragazza è una di loro, ecco perché è a bordo".

Helen era veramente infuriata e prima di perdere il completo controllo preferì chiudere la conversazione con una battuta sarcastica:

"Ho capito. Ho capito tutto. Non ti chiederò più nulla, stai tranquillo. Ti lascio ai tuoi impegni, non vorrei farti perdere altro tempo prezioso da dedicare a quella povera naufraga".

Il monitor si oscurò, Guglielmo rimase senza fiato. La conversazione lo aveva sconvolto; soprattutto si era trovato nell'impossibilità di spiegare come stavano le cose. Conoscendo Helen, sapeva che gli avrebbe creato qualche problema. Uscì sul ponte per respirare profondamente. Carlito lo vide preoccupato, allora scese dal bompresso, gli si accostò e con voce dolce gli offrì il suo aiuto:

"Se c'è qualche problema, dimmi se posso esserti utile".

La risposta che ricevette il ragazzo, invece, fu secca e decisa:

"Non ho bisogno di nulla".

A Genova Helen corse verso il giornale con la seria intenzione di mettere in difficoltà Guglielmo. Entrò come un uragano nella redazione dove aveva la sua scrivania, si sedette davanti al computer e iniziò a scrivere, destando la curiosità dei suoi colleghi. Sullo schermo apparve il titolo dell'articolo: *Lo Stato finanzia scienziato megalomane*. Le sue mani scorrevano velocissime sulla tastiera, sostenute da una rabbia che offuscava ogni forma di ragionamento. Intorno a lei colleghe e colleghi lessero in diretta: "Soldi pubblici impiegati per pagare le vacanze dei ricercatori".

L'articolo era una vera bomba dirompente in grado di distruggere l'immagine di chi aveva finanziato la traversata atlantica. Helen, dopo aver finito di scrivere, dichiarò ai colleghi di lavoro:

"È questo che serve per fare carriera, no? Con me non si scherza. Gli farò passare la voglia di prendermi in giro".

Sul veliero la navigazione proseguiva senza interruzioni per approdare prima di sera al porto di Torremolinos.

Miriam si era resa conto che sul veliero l'atmosfera si era fatta pesante. Guglielmo era seduto davanti ai monitor per controllare una registrazione del fondale. Ariane titolava le immagini che stavano per partire: "Rilevamento visivo con radar ed eco sonar, fondale di 35 metri. Quindici minuti di registrazione, fondale roccioso con sedimenti organogeni. Si rilevano sostanze biostimolanti e processi di eutrofizzazione". Sul monitor principale scorrevano ambienti sottomarini, si vedevano branchi di pesci dai colori variopinti e sullo sfondo una multiforme flora marina. Un vasto tratto del fondale era ricoperto da una foresta di posidonie.

Miriam era rimasta affascinata dalla bellezza del mondo sommerso e quando terminarono le immagini, cogliendo una scura espressione sul volto di Guglielmo mentre lo cercava con gli occhi, ebbe un sussulto di dispiacere. Poggiò silenziosa una mano sulla sua spalla e lui, carezzandole le dita delicatamente, disse:

"Dal centro di controllo ti hanno vista sui monitor. Sanno della tua presenza a bordo. Se ci saranno conseguenze o no, a questo punto non me ne importa più nulla, mi dispiace solo doverti lasciare. Domani tornerai a Londra da tuo padre".

La ragazza era triste, non sarebbe voluta andare via, ma anche lei doveva seguire il suo destino che non poteva essere cambiato. Si abbracciarono stringendosi forte fino a quando non irruppe nel salone Carlito, urlando come un ossesso:

"Correte! Venite a vedere, ci sono tre balene, sono vicinissime a noi. I loro spruzzi hanno bagnato il ponte. Venite a vedere!".

La melanconica tristezza fuggì via, scacciata dalla vista dei grandi cetacei. Il mare era imbronciato, ma il sole rendeva l'acqua di un blu intenso che spumeggiando metteva in evidenza le sagome delle balene. Carlito era salito sulla coffa d'avvistamento per ammirare dall'alto quel meraviglioso spettacolo del mare e gridare al vento:

"Davanti a noi ce ne sono altre, è un branco numeroso. Sono davanti a noi, eccola, eccola!".

Guglielmo era uscito di corsa dalla sala comandi con un binocolo per osservare meglio i grandi mammiferi. Anche Miriam, tenendosi al boma, si entusiasmava per l'incantevole scena.

Nell'acqua nuotavano imperiose un branco di balene dalle sagome inconfondibili. Guglielmo, preso il timone, cercò di avvicinarsi ai grandi animali. Se ne contavano cinque e di notevole dimensione. Per nulla disturbate dalla presenza del veliero, continuavano a nuotare tranquille.

Lo spettacolo però doveva terminare, perché le proibitive condizioni meteo trasmesse dalla radio indussero Guglielmo a riportarsi sulla rotta per Torremolinos.

19

Dalle coste spagnole allo stretto di Gibilterra

Era trascorso quasi l'intero giorno dalla partenza dal parco naturale di Cabo de Gata e il porto di Torremolinos era ancora distante. Il mare era mosso quanto bastava per rendere difficoltosa la navigazione. Il ponte veniva bagnato di continuo dagli spruzzi d'acqua che saltavano dalla prua. Superato il promontorio antistante la città di Motril, Guglielmo avvertì Miriam e Carlito che entro un'ora sarebbero passati davanti a Malaga per proseguire ancora per trenta minuti fino a Torremolinos.

La luce del giorno andava scomparendo, mentre la forza delle onde non accennava a diminuire. Guglielmo chiese un aggiornamento della situazione meteo ad Ariane che, ruotando come una biglia, si presentò sullo schermo con la solita voce metallica per informare:

"Situazione in netto peggioramento. Venti da sud-ovest forza sei, mare agitato con moto ondoso in aumento. Temperatura in diminuzione. Tempo previsto alla meta: un'ora e cinquanta minuti".

Le informazioni ricevute misero in apprensione il navigatore italiano per la distanza che ancora lo separava dal porto. Era preoccupato soprattutto per la natura della costa e del tratto di mare che stavano percorrendo. Erano luoghi che conosceva bene e sapeva che in quella zona non vi erano ripari naturali dove potersi rifugiare in caso di mareggiata. Ma, passata la prima ora, il Sonia Maria riuscì a navigare più sotto la costa, trovando un parziale riparo dal vento e dai marosi che flagellavano quella parte di litorale.

Carlito avrebbe desiderato uscire sul ponte per controllare le cime che sostenevano il gommone alle gruette, ma Guglielmo glielo impedì con la forza della propria autorità. Il ragazzo allora si mise vicino a Nero – che era del tutto indifferente a quanto gli accadeva intorno – attendendo soltanto di ricevere ordini. Miriam aveva tentato più volte di prepararsi la borsa, ma i salti del veliero glielo avevano impedito. Con il sopraggiungere del buio erano sempre più evidenti le luci di Torremolinos. In poco tempo il veliero entrò nel porto permettendo, dopo tanta apprensione provata nel corso della traversata, qualche attimo di distensione ai naviganti del Sonia Maria. Via radio Guglielmo comunicò la lunghezza e la stazza della barca e gli venne assegnato un posto in banchina.

Terminate le operazioni d'ormeggio Carlito corse a poppa per controllare il gommone che era rimasto in bando a causa delle onde che non avevano mai dato tregua. Ora che la barca era ferma nessuno avrebbe potuto impedirgli di completare il lavoro che stava facendo. Mentre rimetteva in ordine le cime e bloccava i moschettoni, si contrasse in volto, pensando all'addio che sarebbe stato costretto a dare al Sonia Maria. Il pensiero era già lontano dal veliero, dove sarebbero finite le sue speranze di tornare in patria.

Dalla parte opposta del veliero, il comandante scese in cabina, si spogliò e si rilassò sotto una doccia bollente che sciolse la tensione rimasta ancorata ai suoi muscoli. Miriam aprì la porta, incuriosita dal rumore dell'acqua che scorreva nel bagno. Senza esitare si tolse i vestiti, poggiandoli sul letto ed entrò nella doccia insieme a Guglielmo. Lui la sfiorò con la mano, silenzioso, la baciò stringendola forte a sé. L'acqua scivolò sui loro corpi mentre si accarezzavano. Miriam gli sussurrò all'orecchio parole che fecero correre un brivido lungo la sua schiena:

"Voglio fare l'amore con te quest'ultima notte che trascorreremo insieme".

Si baciarono più volte e si strinsero l'uno all'altra tanto da sentirsi un solo corpo. Erano consapevoli che gli eventi della vita li avrebbero potuti unire per sempre ma anche dividere, ed era per questo che vivevano quegli attimi d'amore senza alcun limite, cercando l'assoluto per rendere immortale il loro sentimento.

La notte scese sul porto e sul veliero. Guglielmo era sul letto con la testa di Miriam poggiata sul petto, aveva gli occhi vitrei fissi nel vuoto. Nella sua testa si affollavano i pensieri. La mente s'inerpicava tra la solitudine nella quale si sarebbe trovato ancora e il desiderio di scoprire il paradiso di Brandano. Miriam sarebbe tornata in Europa e Carlito avrebbe dovuto trovare una sistemazione temporanea in attesa che qualcuno lo riportasse a Cuba. Il professore sapeva che avrebbe dovuto dedicarsi solo alla ricerca, solo alla scoperta della rotta per l'isola di Soledad soprannominata dai monaci 'l'isola galleggiante'. Solo questo gli avrebbe ridato la speranza, solo questo gli avrebbe fatto trovare l'identità.

Quella notte per Guglielmo sembrava non finire mai. All'alba del nuovo giorno si alzò e, senza far alcun rumore, lasciò Miriam dormire nel suo letto. Passando per il corridoio, dalla porta aperta della cabina vide Carlito dormire raggomitolato tra le coperte; aveva il viso ancora limpido e dolce come quello di un bambino. Si soffermò a guardarlo con occhi di padre, accennò una smorfia di dispiacere e proseguì con un asciugamano sui fianchi fin sulla tuga.

Lì fuori il sole iniziava a fare capolino dietro le case e, mentre i raggi del sole filtravano sul Sonia Maria, la vita nel porto era ripresa come ogni mattina: le barche dei pescatori uscivano in mare e un piccolo bar spalancava le porte a chi era desideroso di un buon caffè. Tutto era scandito come un orologio, in cui ogni meccanismo si muoveva con il ritmo di sempre e nello stesso luogo.

Ben presto il sole si levò e la giornata iniziò a vivere. Carlito era serio come mai lo era stato negli ultimi giorni. Se ne stava seduto sulla delfiniera a studiarsi l'ormeggio di due petroliere ancorate nella rada fuori del porto. Sulla banchina un taxi si fermò davanti al veliero. Guglielmo, camminando sul ponte, cercò di nascondere il disagio che provava per il particolare momento che stava vivendo. Miriam, bella e splendente più del solito, uscì da sottocoperta con la borsa a tracolla e uno zaino sull'altra spalla. Il ragazzo cubano aveva il capo chinato e teneva in mano il cappello che la ragazza gli aveva regalato. Lei prese il cappello dalle sue mani e glielo sistemò sulla testa, quindi gli sollevò il mento, dicendogli:

"Tu diventerai un marinaio importante, ragazzo mio! Ci vuole fede e pazienza, fatti rispettare. Ciao, a rivederti presto".

Carlito incontrò il suo sguardo, sforzandosi di donarle un sorriso per la sua partenza, ma non ci riuscì.

Guglielmo prese la borsa della giovane e insieme sbarcarono dalla passerella verso la banchina, dove c'era il taxi in attesa. L'autista scese, prese i bagagli della ragazza per sistemarli nel cofano posteriore, lasciò la portiera del passeggero aperta, si sedette al posto di guida e attese. Miriam e Guglielmo erano vicini alla vettura, in piedi, uno davanti all'altra. Si guardavano senza muovere un dito, avrebbero voluto dirsi molte cose, ma rimasero in silenzio. Erano profondi e intensi secondi che scandivano un tempo in apparenza irreale. Miriam trovò infine il coraggio di entrare in macchina e, mentre chiuse lo sportello, specificò all'autista "All'aeroporto", e il taxi si avviò.

Dal finestrino della vettura in corsa, uscì la mano della ragazza che salutava. Guglielmo, vedendo andar via la donna che gli ha dato, anche se solo per poco, un amore indimenticabile, era rimasto impassibile sulla banchina. L'auto si allontanò fino a scomparire. Nero, che sembrava aver capito tutto, abbaiava con rabbia in direzione del taxi come a voler esprimere il proprio dispiacere per l'addio di Miriam. Il cane si calmò solo quando Guglielmo, risalito sul ponte, lo accarezzò sulla testa; così, rientrò insieme a lui all'interno del Sonia Maria.

Si guardò intorno in cerca di Carlito, ma del ragazzo non c'era traccia. Dalla poppa del veliero risaltò forte il rombo del motore fuoribordo e il gommone del veliero schizzò via sull'acqua del porto con Carlito alla guida. Il natante uscì dal porto con tutta la velocità che gli permetteva il motore, provocando la reazione immediata degli addetti al controllo del traffico portuale.

La prua del gommone, senza esitare, puntò dritto verso il largo. Guglielmo, resosi conto della situazione, avvertì via radio la torre di controllo, mollò gli ormeggi e si avviò nella stessa direzione presa dal giovanissimo cubano. Il veliero navigava a una velocità più bassa rispetto alla piccola imbarcazione ma, nonostante ciò, guadagnava la distanza perché Carlito, una volta in mare aperto, aveva iniziato a rallentare. Guglielmo, mentre stringeva il timone del veliero, intento a virare in direzione del gommone, venne assalito dal rimorso di aver trattato con troppo distacco quel ragazzo che invece aveva trovato in lui un punto di riferimento per la propria vita. Navigò verso Carlito, pensando e ripensando alla decisione da prendere. Gli tornarono in mente le parole di Miriam e decise che forse sarebbe valsa la pena tentare.

Carlito si fermò, piangendo disperato in ginocchio sul paiolato. Era distrutto e affranto dal dolore. Il veliero affiancò il gommone. Guglielmo prese una cima legata a una sartia e la lanciò verso il ragazzo, urlando:

"Ti ha dato di volta il cervello? È questo il modo di comportarsi? Bravo! Su, dai, prendi quella cima, legala alla bitta, sali a bordo e finiamola con questa sceneggiata. È ora di partire. Dai, monta su!".

Carlito salì, alternando singhiozzi a pause di riflessione. Non riuscì a dire nulla ma, intuendo che quelle parole avevano aperto un piccolo spiraglio di possibilità, superata una prima incertezza, trovò il coraggio e rispose:

"Se tu non mi vuoi sul veliero, non importa! Troverò un'altra nave che mi porterà via".

Guglielmo in cuor suo avrebbe voluto dire molte cose a quel ragazzino, ma la sua situazione non gli permetteva di esprimersi nel modo migliore. Anche Nero, che aveva assistito alla scena senza fiatare, ora decise di dire la sua. Si alzò sulle zampe, poggiandosi al bottazzo di prua, e abbaiò verso Carlito, forse per richiamarlo all'ordine. Il comandante colse l'occasione per stemperare la discussione con una battuta, che intendeva essere un segno di pace nei confronti del ragazzo:

"Allora, vuoi salire o no? Non vedi che te lo sta dicendo anche Nero? Andiamo, sali! Siamo in forte ritardo".

Il cubano smise di piangere, si asciugò le lacrime e sul suo viso tornò il sorriso. Bloccò la cima sulla bitta del gommone e con un balzo atletico salì sulla pedana di poppa, dove trovò Nero che lo aspettava per farsi accarezzare. Il cane e il ragazzo si abbracciarono forte sotto gli occhi di Guglielmo che, con tono intransigente, impartì subito degli ordini al giovane fuggitivo:

"Adesso basta con questi giochini. Io metto sulla rotta il veliero, tu sistema il gommone. E bene!".

Carlito passò così da un disperato stato d'animo alla più vera felicità. Gli sembrava di toccare il cielo con un dito, tanto era l'entusiasmo che era rifiorito in lui.

La navigazione riprendeva, il mare sembrava essersi calmato e il Sonia Maria era tornato a fendere l'acqua del Mediterraneo che portava verso l'Atlantico. Il porto di Torremolinos era già lontano e il veliero con il suo equipaggio scivolava via sicuro, verso quella parte del pianeta dove per tanti secoli si pensava finisse il mondo.

Si credeva che la Terra fosse piatta e che ai suoi confini ci fosse il nulla. Proprio questo aveva destato l'interesse per la ricerca negli antichi navigatori.

Brandano con i suoi monaci era partito con il preciso intento di trovare il paradiso. Sul suo diario di bordo aveva scritto più volte che voleva scoprire le vere risorse dell'anima, cercando l'accesso a una dimensione sconosciuta. Anche Ojeda nei suoi scritti parlava della stessa dimensione che aveva avuto modo di avvicinare incontrando la misteriosa isola di Soledad.

Durante il percorso che portava verso lo stretto di Gibilterra, Guglielmo andava studiando a fondo le carte nautiche in suo possesso, mentre Ariane controllava la navigazione in automatico. Sugli schermi passavano le immagini delle vele spiegate al vento e della scia d'acqua lasciata dal veliero. Carlito aveva deciso di riordinare la cassetta portattrezzi. Se ne stava in silenzio sul ponte con il vento che gli muoveva i capelli riccioluti, a pulire pinze, martelli e cacciaviti, mentre Nero gli sonnecchiava ai suoi piedi.

Guglielmo, con una carta nautica del tracciato di un continente che abbracciava l'America centrale fino all'attuale Atlantico, si sedette al tavolo da carteggio per cercare di fare il punto nave indicato nell'antico manoscritto. Usava l'antico sistema per tracciare il percorso da seguire: compasso, squadre e parallelo scorrevano sulla carta per indicare alla matita dove mettere il segno. Anche il sestante, antico strumento di navigazione, non veniva trascurato dal comandante che, avendo già fatto in precedenza una serie di rilevamenti sperimentali, li riportava ora sulle carte per verificarne la precisione e averli pronti per l'individuazione della fantomatica isola.

Carlito irruppe nel salone centrale gridando:

"Si vede lo stretto, si vede lo stretto!".

Guglielmo diede un'occhiata alla strumentazione e uscì sul ponte insieme al ragazzo. I due restarono in piedi sulla prua ad ammirare il bompresso che puntava dritto in mezzo ai due continenti, a sinistra l'Africa, a destra l'Europa. Il navigatore sentiva che si stava avvicinando al suo obiettivo; in lui c'era lo stesso timore che attanagliava coloro che per primi avevano attraversato quelle acque in tempi remoti. Il mistero della scoperta ora stava prendendo il sopravvento su di lui. Temeva invece per il cubano, che era deciso a voler restare sul veliero a qualsiasi costo. Mentre il Sonia Maria si avvicinava sempre di più allo stretto, Guglielmo si rivolse a Carlito con parole che avevano bisogno di una risposta sicura, forte e concreta:

"Ecco l'Atlantico! Sei sicuro di venire con me? Il mio è

uno strano viaggio che mescola presente e passato, antico e moderno, spirito e corpo, ma tutto è avvolto nel mistero. E non so quanto possa essere pericoloso... Non lo so".

Il giovane, con il sorriso sulle labbra e con la decisione di una persona matura, gli rispose:

"Io non ho paura, sono pronto a venire con te ovunque tu vada. Io non ho paura! Continuerò ad aiutarti a fare la tua scoperta. Questo da oggi sarà anche il mio obiettivo".

Guglielmo gli poggiò una mano sulla spalla e insieme tornarono a guardare oltre la prua.

Carlito, per osservare meglio il panorama che offriva forti emozioni, si arrampicò sulla coffa d'avvistamento dal quale si godeva una vista incomparabile. Lassù, da quell'altezza, si notava meglio come i due continenti si guardassero nei loro differenti colori e nelle loro differenti coste. Superato lo stretto tra Ceuta e Gibilterra, il Sonia Maria navigava verso ovest, perfettamente in rotta per le Azzorre.

Attraversare un tratto di mare che racchiudeva i misteri e le sorti dell'umanità incuteva timore e offriva lo spunto per profonde riflessioni. Per Guglielmo il desiderio di spingersi oltre i confini conosciuti lo faceva sentire come Brandano. Da quel mondo che sembrava perso nel nulla erano scaturite le più importanti scoperte scientifiche che avevano determinato nel corso dei secoli lo sviluppo tecnologico e socioeconomico della nostra epoca. E il professore sapeva che, ancora nella sua epoca, quel mondo non era stato del tutto scoperto.

20

Navigando verso le Azzorre, alla scoperta della tomba di
Brandano

Il Sonia Maria spingeva le sue vele verso l'oceano che aveva davanti.

Carlito saliva con frenesia sull'albero maestro per godersi
l'immensità dell'Atlantico, dove sapeva esserci la sua Cuba
che lo aspettava. Guglielmo aveva intensificato lo studio sulle carte nautiche, cercando di calcolare nel modo più preciso
possibile l'arrivo sul punto nave che aveva stabilito. Era importante, per avere speranza di scoperta, rientrare con precisione nel periodo astronomico che, sia Brandano, sia Ojeda,
avevano individuato dopo aver avvistato la misteriosa isola
galleggiante. I riferimenti che i due navigatori avevano riportato sui loro diari di bordo erano corrispondenti tra di
loro e così dettagliati da potersi ritenere del tutto attendibili.

Dall'interpretazione delle parole del manoscritto s'intuiva
che sull'isola di Santa Maria alle Azzorre avrebbe potuto
esserci la tomba di un monaco che era morto in quel luogo durante uno degli ultimi viaggi che avevano compiuto
i religiosi. Guglielmo era consapevole dell'importanza che
poteva avere la scoperta di quel reperto. Una vera testimonianza che avrebbe confermato tutte le teorie che erano alla
base della sua ricerca. Navigando sulle onde dell'Atlantico
sentiva sempre più evidente un richiamo che proveniva dal
fondo del mare, un richiamo che lo spingeva a proseguire la
traversata, aggrappandosi all'aiuto della forza della natura.

Il talismano con il delfino che gli aveva dato la vecchia veggente, lo stesso delfino che aveva seguito fin dall'inizio il viaggio, l'iscrizione scolpita sul reperto di Carboneras… erano tutti segnali che indicavano un percorso obbligato per trovare lo sconosciuto paradiso di Brandano.

Nel leggere e rileggere gli antichi testi e le carte di navigazione, Guglielmo usciva dal proprio tempo e volava leggero fra i mitici personaggi ai quali rivolgeva il suo pensiero.

Un suono freddo e metallico annunciò l'arrivo di un fax che spuntò dalla bocca dell'apparecchio e riportò in pochi secondi il comandante alla realtà del veliero. Dal monitor centrale Ariane annunciò:

"Posta in arrivo. Stampante attivata".

Guglielmo prese il foglio e lo lesse, sul suo volto si manifestò improvviso lo sgomento suscitato dal messaggio. Sul foglio era riportato un articolo firmato da Helen del quale Guglielmo lesse solo il titolo, ad alta voce: *Lo Stato finanzia scienziato megalomane. Soldi pubblici impiegati per pagare le vacanze dei ricercatori.*

Ripensando all'ultima volta che aveva sentito la sua amica giornalista, capiva che quella non era altro che una sua brutale vendetta. Strinse il foglio nel pugno della mano, poi lo gettò rabbioso nel cestino. Si sedette sul salotto con una rabbia crescente che gli saliva dentro tanto da levargli il fiato. Quelle parole scritte con tanta cattiveria potevano vanificare l'intero progetto.

In Italia l'articolo si era ormai diffuso ovunque e, riferendosi a una trasmissione molto seguita, 'l'audience' dello scandalo era altissima. A Genova non si parlava d'altro. Nei bar, nelle scuole, sugli autobus, in ogni ufficio: tutti avevano letto l'articolo di Helen ed erano scandalizzati dal comportamento di Guglielmo.

Nel parcheggio del museo scese in tutta fretta dall'auto il rettore dell'università Alfredo Damiani. Si tirò i lembi della giacca e si incamminò con passo spedito verso l'ufficio del direttore. Salito a piedi al primo piano e percorso il lungo corridoio, spalancò la porta dell'ufficio ed entrò gettando sulla scrivania di Salveri il giornale con l'articolo in prima pagina. Attese che Salveri lo leggesse, poi esplose con parole di fuoco:

"Ho un'immagine pubblica da difendere. Il tuo amico ci sta rendendo ridicoli. Non si può più sopportare questa situazione. Dobbiamo sapere chi ha passato le notizie alla stampa".

Roberto era perplesso e stordito per l'accaduto, sapeva di avere delle responsabilità per aver dato il permesso ad Helen di entrare nella sala delle comunicazioni. Mai però avrebbe immaginato questo epilogo. Quella donna gli piaceva così tanto che non aveva saputo resisterle. Damiani era infuriato come un ossesso, vedeva vacillare la propria posizione e si aspettava un richiamo ufficiale da parte del ministro. Salveri cercava di calmarlo tentando di trovare aspetti positivi nella vicenda:

"Ci sarà pure una spiegazione a tutto questo. Conosco troppo bene Guglielmo e fino a ora è andato tutto alla perfezione: gli sponsor sono soddisfatti per l'audience ottenuta, la televisione riceve sempre più richieste di abbonamento per seguire le vicende del veliero e ora tutti attendono qualche significativa prova delle teorie di Torres. Perciò io aspetterei a giudicare e a prendere iniziative dettate dalla fretta".

Damiani scosse la testa e gli urlò ancora contro:

"Non capisci che tutto questo è un boomerang? Se prima tutto andava bene a tutti, ora tutto ci si ritorcerà contro, e con violenza. Salviamo il salvabile. Io dico basta. Per me il discorso è chiuso, sotterrato, finito per sempre".

Il rettore, rosso in volto per la concitazione del discorso, si girò e uscì sbattendo la porta senza dare a Salveri la possibilità di rispondere. Roberto a sua volta uscì dall'ufficio per andare al centro controllo sotto l'edificio. Entrò nella sala, dove i tecnici stavano registrando le immagini che da diversi giorni venivano trasmesse con regolarità dal Sonia Maria e chiese con una certa apprensione di mettersi in contatto con il comandante Torres. Si accomodò in una postazione e, rivolto verso il monitor, attese il collegamento.

Sul veliero Ariane avvertì della richiesta di contatto, Guglielmo accettò e si sedette nella postazione della sala comandi iniziando subito a parlare:

"Qui comandante Torres. Sono in ascolto, ma non vedo chiara la vostra immagine".

Qualche secondo di attesa e sullo schermo apparve Roberto, che cercò di esprimersi con calma per trovare una soluzione al problema:

"Hai ricevuto l'articolo di Helen? Visto che bella amica che hai? Non puoi immaginare la gravità delle conseguenze che saremo costretti a subire. Guglielmo, ti devi fermare! Dobbiamo interrompere, almeno per adesso, la traversata".

Guglielmo non rispose subito. Fece un profondo sospiro, poi, con tono rassegnato, ribatté all'amico:

"Ormai sono nell'Atlantico. Tu sai che cosa significa per me tutto questo. Amico mio, con voi o senza di voi, io continuerò la mia ricerca. Sono giunto a un punto di non ritorno e i valori in gioco ora per me sono troppo alti per rinunciare. Avrò bisogno solo di un buon vento e io e il mio equipaggio saremo pronti ad accoglierlo".

Roberto abbassò la testa, replicando con tono pacato:

"Su di me puoi sempre contare, ma ricordati che tutti gli altri ti abbandoneranno al tuo destino. Noi qui siamo diventati solo spietati commercianti di carriere. Guglielmo sta' in guardia: nonostante sia proprio io l'organizzatore, ho uno strano presentimento su questo viaggio. Ti prego, sta' attento. Mettiti in contatto radio più spesso, ne vale della tua incolumità".

I due amici si guardarono dai monitor con un velo di tristezza. Non parlarono, fino a quando la comunicazione si interruppe.

Il Sonia Maria con la sua imponente stazza e con le grandi vele gonfiate dal vento si inoltrava nell'oceano, nel quale si formavano onde alte come palazzi. Durante le burrasche i venti e le correnti avevano la forza dei cicloni e delle più alte cascate. Quando queste si abbattevano sui naviganti, l'unica speranza di scampo era uscire dalla tempesta il prima possibile. Nella notte l'oceano spesso si placava, come accadeva alla fine di una giornata che per Guglielmo era stata bella e difficile allo stesso tempo. Controllato, grazie all'aiuto di Ariane, lo stato dell'imbarcazione e la rotta da seguire, scese in cabina per cercare di riposare, nonostante le vicissitudini passate a causa di Helen. Per tutto questo, voleva prendere le distanze da un mondo che continuava ad aggredirlo con brutalità. Doveva trovare le energie necessarie per reagire all'attacco subito e centrare comunque il proprio obiettivo, a qualunque costo.

Ariane avrebbe permesso di navigare tutta la notte verso l'arcipelago delle Azzorre, dove era previsto l'arrivo prima del tramonto del giorno successivo.

Carlito si era addormentato sul salottino e Nero era disteso ai suoi piedi. Guglielmo si allungò vestito sul letto, con le mani dietro la nuca. I pensieri, come grandi vortici dai mille colori, agitavano la sua mente. Gli occhi si chiudevano aprendo il sipario su un tormento che già conosceva.

Si trova proiettato nel mezzo di una tremenda tempesta. *L'acqua e il vento spazzano via ogni cosa che incontrano sul ponte di una piccola barca a vela. Una gigantesca onda frange sull'imbarcazione distruggendo le vele. Ad un tratto Roberto esce dalla coperta per cercare di tendere le cime del boma. Nell'oscurità tra la prua e l'acqua che la sommerge si ode un grido:*

"Sono qui. Aiutami, papà! Sono qui. Ti prego, aiutami!".

La tempesta piega la barca e il mare la ingoia senza possibilità di salvezza. Si ode l'urlo disperato di Guglielmo, mentre con il terrore negli occhi vede il ragazzo scomparire nell'acqua:

"Nooooooo! Jacopo, Jacopo, Jacopo…".

Carlito, sentendo il grido di Guglielmo, saltò dal salotto e corse verso le cabine. Spalancò la porta della cabina armatoriale e trovò l'italiano seduto sul letto con le mani sugli occhi. Il cubano, preoccupato, gli chiese:

"Tutto a posto, comandante? Ho sentito gridare e ho pensato a qualche problema".

Guglielmo era sconvolto, ma davanti al ragazzo non voleva mostrare le proprie debolezze. Si alzò dal letto e, mantenendo un atteggiamento controllato, rispose:

"Grazie, grazie! È stato solo un incubo. Non c'è nessun problema. Torna pure a dormire tranquillo".

Uscì dalla stanza e salì in cucina. Dal frigo prese una bottiglia d'acqua e la versò in un bicchiere ma, preso dal ricordo dell'incubo, non si accorse del traboccare dell'acqua dal recipiente. Bevve come un automa mentre usciva sul ponte per assaporare il profumo della notte in mezzo all'oceano.

All'alba il mare si era calmato, ma il veliero veniva spazzato dalle correnti fredde che provenivano dalla Groenlandia.

Guglielmo si era addormentato sui cuscini della tuga. Il gelo dell'aria che soffiava sul viso lo svegliò. Si strinse nelle spalle intorpidite e stiracchiandosi rientrò all'interno del veliero. Sui monitor il radar riportò la segnalazione delle prime isole dell'arcipelago, valutando una distanza di 50 miglia. Già da qualche minuto uno dei radiorilevatori segnalò un messaggio internet. Il comandante toccò alcuni tasti per aprirlo e lesse a voce alta:

"I collegamenti televisivi sono sospesi a causa di inconvenienti organizzativi. Vi comunicheremo quando riprenderanno le dirette televisive".

Carlito era appena uscito dalla sua cabina e ascoltando il messaggio venne assalito dall'ira. Capì che in Italia stavano creando problemi per la prosecuzione del viaggio. Guglielmo, accortosi della sua reazione, gli diede una pacca sulla spalla cercando di tranquillizzarlo:

"Non ti preoccupare, noi andiamo avanti lo stesso, nessuno ci può più fermare!".

Il veliero riusciva a portare una buona media di percorso grazie al vento che lo spingeva con forza nella giusta direzione. A bordo il giorno scorreva via tranquillo. Carlito desiderava sapere di più sulla ricerca che stavano effettuando e per questo domandava spesso e con insistenza tutti i punti che non gli erano chiari. In particolare era incuriosito dalla misteriosa isola che avrebbero dovuto trovare in mezzo all'oceano. Per lui quei giorni trascorsi in mezzo all'immensa distesa d'acqua erano diventati importanti perché Guglielmo, con pazienza e abnegazione, gli aveva insegnato a leggere le carte nautiche, a tracciare una rotta e a consultare con precisione gli apparati tecnici di bordo. Quando gli era stato permesso di guidare il veliero da solo, stringendo il timone si era sentito adulto e maturo, pronto ad affrontare anche la più difficile delle situazioni. Il suo maestro gli aveva spiegato come "ascoltare" la barca e il mare in ogni condizione. Il ragazzo era orgoglioso dell'esperienza acquisita e ora aveva la consapevolezza di essere un valido aiuto per la traversata dell'oceano.

Il tempo scorreva veloce intorno ai due navigatori e ogni giorno che passava si arricchiva di aspettative e speranze che ognuno portava dentro di sé.

Guglielmo era sempre più impegnato ad approfondire il significato dei messaggi riportati sul manoscritto, Carlito si muoveva sulla barca come se fosse stato lui il comandante. Saliva sul ponte esterno per controllare gli strumenti, camminava lungo il passaggio che c'era tra la prua e la poppa, controllava le murate e la linea di galleggiamento durante la navigazione. La sua era un'evidente ed esplosiva passione per tutto ciò che riguardava la marineria, con un particolare affetto per il Sonia Maria. Sul veliero il piccolo marinaio aveva la sensazione di essere il padrone del mondo, con la certezza di avere una totale indipendenza che mai prima aveva conosciuto. Quando saliva in testa d'albero ed entrava nella coffa d'avvistamento, il suo cuore batteva forte per l'emozione e il viso si illuminava per l'immensa distesa del mare.

Al sopraggiungere del tramonto rosso fuoco, col sole che si rifletteva nell'acqua, iniziavano a delinearsi più chiari i primi tratti dell'arcipelago. La meta era la piccola isola di Santa Maria, situata nella parte più orientale delle Azzorre. Guglielmo aveva tratto dal manoscritto alcune indicazioni che avrebbero dovuto portarlo nei luoghi dove ci sarebbe potuta essere la tomba del monaco Brandano. I monaci erano rimasti fermi su questa piccola isola per il tempo che era stato necessario a riparare la loro barca, naufragata sugli scogli affioranti prospicienti la baia più ampia dell'isola.

Dall'alto della coffa d'avvistamento Carlito urlò contro il vento l'imminente arrivo all'insenatura, adiacente a un piccolo centro abitato circondato da alberi e fiori dai mille colori:

"Siamo alle Azzorre! Terra in vista. Comandante, siamo alle Azzorre!".

Guglielmo aveva già ricevuto l'aggiornamento di Ariane sulle informazioni da lui richieste riguardo all'isola: "Secondo alcune fonti Santa Maria fu la prima isola in cui posò piede un esploratore europeo. L'onore spettò al navigatore portoghese Diego De Sives, che vi giunse nel 1427 da Madeira. Cristoforo Colombo vi fece scalo nel febbraio del 1493, di ritorno dal suo primo viaggio nel nuovo mondo".

Lo studioso annotò le notizie e uscì sul ponte per confrontare l'ambiente che lo circondava con quello descritto nell'antico diario. Salì al posto di comando esterno per ammainare le vele e prepararsi alla manovra di ormeggio manuale. Il Sonia Maria sembrava chiudere le ali di un grande uccello quando, scivolando silenzioso sull'acqua, entrò nella baia. Guglielmo prese il timone per avvicinarsi il più possibile alla costa. Controllò sia il radar che l'ecoscandaglio per scegliere il fondale dove gettare l'ancora. Desiderava completare tutte le operazioni di ormeggio prima che facesse buio. La costa era abbastanza vicina e questo si accordava con le intenzioni del comandante, che preferiva restare alla fonda piuttosto che incastrarsi nel piccolo porto con difficoltà di manovra.

Carlito era eccitatissimo per la possibilità che aveva, per la prima volta, di sbarcare con il consenso di Guglielmo; gli girava intorno, mentre il comandante scrutava la costa con un binocolo a infrarossi, cercando di rendersi conto se il luogo corrispondesse alle indicazioni riportate nel manoscritto.

Il mattino seguente il sole sorgeva di lato all'insenatura, facendo risaltare i colori cangianti della vegetazione. Fiori e piante dal ricco fogliame sfioravano l'acqua del mare ed emanavano un particolare profumo che inebriava l'ambiente, fino al veliero.

Guglielmo e Carlito scesero insieme nelle prime ore del giorno. Il gommone navigava a velocità costante verso terra e li portava in un luogo dove il silenzio profondo veniva rotto solo dal gorgoglio del motore. Nero, che non sembrava essere molto d'accordo nel dover restare a bordo, si ribellava, abbaiando con insistenza verso i suoi compagni di viaggio.

In pochi minuti furono su una spiaggetta che si insinuava tra le rocce che la circondavano. Vicino a una baracca di pescatori c'era una piccola e primitiva banchina di legno dove Guglielmo ormeggiò il natante. I due cercarono intorno il percorso da seguire e si addentrarono nella boscaglia. Il disegno della mappa indicava delle rocce che avevano la forma di un enorme dinosauro. In quel tratto di costa non c'erano né abitazioni, né campi coltivati. In quel luogo la foresta aveva invaso ogni spazio, rendendo difficile trovare un varco possibile per salire sull'altura descritta dai monaci.

Carlito, in quell'ambiente dove tutto sembrava intrecciarsi con piante e arbusti, si trovava a suo agio. Mentre camminava brandendo un machete per farsi strada, raccontava a Guglielmo come suo padre gli avesse insegnato a farsi largo nelle foreste.

Destreggiandosi a lungo tra molte difficoltà, si ritrovarono in uno spiazzo dove la vegetazione non aveva potuto prendere il sopravvento a causa del terreno in prevalenza roccioso. Da quel largo si inerpicava un viottolo che conduceva fino a una roccia che ricordava molto il disegno riportato sulla mappa. La strana sagoma precedeva una zona pianeggiante dalla quale si godeva una vista di un'incredibile bellezza. Carlito, appena in cima, si portò sul bordo esterno dove le rocce formavano un balcone. Il ragazzo aprì le braccia e inspirò forte l'aria, chiuse gli occhi e parlò rivolto verso il cielo:

"Grazie, Dio! Grazie per tutto ciò che mi dai".

Guglielmo non voleva perdere tempo, aveva in mente un solo preciso obiettivo: cogliere i segni del passaggio di qualche navigatore. Scrutò meticoloso ogni angolo di quel luogo che sembrava appartenere a una dimensione celeste. La sua ostinazione venne ricompensata quando scorse, tra i rovi, i resti di una piccola chiesa ormai distrutta dal tempo e dalle intemperie. A prima vista non sembrava così antica da potersi collegare con quello che cercava, ma, osservando meglio fra i ruderi, scoprì un sarcofago quasi del tutto interrato e incastonato tra le rocce.

Carlito si muoveva in quel luogo con l'atteggiamento di chi sapeva di trovarsi di fronte a un mistero, ma inconsapevole dell'importanza che poteva avere per loro.

Su quella pietra era scolpito lo stesso simbolo che appariva sul talismano della vecchia veggente di Carboneras. Era un fatto strano e del tutto inspiegabile. Guglielmo passò la mano sul graffito, rimanendo a pensare quale potesse essere il collegamento tra i due oggetti, che sembravano recare lo stesso messaggio.

Studiò meglio il reperto, avvicinandosi per tentare di liberarlo dalle sterpaglie che lo ricoprivano. Una curiosità incontenibile si impadronì di lui: la voglia di conoscere tutto ciò che potesse condurre a testimonianze del passato in grado di chiarire i suoi dubbi costituiva ormai un assillo. Intuì all'istante che lì avrebbe potuto trovare la prova che andava cercando.

Scivolando con la mano sul lato dell'antica pietra scoprì un'iscrizione scolpita, in latino. La lesse a voce alta, come se volesse annunciarla al mondo per dire a tutti che le sue teorie erano ora documentate: *"Qui giace il fratello del vento e l'amico del mare che scoprì il paradiso tornando a nuova vita, lasciando l'inferno degli uomini"*. La conferma avuta dalla scoperta gratificò appieno Guglielmo: ora aveva la prova tangibile che quei monaci erano passati su quell'isola e aveva la possibilità, seguendo le stesse rotte descritte dalla mappa, d'incontrare l'isola galleggiante.

Prima di tornare all'ormeggio insieme a Carlito, scattò alcune foto per documentare il luogo del ritrovamento. Lanciò uno sguardo ancora una volta intorno a sé, poi si defilò nel sentiero tra la fitta vegetazione.

Durante il breve percorso verso il Sonia Maria, Guglielmo ripensò alle ultime circostanze vissute insieme al veliero, vedendole susseguirsi sotto i propri occhi. L'iscrizione del sarcofago non documentava chi fosse stata la persona sepolta, ma il pensiero correva al monaco Brandano e alla frase che lo vedeva nel paradiso di una vita parallela. Sapeva che tutto questo era la verità attesa che non aveva ancora conosciuto fino in fondo.

Prima di sera il veliero salpò l'ancora, issò le vele e, imperioso, uscì sul mare dall'insenatura di Santa Maria per fare rotta sulle Bermude.

21

Attraverso il grande oceano per raggiungere la meta

Nei giorni a seguire la navigazione procedette regolare. Il mare, seppur spinto forte dal vento, non aveva mai aumentato le sue onde. Carlito era rimasto ore e ore a guardare verso l'infinito dove l'orizzonte e il cielo si fondevano con il mare per divenire un unico universo. Immaginava a volte di navigare in un mondo diverso, lontano dalla gente, un mondo fatto di stelle e immensi spazi blu.

A bordo del veliero, lasciato l'arcipelago delle Azzorre, tutto sembrava funzionare alla perfezione. In quell'ultima parte del viaggio Ariane si stava rivelando una scelta tecnica fondamentale perché assolveva ogni funzione necessaria per una navigazione controllata e soprattutto sicura. Proprio grazie al computer di bordo, Guglielmo si poteva permettere di continuare a navigare mentre riposava o si dedicava allo studio delle mappe o, ancora, quando restava ad ammirare l'avanzare del tempo seguendo la scia della barca in cerca dei suoi pensieri.

Dal monitor centrale della sala comandi interna un suono annunciò la richiesta di collegamento da una fonte sconosciuta. Guglielmo digitò alcuni tasti e aprì la comunicazione. Quando si visualizzò in primo piano il volto di Miriam fu felicemente sorpreso e sgomento nello stesso tempo.

Per l'emozione non riuscì a parlare subito e, quando iniziò a farlo, le sue parole si sovrapposero nel dialogo a quelle di

Miriam. Una schietta risata attenuò un po' l'agitazione dei loro animi e allora Guglielmo domandò:

"Miriam, come hai fatto a collegarti con me? Mi fa uno strano effetto vederti attraverso uno schermo!".

La ragazza, che si trovava in uno studio televisivo di Londra, con il sorrisetto di chi la sa più lunga degli altri, gli rispose gioiosa:

"Quando ero lì con te non ti ho detto che lavoro fa mio padre e quanto è potente. Con i suoi mezzi può fare cose che gli altri non possono e quindi è presto fatto, ed eccomi qui a parlare con te".

Guglielmo abbassò il capo, poi lo rialzò avvicinandosi alla telecamera per dirle:

"Sono felice di vederti e di sentirti. Non me l'aspettavo".

Lei gli mandò un bacio nell'obiettivo davanti a sé, cercando di esprimere tutta l'intensità del sentimento che provava per lui. Puntando un dito sul monitor, ribadì:

"Pensavi che per me fosse solo un gioco? Ti assicuro che non è un gioco. Anche se il nostro amore dovesse durare un solo giorno, quel giorno ti avrò amato con tutta me stessa. Ora che sei lontano, in mezzo all'oceano, mi manchi e non vorrei mai essermi allontanata da te".

Guglielmo si alzò in piedi, prese la carta nautica con la rotta che il veliero stava percorrendo e ponendola davanti alla telecamera affermò:

"Il nostro amore è impossibile: vedi dove sono? Miriam, te l'ho detto tante volte: questo è uno strano viaggio che io ho voluto con determinazione. Devo assolutamente arrivare alla meta che mi sono prefissato. Anche per me tu non sei un gioco, ma ormai ciò che devo affrontare devo farlo da solo. Ti prego, cerca di capirmi. Almeno tu, cerca di capirmi!".

Proprio in quel mentre, Carlito entrò nel salone e, sorpreso nel vedere Miriam sullo schermo, si avvicinò per salutarla:

"Ciao, bella ragazza, come te la passi a Londra? Ehi, qui ci mancano le tue ballate caraibiche. Dai, torna da noi appena saremo arrivati a Cuba, ti farò conoscere la mia famiglia".

Miriam accennò a un passo di danza e allegramente concluse:

"Ciao, marinaio. Allora, promesso: quando sarete all'Avana torneremo tutti insieme. Tu, nel frattempo, fa' quello che puoi per tenere alto il fascino dei Caraibi a bordo".

Il ragazzo alzò le braccia e gridò:

"ok"!

La comunicazione iniziava a essere disturbata e le immagini si deformavano alternate al bianco *e* nero *dello schermo*. Guglielmo e Miriam fecero appena in tempo a salutarsi prima che lo schermo diventasse del tutto grigio. Con il sospetto che qualcosa non funzionasse correttamente, Guglielmo chiese un controllo ad Ariane, che per la prima volta non rispose prontamente alla richiesta. Ripeté più volte il comando fino a che tutto si ripristinò. Il controllo fu avviato e le immagini si susseguirono fluidamente. Ariane iniziò l'elenco dei reparti con i relativi valori rilevati.

Quella strana interruzione destò in Guglielmo perplessità e preoccupazione. Si trattava di un imprevisto che non sarebbe dovuto succedere. Tutto su quella barca era stato ideato per funzionare al massimo delle capacità. Carlito, forse anche per la sua giovane età, non si era reso conto di nulla, anzi lui ci scherzava su e non pensava che si trovava in pieno oceano, distante ancora molte miglia dalle Bermude.

I giorni a seguire trascorsero incolori; tutto intorno al Sonia Maria appariva invariato. Acqua e cielo, cielo e acqua.

Solo di rado il salto di qualche pesce spezzava la monotonia del viaggio. Guglielmo aveva completato l'addestramento alla navigazione del suo giovane marinaio, che ormai era in grado di gestire il veliero. Passati cinque giorni di mare calmo, il moto ondoso sembrava voler aumentare. Carlito era salito sulla coffa d'avvistamento per scrutare il cielo, che si stava facendo cupo e tenebroso. Con una smorfia di disappunto scese dall'albero maestro con la velocità di una scimmia per avvertire l'italiano. Irruppe nel salone centrale e si avvicinò al tavolo da carteggio, ansimando:

"Tra poco pioverà: le nuvole hanno coperto il sole".

Il sensibile peggioramento delle condizioni meteorologiche impensierì Guglielmo, che lasciò la carta astronomica sulla quale stava facendo degli allineamenti e uscì all'esterno per verificare la forza del vento. Il cielo era plumbeo e il mare era gonfio. Le forti correnti provenienti da nord avevano cambiato direzione tagliando ora il veliero al traverso. Le avverse condizioni lo inducevano alla guida manuale.

Guglielmo manovrava con il timone mentre vagava tra i suoi pensieri insieme alle onde dell'oceano. Ogni giorno che passava sentiva l'avvicinarsi della meta e questo accresceva in lui l'emozione di trovarsi davanti alla celebre isola. Con il cielo cupo tutto era più triste e piatto. Carlito soffriva molto di quel cambiamento ambientale, il silenzio assoluto della notte sull'oceano gli incuteva timore. Stava iniziando a rendersi conto della reale situazione in cui si trovava. Il ragazzo percepiva con l'istinto che, malgrado la normale apparenza, c'era qualcosa di strano nell'aria, qualcosa che non riusciva bene a definire. Il vero grande oceano che stavano attraversando iniziava a farsi conoscere, alimentando in lui un senso di profonda incertezza. Era come rimanere sospesi nel vuoto per cadere nel nulla, attendendo con angoscia di trovarsi nel luogo stabilito.

Carlito aveva preso ora coscienza della realtà e questo frenava la sua irruenza giovanile e l'irrequietezza che lo caratterizzava. Cercava spesso il comandante perché la sua vicinanza lo confortava, facendolo sentire protetto e forse più in grado di affrontare quello che li aspettava.

Il veliero si arrampicava sulle lunghe onde dell'Atlantico. Guglielmo e Carlito erano uno di fianco all'altro ai comandi esterni, silenziosi come mai era successo prima. Con l'andare del tempo il giovane non riusciva più a restare chiuso nel suo mutismo, aveva bisogno di parlare, voleva rompere la cortina di silenzio che gli procurava inquietudine. Si tolse il cappello a visiera e rivolse una domanda al comandante:

"C'è qualcosa che non va? Sei silenzioso da molte ore".

Guglielmo, mentre manovrava con il timone, distolse lo sguardo dal mare per ribattergli:

"Beh, che c'è di male a stare zitti? Sto riflettendo su ciò che ho letto negli antichi testi. Devo trovare quell'isola, così tutti capiranno il valore delle mie teorie. Ormai ci siamo, ragazzo mio. Siamo nel mezzo dell'oceano, dove milioni di anni fa c'era un continente misteriosamente scomparso".

Carlito sgranò gli occhi, replicando con frenesia:

"Tu pensi che Atlantide sia esistita veramente?".

Guglielmo non si esprime subito, impegnato a controllare il mare che continua a crescere, ma poi risponde con sicurezza:

"Io credo di sì. Non ci sono prove concrete che lo dimostrano, tuttavia credo proprio che sia esistita. Se tutto ciò fosse vero, ora la staremmo attraversando come farebbe un'ignota astronave che sorvola uno dei nostri continenti".

Carlito era impressionato dalle sue parole; improvvisamente si sentiva a disagio; si fece serio e preoccupato. Non voleva nascondere la propria apprensione, anzi desiderava liberarsi del peso che gli creava:

"Devo farti una confessione: sento di aver paura. Sì, è la verità. È la prima volta da quando sono salito a bordo che ho paura. Non so come spiegarlo, ma ho paura per noi, paura di perdermi nel vuoto!".

Guglielmo cercava di stemperare il clima di ansia che si era creato, scherzando sull'atteggiamento del giovane:

"Ehi, ma cos'è quella faccia? Vedi l'orizzonte? Laggiù c'è la tua terra, Cuba! Ragazzo mio, Cuba, con la sua gente che ti aspetta. Perciò torna a sorridere perché tra non molto sarai a casa. Tranquillizzati: vedrai presto la terraferma".

La navigazione proseguiva, nonostante le condizioni del mare continuassero a peggiorare. Le previsioni meteo annunciavano l'arrivo di una forte mareggiata proprio nella zona che stavano attraversando. Guglielmo, ricordando le raccomandazioni del suo amico Roberto e preoccupato per i rischi che avrebbe potuto incontrare, cercò di mettersi in contatto con il centro controllo di Genova per comunicare la sua attuale posizione. Intendeva avvertire dello stato di allerta in cui stava venendo a trovarsi. Provò più volte a trasmettere, ma le capacità tecnologiche di Ariane erano di nuovo bloccate. Tentò anche via radio, però nessuno rispondeva alla sua richiesta. Fece ancora un ultimo vano tentativo, tuttavia, a causa del mare crescente, fu poi costretto a dedicarsi completamente al controllo della navigazione. Per riuscire a superare l'imminente tempesta era indispensabile affrontare nel migliore dei modi l'impeto delle onde sempre più alte.

Carlito, nonostante il timore che gli incuteva l'oceano inquieto, era sul ponte, pronto a ogni evenienza.

Il giorno terminò e tornò la notte, ma il lavoro a bordo non si poteva fermare. Guglielmo, passate molte ore al timone, provò a inserire il pilota automatico con la speranza di potersi prendere una breve pausa. Il Sonia Maria salì e scese con disinvoltura sulle gigantesche onde. La sua stazza gli offriva la stabilità necessaria per affrontare un oceano fattosi quasi proibitivo. A bordo regnava il disordine per la quantità di oggetti caduti ovunque. Nero, che aveva già fatto l'abitudine a quel saliscendi del pavimento, se ne stava rintanato sotto il tavolo da carteggio, alzando gli occhi a ogni movimento della barca.

Dal controllo degli strumenti Guglielmo si accorse che stava navigando fuori dalla rotta stabilita. Cercava di individuare il problema con l'aiuto di Ariane, ma, quando si rese conto che tutto il sistema informatico era in avaria, ci rinunciò del tutto. Tornò fuori intimando a Carlito di mettersi al riparo sottocoperta e di non muoversi. Il ragazzo avrebbe voluto restare sul ponte, tuttavia, suo malgrado, ubbidì al comando. Il mare sempre più impetuoso iniziò a penetrare sulla coperta della barca. Il comandante dovette dare fondo a tutta la sua esperienza per affrontare l'irruente forza dell'oceano. Mentre stringeva il timone e vedeva la prua affondare nell'acqua, gli balzavano alla mente alcune scene dei suoi ricorrenti incubi. Questo rendeva ancora più drammatica la situazione che lo trascinava in un'atmosfera in cui sogno e realtà si fondevano senza poterne più distinguere la differenza.

Tre giorni e tre notti di navigazione estrema, con il mare che non accennava a calmarsi: Guglielmo e Carlito erano distrutti dalla fatica. Il continuo prodigarsi per le attività a bordo del veliero aveva finito per togliere loro quasi tutte le energie. L'italiano si muoveva sul ponte, inebetito dal continuo oscillare del veliero. Urlava a Carlito di mettersi al riparo, ma il ragazzo rispondeva, gridando a sua volta:

"No, basta restare al riparo! Voglio stare qui con te, voglio aiutarti. Non puoi farcela da solo!".

Il comandante, fradicio per le onde che invadevano il ponte e ormai sfinito dalla fatica, gli indicò il fiocco dicendo:

"Va bene, ma stai attento a quello che fai! Siamo in una situazione di emergenza. Adesso vieni ad aiutarmi ad ammainare il fiocco, c'è troppo vento per tenerlo su".

L'uno vicino all'altro, zuppi d'acqua e con il volto gelato dall'aria del nord, combattevano con la vela per diminuire l'impatto con le raffiche, in attesa che passasse la mareggiata. Mentre annodavano le cime che tendevano le vele, Carlito sentì una voce provenire dalla radio di bordo. Avertì subito Guglielmo, che non riusciva a sentirlo a causa del frastuono dell'acqua che precipitava sul veliero. Allora il ragazzo si avvicinò a lui e urlò con tutta la voce che aveva in gola:

"La radio! La radio! Qualcuno sta chiamando!".

Guglielmo, avanzando a tentoni sul ponte che ondeggiava violentemente, si avvicinò all'apparecchio che ripeteva il messaggio ormai già da qualche minuto:

"Stazione radio Canarie. Sonia Maria, chiediamo vostra posizione. Sonia Maria, rispondete".

Guglielmo si precipitò a rispondere:

"Qui Sonia Maria, è il comandante che vi parla. Ci troviamo a circa ottanta miglia dalle Bermude, la strumentazione di bordo è fuori uso, sto navigando seguendo le stelle. Per ora ho tutto sotto controllo".

Nella stazione delle Canarie c'era un certo fermento per essere riusciti a stabilire un contatto con il veliero che, anche lì, tutti conoscevano per la diretta televisiva andata in onda fino a pochi giorni prima. L'operatore parlò ancora con Guglielmo dalla cuffia che portava sulle orecchie, dicendo:

"È da ventiquattro ore che cerchiamo di metterci in contatto con voi, senza risultato. Le mando la registrazione di un messaggio proveniente dalla stazione di controllo di Genova. Resti in ascolto".

Il messaggio era:

"Ciao, Guglielmo. Sono Roberto. Non riesco a mettermi in contatto con te in nessun modo. Spero che questa registrazione ti arrivi. Sono molto preoccupato, perciò ho dato l'allerta a tutte le stazioni radio della zona che stai attraversando. Chiamami presto".

L'operatore chiuse la comunicazione, consigliando di mantenersi in contatto ogni sei ore. Guglielmo era sempre più perplesso per quanto stava accadendo. In quel tratto dell'oceano sembrava che le strumentazioni alterassero tutti i propri valori, fino al blocco sistematico dell'impianto informatico. La causa di tutto quello era misteriosa e incomprensibile perché a bordo non risultava nulla che potesse aver danneggiato il sistema. Il pensiero correva agli antichi naviganti che avevano affrontato i travolgenti marosi con le sole proprie forze e capacità. Non avevano altro che rudimentali strumenti che sapevano però utilizzare con maestria. Quest'idea sollevò lo studioso dalle ansie che lo avevano assalito, rafforzando le sue certezze di navigatore.

Carlito, fradicio dalla testa ai piedi, era di fronte a lui, senza parlare. Forse cercava uno sguardo che lo rassicurasse, uno sguardo che lo incoraggiasse ad andare avanti in quella tempesta d'acqua che li aveva investiti inesorabilmente.

22

Dalle Bermude verso l'ignoto

Come dopo ogni tempesta, finalmente arrivò la quiete.

L'oceano d'incanto si placò, fino a tornare calmo e piatto come un lago. Il veliero si muoveva nell'acqua senza fare alcun rumore. Il sole era già alto e i suoi potenti raggi scaldavano il ponte ancora bagnato dalla potente mareggiata.

Guglielmo e Carlito, stremati per aver trascorso tante ore a combattere con le onde, cedettero a un sonno profondo sul ponte di prora. D'improvviso il silenzio glaciale che li circondava venne interrotto dal rumore crescente e assordante di una moltitudine di uccelli di ogni specie. Guglielmo spalancò gli occhi e si riparò con un braccio dai riflessi accecanti del sole. Scosse la testa per rendersi conto se ancora stesse dormendo o se si fosse già svegliato. Si alzò in piedi e restò sbalordito dalla miriade di volatili che aveva invaso il veliero. Erano dappertutto: sul bompresso, poggiati sui bottazzi delle murate, sulla pedana di poppa, sulla coffa d'avvistamento, sulla tuga… ovunque si guardasse, vi erano uccelli che, silenziosi, sembravano studiare ogni suo movimento.

Nero era rimasto rintanato sottocoperta, senza fiatare. Il suo era un comportamento inconsueto: di norma abbaiava e ringhiava contro qualsiasi cosa si avvicini al veliero. Ora è invece stranamente tranquillo, come se conoscesse quella moltitudine di piccoli esseri venuti dal cielo.

Carlito si svegliò subito dopo il suo comandante. Appena aprì gli occhi, rimase anche lui abbagliato dalla potente luce del sole. Si portò le mani al viso, si stiracchiò ruotando il busto a destra e a sinistra. Non si rese subito conto di cosa stesse succedendo, ma quando si alzò in piedi rimase esterrefatto alla vista di un simile evento. Sbattendo gli occhi cercò Guglielmo e gli chiese una spiegazione:

"Ma questi uccelli da dove arrivano? Che cosa può significare? Abbiamo dormito molte ore. Per fortuna la tempesta è passata, il mare è calmo. Non ne potevo più!".

Guglielmo non sapeva cosa rispondere. Quella che stavano vivendo era una situazione sconosciuta anche a lui. Cercando di dare una spiegazione logica, disse al ragazzo:

"Non ho la minima idea da dove provengano questi uccelli. Non ho mai visto una cosa simile. Forse indicano che la terra è vicina".

Carlito intuì che qualcosa di strano stava per avvenire. Né lui, né Guglielmo, in quel particolare momento avevano voglia di parlare, di cercare una spiegazione, di trovare un nesso logico a un fatto del tutto sconosciuto e inconsueto. L'arrivo di uno stormo di grandi uccelli migratori che volteggiavano sul veliero provocò l'improvviso levarsi in volo di tutti gli altri volatili. Il suono dei loro versi e lo sbattere delle ali era assordante, ma in breve tutto svanì e in pochi minuti il silenzio tornò per unirsi alla strana calma dell'oceano.

Guglielmo compì un giro di controllo sul ponte per verificare i danni subiti nel corso della burrasca appena passata. La forte struttura del Sonia Maria aveva ben resistito al violento assalto delle onde oceaniche. Sottocoperta l'unica vera anomalia era il computer centrale Ariane, che era inattivo in tutte le funzioni. Sui monitor apparve la scritta lampeggiante: 'Sistema interrotto'. Guglielmo tentò più volte di riavviarlo, ma era inutile. Anche Carlito si rese conto che ormai erano isolati dal mondo. Provò e riprovò a comunicare via radio con una delle stazioni in grado di ricevere i loro messaggi, ma la risposta era solo un fruscio che non faceva pensare a niente di buono. Il ragazzo, avvilito, lasciò il microfono della radio, con gli occhi sbarrati pieni d'angoscia, e gridò:

"Non funziona! Non funziona! E ora che succederà? Siamo persi nell'Atlantico".

Guglielmo, pur essendo preoccupato, non si perdeva d'animo. Prese gli appunti sui quali aveva trascritto i rilevamenti effettuati con il sestante e li riportò sulla carta nautica che confrontò con quella astronomica. Determinato il punto nave con il compasso e il parallelo, alzò la testa e, con lo sguardo perso nel vuoto, affermò:

"Ci siamo! La meta è vicina".

Guglielmo, ricordando le parole della vecchia, afferrò da un cassetto il talismano e lo girò e lo rigirò tra le mani, facendo a Carlito una raccomandazione:

"Questo prendilo tu. Se sono vere le parole della veggente, ti aiuterà a tenere lontano i guai. Prendilo… avanti, prendilo!".

Il giovane cubano era sorpreso dall'atteggiamento del comandante, che – era evidente – desiderava proteggerlo dalle ansie create dal rapido svolgersi degli ultimi imprevedibili avvenimenti.

Prese il talismano e lo strinse forte nella mano e, con parole che solo un adulto avrebbe pronunciato, replicò con fermezza:

"Io ti aiuterò! Sarò con te, in qualsiasi modo e in qualsiasi condizione. Solo il tempo potrà decidere quanto e quando, ma io sarò con te, comandante!".

Guglielmo gli batté le mani sulle spalle a esprimere il proprio apprezzamento e, cambiando discorso, per riportare un'atmosfera di normalità, lo invitò a sistemare le cime che erano sparse un po' ovunque sul ponte.

Il mare era calmo e piatto, ma a tratti pareva gonfiarsi stranamente, facendo navigare il veliero più velocemente. Ogni piccolo evento in quelle ore assumeva un significato che preludeva ciò che poteva avvenire.

In rapida successione, le vele vennero issate per dare una maggiore spinta al veliero, che ora navigava deciso sulla rotta che Guglielmo aveva impostato. A bordo si accesero momenti di alta tensione. La navigazione, senza l'ausilio della strumentazione di bordo, creava un forte stato di incertezza. Anche il paesaggio contribuiva ad alimentare ansie e paure. Circondati solo dal blu, senza alcun riferimento, ci si sentiva come a navigare nel nulla, nell'infinito. Forse il veliero stava attraversando un forte campo magnetico che trasformava, modificava e occludeva ogni via d'accesso al sistema informatico, rendendo nullo ogni tentativo per farlo funzionare. Nonostante tutto, il Sonia Maria solcava il mare dell'oceano con sicurezza, scivolando nell'acqua a velocità sostenuta.

C'era voluto un giorno ininterrotto di buona navigazione, con il cielo stellato di notte e assolato di giorno, ma Guglielmo si era ormai convinto di trovarsi nella zona descritta nel diario di Brandano. Uscì sul ponte di prora avvicinandosi al bompresso: i suoi occhi cercavano all'orizzonte una risposta ai tanti interrogativi che si era posto per tutto quel tempo. Era ormai lontano dal mondo che aveva lasciato, in lui cresceva concreta la speranza di cogliere la vera luce della vita attraverso un profondo rapporto con la natura che solo pochi uomini erano in grado di raggiungere.

Carlito gli era accanto, entrambi rivolti in silenzio verso il punto in cui il mare si univa con il cielo. Solo il rumore dell'acqua tagliata dalla prua accompagnava i loro sguardi angosciati. In lontananza si vedeva un enorme fronte nuvoloso attraverso il quale s'intravvedeva la sommità di un'isola. Quando Guglielmo la avvistò, capì chiaramente che la leggenda si stava materializzando in realtà, proprio come era avvenuto ai monaci e a Ojeda. La scoperta di quel lembo di roccia poteva determinare profondi cambiamenti in molte teorie scientifiche e filosofiche.

Il veliero viaggiava agile in direzione dell'isola sconosciuta, avvolta da un cupo manto di nubi. Nero uscì dal suo giaciglio e d'improvviso s'incattivì. Assunse la posizione d'attacco puntando la prua. Ringhiò selvaggio come mai era successo. Guglielmo confrontò le coordinate nell'antico diario e, alzando la testa al cielo, gridò verso il vento parole significative:

"Quella potrebbe essere Soledad! Le coordinate indicate dal monaco hanno il punto proprio qui avanti a noi. Allora l'isola esiste, non può essere un miraggio! Carlito, la vedi anche tu, vero? C'è un'isola dietro quelle nuvole, la vedi?".

Il ragazzo indietreggiò e rispose:

"Sì, la vedo. Quell'isola mi fa paura".

Continuò a indietreggiare fino alla poppa, mentre Guglielmo, con il timone stretto tra le mani, le vele spiegate e i motori al massimo della potenza, s'infilò in mezzo al fronte nuvoloso. Improvvisamente il cielo si oscurò e il vento sempre più caldo e forte spazzò via ogni cosa che incontrava. Anche il salone centrale venne investito dalla furia delle correnti che avevano spalancato la porta d'ingresso.

Gli antichi manoscritti caddero sul piano di legno, restando in balia degli eventi con altri oggetti che si danneggiavano irrimediabilmente. Il veliero era avvolto da una fitta nebbia che impediva la vista. Il mare ribolliva come lava di un vulcano in eruzione; le sue onde, ora corte e frastagliate, apparivano come lame di grandi rasoi che incidevano le murate della barca. Iniziò un'inconsueta pioggia, fitta, incessante e con i colori dell'arcobaleno. La nebbia iniziò a diradarsi, ma il mare rinforzato dal vento s'ingrossò tempestoso. Dall'orizzonte avanzava veloce un altro fronte nuvoloso, molto più imponente dell'altro; nell'avvicinarsi assumeva la forma di inquietanti figure. L'enorme massa nuvolosa avvolgeva il veliero, il cielo si oscurava come se fosse notte. Un fulmine scaricò tutta la propria energia sullo specchio di poppa, tranciando le cime del gommone, che caddero in acqua. Carlito era impietrito dalla paura: avrebbe voluto fermarlo, ma non ci riuscì. Lo vide sfasciarsi in acqua, senza poter fare nulla.

Il ragazzo era in preda al terrore. Intorno a sé la pioggia si andava trasformando in grandine e imbiancava il ponte. Guglielmo, con gli occhi pieni di meraviglia, era completamente coinvolto nello strano fenomeno. Era incredulo, ma stranamente felice, euforico. Aveva l'inconscia sensazione di trovarsi nel luogo che cercava. Camminò verso la prua, incurante della tempesta sempre più violenta. Le vele iniziarono a strapparsi e alcune sartie d'acciaio saltarono come fili di lana. Carlito, mentre cercava di ripararsi sottocoperta, venne colpito dal boma rimasto pericolosamente in bando. Il cubano cadde a terra, svenuto, in una pozza di sangue. Nero, per nulla impaurito, annusò il giovane privo di sensi, leccandolo sulle orecchie. Vedendo che il ragazzo non rispondeva, lo trascinò tirandolo per i vestiti con la bocca al riparo dietro la tuga e si accucciò di fronte a lui.

Guglielmo è immobile sulla prua: aspetta la massa nebulosa che avanza verso il veliero assumendo, in maniera nitida, forme e ombre di cavalieri al galoppo. Sogno e realtà, allucinazione e premonizioni, si alternano e si mescolano fino a trasformarsi in un'unica visione. Tra quelle figure Guglielmo vede stagliarsi il volto di Jacopo che, disteso e sorridente, gli tende una mano. Guglielmo urla e ride nello stesso tempo:

"Jacopo, figlio mio! Chiudere dietro di noi il cancello della reale esistenza e attraversare il banco di nebbia dove ogni ombra splende di vaga promessa. Non è così? Non è ciò che diceva Brandano? Il fascino della terra ignota, terra che ogni uomo sogna di trovare. È l'incanto di quella esperienza che ha un messaggio universale, che nasconde sensazioni singolari, sensazioni che si avvicinano all'io".

La tempesta aveva ormai assunto l'aspetto di un uragano e creava onde altissime che si abbattevano con violenza inaudita sul Sonia Maria.

Guglielmo cadde in ginocchio sul ponte, senza più capire cosa stesse succedendo. Attratto dalla furia dell'evento, ma compiaciuto da ciò che accadeva. Il suo volto era disteso e sorridente.

I flutti invasero ogni angolo del veliero, che si andava piegando sempre più su un fianco, facendo rotolare ogni oggetto su quel lato. Nero, sentendosi in pericolo, trascinò con decisione Carlito, ancora svenuto e sanguinante, all'interno del salone centrale e uscì di nuovo per unirsi al padrone in balia della strana tempesta. Il rumore del vento e delle acque si fece assordante, confondendosi con la risata disperata di Guglielmo. Tra le onde che imperversavano sulla barca, s'intravedeva il delfino apparso più volte nel corso della traversata. La meravigliosa creatura si muoveva con disinvoltura nel mezzo della mareggiata, avvicinandosi sempre di più al veliero, ormai del tutto in balia delle onde. Nell'aria salmastra risuonava un canto che ripeteva una melodia già ascoltata in sogno.

Una serie furiosa di ondate investì Guglielmo e Nero, che, imperterrito, era rimasto lì con lui. Entrambi vennero sbalzati nell'acqua agitata da una misteriosa energia. Il terranova, senza emettere alcun guaito, scomparve subito tra i flutti, mentre l'uomo restò ancora qualche istante in superficie. Pochi drammatici istanti, con la testa fuori dall'acqua e con l'angoscia nel cuore, per salutare e ammirare un'ultima volta il Sonia Maria, inclinato sul fianco sinistro e assalito dei marosi. Stralci di vita vicini alla fine di un'esistenza tormentata, che ora attendeva solo la scoperta del paradiso. Un paradiso cercato da molti, che alcuni riescono a trovare.

Un colore blu intenso dominava sulla superficie dell'acqua. Vaghi riflessi di luce mostravano la sagoma del delfino che scendeva verso il fondo dell'oceano.

Il silenzio del cielo e la voce del mare facevano da cornice a un inquietante scenario in cui, ancora avvolta nella nebbia, s'intravedeva la misteriosa isola.

Il Sonia Maria vagava tra i marosi senza meta, spogliata delle sue bianche vele, diretta verso l'infinito con quello che era rimasto del suo equipaggio.

23

Il commiato di Carlos

Nel cielo volano i gabbiani e sulla spiaggia davanti alla villa di Carlos scende un gruppo di cicogne che, saltellando sulle loro esili zampe, cercano i vermi infilati nella sabbia sulla battigia. Il volto del vecchio marinaio è stanco e contratto. Il racconto gli ha fatto rivivere con intensità ogni circostanza della sua prima e più importante esperienza marinaresca. L'averlo vissuto ancora una volta ha risvegliato in lui gioie, ma soprattutto dolori, che, ora, con la fine del veliero, assumono un valore più intenso.

Una lacrima scende sulle sue guance; l'asciuga nascondendola con un gesto che simula un leggero prurito sul naso. Non vuole farsi vedere dal nipote in quelle condizioni. Si alza dalla poltrona di bambù e si avvicina alle scale che scendono dal patio fin sulla sabbia, soffiandosi il naso.

Elian è rimasto in silenzio ad ascoltare il tragico epilogo della tremenda esperienza vissuta dallo zio quando era adolescente. Intuisce il dolore che prova il povero vecchio nel rivivere un evento che ha segnato la sua vita in modo indelebile. Comprende anche quanto sia forte il legame con il misterioso comandante, del quale non ha mai parlato in tutti quegli anni.

La curiosità del giovane però non è ancora del tutto esaurita. Gli torna in mente il racconto e alcuni particolari gli risultano ancora incomprensibili; ad esempio la ricorrente immagine del delfino e la fine di Guglielmo. Manca un collegamento con la vita condotta in seguito da Carlos. Il vecchio zio, asciugatosi il viso, torna a sedersi sulla poltrona. Elian non riesce ad astenersi dal chiedere che cosa sia avvenuto dopo l'immane tempesta e incalza l'anziano, chiedendogli di continuare il racconto:

"Quando l'uragano passò, che cosa ti successe? Tu eri ferito: come sei arrivato a Miami?".

Carlos ha gli occhi stanchi e arrossati, è quasi rassegnato a rivivere quei momenti. Inspira, cercando nell'aria il sapore della vita. Si adagia con la testa sulla poltrona e, con gli occhi rivolti al soffitto, riprende il racconto dal punto in cui si era interrotto:

"Prima di svenire del tutto riuscii a intravedere quello che accadde fuori dalla porta del salone, che sbatteva aprendosi e chiudendosi alle oscillazioni continue del veliero. La tempesta era passata e con essa scomparvero Nero e Guglielmo.

Quando mi risvegliai mi resi conto di avere il viso sporco di sangue. Sbarrai gli occhi, temendo di essermi ferito gravemente. Per fortuna non era così. Ben presto mi accorsi di avere una ferita sulla fronte che si era già coagulata. Non mi rendevo ancora conto di cosa stesse realmente accadendo. Forse passarono una notte e un giorno, o forse di più, ma di certo ricordo il trauma che provai quando, alzando la testa dal pavimento, mi accorsi di essere solo sul veliero che continuava a navigare senza una guida.

Quel giorno il cielo era limpido e l'oceano era tornato calmo come nei migliori giorni d'estate. All'orizzonte non si vedeva altro che la linea che separa il cielo dal mare.

Mi alzai in piedi, tenendomi in equilibrio con difficoltà. Tutto intorno a me era fuori posto, l'uragano aveva travolto ogni cosa. Nel salone centrale c'era acqua ovunque, sul piano di legno erano sparsi e mescolati tra loro i rottami del televisore, molte stoviglie e tanti fogli, appunti, insieme a libri di mare, matite e compassi. Tutto era stato sconvolto dal tremendo evento che avevamo subìto. Appena uscii sul ponte mi venne istintivo cercare i miei compagni di viaggio e iniziai a gridare:

'Guglielmo, Guglielmo, dove sei? È finita! La tempesta è finita! Nero, vieni, bello, vieni fuori. Dai, ora è tutto tranquillo, vieni a giocare!'.

Quando mi resi conto che più chiamavo, più le mie grida echeggiavamo nell'aria senza ricevere alcuna risposta, capii che era successo l'irreparabile. Rimasi immobile in piedi sul ponte, poi crollai in ginocchio, urlando:

'Noooooooooo! Questo no. Ti prego, Dio, fa che non sia vero! Dio, ti prego, ascoltami! Non puoi farmi questo, Dio!'.

Restai inebetito per molte ore senza parlare, mentre il Sonia Maria continuava a navigare seguendo la rotta che Guglielmo aveva impostato prima che fossimo investiti dal fronte nuvoloso. Il mare era ormai del tutto tranquillo. A bordo anche Ariane aveva ripreso a funzionare alla perfezione e già scandiva le prime immagini dei vari reparti del veliero. La radio di bordo inviava solo un fastidioso fruscio, interrotto a tratti da comunicazioni quasi impercettibili. Mi muovevo sul veliero come un fantasma, cercando in ogni reparto un segno della loro presenza. Lo sconforto mi assaliva sempre più forte, creandomi uno stato d'angoscia che mi faceva sentire vuoto e senza più anima. Trovarmi solo in mezzo all'oceano risvegliò i miei istinti vitali. Le parole del comandante mi risuonavano nella testa e così reagii curandomi la ferita e rimettendo un po' di ordine sul veliero. Guglielmo e Nero mi mancavano più di quanto pensassi. Stringevo il timone filando con le vele di nuovo al vento, mentre i miei occhi si riempivano di lacrime. Era un vuoto incolmabile che mi straziava, ma sapevo che lui avrebbe voluto che fossi andato avanti per completare il viaggio.

Il Sonia Maria aveva subito molti danni, ma non erano tali da impedire una corretta navigazione. Il fiocco era andato distrutto e con esso il gommone. Molte delle sartie erano saltate, ma altre tenevano ancora bene. La statua della sirena sotto il bompresso si era aperta in due parti e la rete di protezione era ormai distrutta. La strumentazione di bordo era integra: Ariane, il radar RB5 e l'intero impianto informatico apparivano in buone condizioni. Tutto questo mi facilitò l'avvicinamento alle coste delle Bahamas.

Dalla radio di bordo m'investì una successione di richieste di contatto da parte delle stazioni radio delle Canarie, del centro di controllo di Genova e dalla stazione radio di Nassau. Con l'aiuto del radar e di Ariane riuscii a comunicare il punto nave nel quale mi trovavo.

In breve tempo fui raggiunto da due motovedette, che mi intimarono di fermare la barca. I militari controllarono tutto il veliero, pensando di avere a che fare con un trafficante di droga. Quando raccontai al comandante la mia disavventura non fui creduto. Mi arrestarono con l'accusa di pirateria e di omicidio per la scomparsa di Guglielmo Torres, che risultava essere il comandante ufficiale del Sonia Maria. Fui chiuso in una cabina, mentre il veliero fu trasportato al porto di Nassau. Quando scesi dalla passerella, ammanettato e scortato dai militari, trovai ad aspettarmi un folto gruppo di giornalisti e telereporter che mi assalirono con un'incredibile raffica di domande. Ero stordito, mi portavo dentro un immenso dolore per la perdita della persona che era divenuta il punto di riferimento della mia vita. Il dolore cresceva ancora più forte per l'infamante accusa che mi addossavano senza ascoltare le mie ragioni. Tutto quello che stava accadendo era per me inaccettabile. Le voci e il frastuono li sentivo ovattati, lontani e incomprensibili.

Per quanto cercassi di spiegarmi, nessuno voleva credermi. Purtroppo non avevo testimoni in grado di scagionarmi, così si arrivò al processo. Il fatto suscitò molto scalpore e sconcerto perché le televisioni e i giornali di tutto il mondo posero l'accento sulla ricerca di Guglielmo e sulla sua tragica scomparsa per un atto di pirateria perpetrato dal giovane Carlito. Anche se le dirette televisive erano state sospese, il Sonia Maria era conosciuto in molti paesi e per questo la notizia dell'arresto del giovane clandestino divenne ben presto la notizia di rilievo, uno scoop.

Nella capitale dello Stato delle Bahamas arrivò anche una delegazione italiana con in testa Roberto Salveri, che volle visitare il veliero prima di incontrarmi. Lo accompagnarono nella mia cella e ci lasciarono soli per qualche minuto. Lui mi osservò attentamente. Poi domandò:

'Hai ucciso tu Guglielmo? Dimmi la verità, cercherò comunque di aiutarti'.

A viso aperto e con tono sprezzante risposi:

'Il comandante era la persona migliore del mondo. Come avrei potuto fargli del male? È stato l'unico uomo che mi ha fatto capire il valore delle cose, che mi ha fatto amare il mare. È possibile che qui nessuno mi voglia credere e tutti continuino a ritenermi un assassino?!'.

Non riuscii a trattenere un pianto isterico. Tutto questo scosse molto Salveri, che mi volle abbracciare prima di andare via. Cercò di tranquillizzarmi e mi promise che si sarebbe impegnato al massimo per tirarmi fuori dai guai. Quello stesso giorno arrivò a Nassau anche Miriam, disperata per non essere riuscita a mettersi in contatto con Guglielmo prima della sua scomparsa. Lei fu determinante per risolvere una situazione che stava diventando per me estremamente pericolosa.

Rischiavo l'ergastolo, confinato in un carcere tra i più duri dello Stato delle Bahamas. Al processo Miriam testimoniò a mio favore, raccontando la propria storia d'amore con il comandante Torres. Mise a conoscenza di tutti le inquietudini e gli scrupoli che aveva avuto Guglielmo nell'accettare sul veliero prima me e poi lei, sapendo che sarebbe andato incontro a problemi con l'organizzazione dell'evento nell'Atlantico.

Miriam si prodigò in ogni modo per aiutarmi a far valere la mia verità; fece acquistare da suo padre i diritti televisivi del materiale girato durante la traversata. Quelle immagini divennero così uno dei programmi più seguiti in tutto il mondo. Quando fui scagionato da quelle accuse infamanti, corsi ad abbracciarla e quel giorno uscimmo insieme dal tribunale per tornare a vivere la nostra vita di tutti i giorni. Ci ritrovammo davanti al Sonia Maria, in silenzio, con il pensiero rivolto a quel comandante un po' strano e controverso, ma ricco di umanità.

Raccontai solo a lei la vera storia. Non credevo che Guglielmo fosse morto e avevo la convinzione che dietro quel delfino si celasse un segreto che solo lui aveva scoperto. Ho passato tutta la vita a cercare di comprendere, aspettando l'arrivo del delfino ovunque mi sia trovato. Ogni volta che l'ho visto saltare davanti ai miei occhi, un fremito ha scosso il mio corpo e la mia anima, lasciandomi una sensazione di benessere e di felicità. Trascorsi qualche anno a Cuba, ma in seguito riuscii ad arrivare a Miami, dove iniziai a lavorare in un cantiere navale, divenendo con il passare degli anni un esperto costruttore di barche.

Miriam acquistò il Sonia Maria e lo fece trasferire nel porto dove aveva sede il mio cantiere. Mi pregò di conservarlo, per poterci passare qualche giorno insieme, ricordando Guglielmo e i meravigliosi momenti vissuti durante quella traversata.

Da qualche anno lei è passata a miglior vita, senza quasi accorgersi del tempo che scorreva implacabile. Continuò ad amare quell'uomo in ogni istante della sua esistenza e sono certo che continuerà a farlo anche da dove si trova adesso.

Ecco, ora sai perché sono tanto legato a quel veliero. Ora sono molto stanco. Per favore, accompagna tu Dolores a casa. Dille che oggi voglio restare solo con i miei pensieri".

Elian ha il volto contratto per le emozioni suscitate dal racconto dello zio. Comprende bene la sua esigenza e ubbidisce senza controbattere. Saluta ed esce dal patio in punta di piedi. Prima di allontanarsi definitivamente, gli rivolge ancora uno sguardo, sfiora il tasto che apre la porta e va via insieme a Dolores.

Il giorno sta calando verso tramonto; una scia di luce rossastra viene dal mare. L'anziano marinaio scende sulla spiaggia a piedi nudi. Con passo incerto cammina fino alla poltroncina affossata nella battigia e vi si siede, inspirando l'aria in attesa del buio. Passano interminabili minuti, i suoi occhi a poco a poco si chiudono, le mani si abbandonano sui braccioli, i battiti del cuore si fanno sempre più lenti e lievi, fino a fermarsi.

Poco lontano, in mare, due delfini girano in cerchio, sembrano in attesa di qualcuno. Un delfino più piccolo si unisce a loro, spingendoli a saltare nell'acqua, per scomparire sul fondo dell'Atlantico.

Sommario

ISBN 9788869490279